Mirko Bonné
Ausflug mit dem Zerberus

Schöffling & Co.

Für meine Brüder
Stephan und Andreas

im Andenken an
Manfred Kreher
(1925 – 1944)

Erste Auflage 2010

Satz: Reinhard Amann, Aichstetten
Druck & Bindung: Pustet, Regensburg
ISBN 978-3-89561-404-0

www.schoeffling.de

Es gibt keinen anderen Weg zur Welt
als den Weg des Mitgefühls.
Zbigniew Herbert

Inhalt

Die Helianloggia

Schön ist der Mensch und erscheinend im Dunkel
Georg Trakl

Der Sommer 1986 war einer der heißesten, an die ich mich erinnere. Ich war einundzwanzig und wollte Urlaub – von was? – im Tessin machen. Drei Tage brauchte ich, um per Anhalter von Hamburg nach Bellinzona zu kommen, dann sah ich den Lago Maggiore und sah ihn versinken. Es regnete an dem See so unbändig, dass es die Blüten von den Sträuchern drosch. In den Rinnsteinen der Uferstraßen schwammen Hibiskusblüten, und die Geranien in den Blumenkästen der Pensionen wurden blass und blasser, bis alle ihre Farben davongespült waren.

Auf dem verwaisten Campingplatz zwischen Locarno und Ascona lag ich in meinem Einmannzelt. Im Dröhnen des zur Erde stürzenden Wassers las ich Otto Basils Monografie über das Leben Georg Trakls. Als ich das Buch durchgelesen und im Rucksack verstaut hatte, baute ich das Zelt ab und trampte durchnässt an türkisblauen Alpenseen vorüber, die sich in Regendunst und Nebel so endlos in die Ferne zogen wie Meere, zwei Tage und eine Nacht lang nach Tirol.

Basils Buch mit den grobkörnigen Schwarzweißfotografien darin aufgeschlagen, stand ich vor der Rauchvilla im mittlerweile zu Innsbruck gehörenden Mühlau und verglich das Gebäude mit der Abbildung des Hauses. Ich suchte nach der Loggia im ersten Stock, hinter deren Fenstern Trakl seine Dichtung »Helian« geschrieben haben soll, fand sie jedoch nirgends. Nie und nimmer konnte es demnach dieses Haus sein. Also ging ich weiter, und ich summte dabei:

In den einsamen Stunden des Geistes
Ist es schön, in der Sonne zu gehn
An den gelben Mauern des Sommers hin.
Leise klingen die Schritte im Gras;

Verse, die Trakl in Mühlau geschrieben hatte unter dem Einfluss seiner Lektüre von Johannes Schlafs Übersetzungen der »Leaves of Grass« von Walt Whitman.

Wenig später sprach mich ein Pärchen an, dem mein literarischer Reiseführer aufgefallen war. Der Niederländer mit seiner amerikanischen Begleiterin las gleichfalls in der dunkelblauen Monografie mit dem hellblauen Porträt Trakls als Umschlagbild, er verglich und zweifelte wie ich. Wir beschlossen, im Dorf nach der echten Rauchvilla zu fragen, und saßen eine Stunde darauf im Garten des Hauses, wo uns die Parterremieter mit Limonade bewirteten. Es war ein drückend heißer Julinachmittag. Ich erzählte von der Sintflut am Lago Maggiore. Elstern keckerten dazu in den Tannen, über die hinweg man in den Talkessel blickte, Innsbruck lag dort. Und der Inn durchbrauste grün die von beschneiten Berggipfeln umgebene Stadt.

Pier war Verhaltensforscher. An Georg Trakl interessierten ihn alte physiognomische Studien, die man anhand von Porträts des Dichters angestellt hatte. Ein seltsamer Zugang zur Dichtung, fand ich und sagte das auch, woraufhin Pier, der in Amsterdam Dozent war, mit hellem Lachen erwiderte: »Es geht um Menschen, in der Forschung wie in der Dichtung.« Ich nippte an meinem Glas und schlug, eine Wonne unter diesen Fenstern, den »Helian« auf:

Schön ist der Mensch und erscheinend im Dunkel

Pier scherzte, dass er auch mich untersuchen würde – anhand der Fotos, die seine Freundin Rhonda bereits heimlich von mir gemacht habe. Ein kalter Scherz; die mal unerklärlich traurigen, wie erjagten, mal sich selbst entstellenden, geradezu brutal offensiven Aufnahmen von Trakls Antlitz vor Augen, konnte ich das nicht komisch finden.

Schön ist der Mensch und erscheinend im Dunkel,
Wenn er staunend Arme und Beine bewegt,
Und in purpurnen Höhlen stille die Augen rollen.

Dennoch musste ich einräumen – wohl kaum damals, aber später, als ich Aufsätze von ihm las –, dass Pier wie ich auf Spurensuche war. Was er in den Bildern las, in Mimik und Gestik, suchte ich in den Zeilen, die Trakl in Tirol geschrieben hatte, in Versen und Briefen. Ich glaube heute, es ging zwischen Pier und mir darum, wessen Georg Trakl der wahrere war, oder besser: ob er oder ich Trakl näher kam, indem er ihm ins Gesicht und ich ihm ins Gedicht schaute.

Rhonda vermittelte. Sie fuhr uns zu Schloss Hohenburg bei Igls, wo Trakl, schon in größter seelischer Not, in den Jahren vor dem Ersten Weltkrieg Zuflucht gesucht hatte. Eine Aufnahme zeigt ihn eingehakt bei der Besitzerin, freundlich lächelnd, beinahe sanft, und doch mit gekrümmter Haltung. Am Arm der stattlichen jungen Dame wirkt er unpassend, so verloren wie auf jedem Foto, das es von ihm gibt. In seinem Gedicht »Hohenburg« heißt es:

Also zittert im Dunkel der Fremdling,
Da er leise die Lider über ein Menschliches aufhebt,
Das ferne ist; die Silberstimme des Windes im Hausflur.

So gingen wir vier Sommertage lang durch die Bilder und Aufzeichnungen von Trakls Tirol. Wir schritten Innsbruck ab, sprachen dabei über Venedig, wo er einmal in der Sommerfrische gewesen und wo am Lido ein Foto von ihm entstanden war, das ihn im schwarzen Badeanzug zeigt. Oder wir fuhren nach Lans hinauf und wanderten über die Berghänge zurück nach Mühlau bis zum Neuen Friedhof, wo Georg Trakl seit 1925 beerdigt liegt. Elf Jahre zuvor war er als Medikamentenakzessist »Georg Frankl« im weit entfernten Galizien Gräueln des Großen Krieges ausgesetzt, die ihm auch den letzten Lebensmut nahmen. Zur Beobachtung seines Geisteszustands in ein Krakauer Garnisonsspital abkommandiert, starb er dort an einer Kokainvergiftung. Pier und Rhonda waren wie in Venedig auch in Krakau gewesen und hatten dort das alte Spital gesucht, aber nicht gefunden.

»Ich bin«, schrieb Trakl einmal in einem Brief, »wie ein Toter an Hall vorbeigefahren, an einer schwarzen Stadt, die durch mich durchgestürzt ist, wie ein Inferno durch einen Verfluchten.«

Hätten wir nicht Rhondas Auto gehabt, wir wären in den Zug gestiegen, um einmal an Innsbrucks Nachbarstadt Hall vorbeizufahren.

Während der Fahrt sprachen wir über Walt Whitman, über eines der wenigen Fotos von ihm. George C. Cox machte es 1887, in Trakls Geburtsjahr. Die Aufnahme zeigt den von Schlaganfällen gezeichneten Whitman fünf Jahre vor seinem Tod mit Hut, langem schneeweißen Bart und den hochgezogenen Augenbrauen, von denen es heißt, sie hätten seinem Gesicht den Ausdruck müder Weisheit, sturer Gelassenheit und beständiger leichter Überraschung verliehen. Noch auf dem Totenbett und vierzig Jahre nach ihrer Erstveröffentlichung schrieb Whitman Gedichte für seine »Grashalme«. Wie hätte wohl Georg Trakl 1960 ausgesehen, mit Mitte siebzig? Wie, fragte ich, stürzt eine Stadt durch dich hindurch, an der du vorbeifährst?

»Es ist eine Erscheinung«, sagte Pier. »Sie stürzt durch dein Gesicht.«

Amsterdamer Epiphanie

Wir hassen alte Freunde: Wir hassen alte Bücher.
William Hazlitt

1

Es ist wohl ein Irrtum, anzunehmen, der Wunsch nach Aussöhnung spiele im Empfinden und Denken eine wichtige Rolle. Warum auch einem verzeihen, der mich verletzt und herabwürdigt. Zum Teufel soll er gehen, zumindest, bis ich ihn vergessen habe. Aussöhnung ist nur ein anderer, mag sein schönerer Begriff für Verdrängung, und das menschliche Drama wird deshalb dort umso dramatischer, wo einer im Spiel ist, der nicht vergessen kann, weil er nicht vergessen will.

So ein Mensch ist mein Großonkel – weshalb meine Großtante, die Tante meiner Mutter, sich täuschte, als sie glaubte, ihr früherer Mann hätte sie gebeten, zu ihm zu kommen, damit sie sich versöhnten. In Wirklichkeit war es ihm egal, was sie fühlte oder dachte, ja im Nachhinein muss man annehmen, dass zumindest damals in Pankow, wo er, meine Mutter und ich unter einem Dach lebten, meinem Großonkel unser aller Gedanken und Empfindungen gleichgültig waren.

Aber auch uns war zutiefst gleichgültig, was ihn zu einem derartigen Ungeheuer hatte werden lassen. Für meine Mutter und mich war er ein alter, mit Diabetes geschlagener Mann, von dem wir außer Rechthabereien und melancholischen Anfällen kaum noch etwas erwarteten. Ich kann nicht behaupten, dass ich ihn liebte. Aber ich glaube, ich tat es nur deshalb nicht, weil ich Angst davor hatte, in den Bann seiner Zerrüttung gezogen zu werden. Nichts ist ja so einem Zweifler durch und durch abscheulicher als die Zufriedenheit eines Kindes. Ich fand die ganze Welt und damit auch ihn erstaunlich. Ihm hingegen erschien alles und damit auch seine Familie als einziges Unglück.

Es sei ihm nur darauf noch angekommen, erzählte er mir kürzlich, dass meine Großtante in der Nähe war, wenn er dem Leben, das sie zugrunde gerichtet habe, ein Ende setzte. Und dass sie in dem von ihr gestifteten Chaos zurückblieb – so wie er die achtzehn Jahre seit ihrer Scheidung damit allein gewesen sei. Nur darum habe er ihr seinerzeit geschrieben und sie gefragt, ob sie ihn besuchen wolle. Gebeten habe er sie mit keiner Silbe. Aber wie schnell sie zugestimmt habe … »Lieber Herr Jesus!«, rief er mir ins Gesicht – ein aufschlussreicher Ausruf, wenn man wie mein Großonkel weiß, was Friedrich Nietzsche in seinem »Antichrist« von Jesus von Nazareth schreibt, nämlich dass er sich nicht gewehrt, nicht gezürnt, keinen verantwortlich gemacht, nicht einmal dem Bösen widerstanden, vielmehr auch ihn geliebt habe. Im Grunde, so Nietzsche, habe es nur einen einzigen Christen gegeben, und der sei am Kreuz gestorben.

Oft sagt mein Großonkel, er trage sein Kreuz. Doch keine Sekunde lang sollte meine Großtante sehen, was er darunter versteht: ein Wrack zu sein, ein fetter, alter, zuckerkranker Sack, der rieche und sich einsaue trotz der Binde zwischen den Beinen, immer griffbereit seinen Shakespeare, »The Complete Works«, erschienen in der Oxford University Press 1908, kein anderes Buch habe so dünnes Papier. Beinahe den ganzen »Sturm« hatte er Seite für Seite herausgerissen, um sich von Pantoffeln und Fingern die auf der Toilette übersehenen Flecken zu wischen. Prospero und Caliban, Miranda und Ariel, auf diese Weise zogen sie noch einmal an ihm vorüber, Gestalten, die wirklicher für ihn waren als so manches Mädchen, das er geküsst, oder so mancher Spund, mit dem er die Schulbank gedrückt hatte in seinem vertanen Leben. Und der schönen Passage mit der toten Fliege wegen wäre gleich als nächstes »Titus Andronicus« an die Reihe gekommen, Shakespeares düsterstes Stück. Dafür sei leider an dem Tag, als meine Großtante nach Pankow fuhr, keine Zeit mehr geblieben. Aber er kannte die Passage eh auswendig. Und wie hatte es sie angewidert, wenn er die Stelle aufsagte, sobald sich nur ein grün oder blau schimmernder Brummer verzückt und gierig auf dem Esstisch vor ihnen beiden niederließ. Mit dem Messer zerdrückt Marcus fröhlich eine Fliege auf seinem Teller. Woraufhin Titus zu ihm sagt, er sei ein Mörder, sein Herz habe er soeben gemordet, er solle ihm aus den Augen gehen. »Hinweg«, sagt er zu Marcus, »ich seh, du taugst für meinen

Umgang nicht.« Mehrmals hat mein Großonkel seine Lieblingsshakespearestelle auch mir aufgesagt, und ein jedes Mal aufs Neue konnte ich dabei nachfühlen, was meine Großtante überkommen haben wird: Immer habe ich mich mit Marcus, nie mit Titus identifiziert, ich fühlte mich bloßgestellt, gemaßregelt, niedergeschmettert.

Meine Mutter war mich suchen gegangen an jenem Tag, ich in dem wilden Garten hinterm Schulhof setzte einer Elster nach, wird erzählt, und drüben vorm Fenster meines Großonkels mähten die Gärtner den Gymnasiumrasen. Er setzte die Brille auf, verstopfte sich die Ohren mit Wachskügelchen, wie er es immer tat, um allein zu sein, umbrandet von einer lärmenden Galaxie, und nahm die Lupe zur Hand. Und dann, wie der Schwimmer am Atlantik, der er einmal gewesen war und der dort von den Klippen sprang mit einem wunderbar leichten und gesunden Körper, versenkte er sich erneut in die Reproduktion eines Gemäldes, über das seine Augen schon seit Stunden hin und her gewandert waren.

Das Bild, eines von Runge, das er auch heute noch liebt, spielt für meinen Großonkel in unserem Leben eine Schlüsselrolle. Zu mir sagte er einmal, die drei Figuren darauf würden ihn ansehen, als wüssten sie alles, was er wisse. Sie hatten gelebt, waren gemalt worden, waren gestorben und waren noch als Tote und Gespenster verbrannt. Philipp Otto Runge hatte seinen Bruder, seine Frau und sich in Öl gebannt, seit Jahrhunderten lebten sie nicht mehr, doch vor fünfundsiebzig Jahren war das Bild in Flammen aufgegangen und seither unwiederbringlich verloren. Meinem Großonkel bedeuteten die drei jedoch weit mehr. Sie waren in gewisser Weise seine Kronzeugen, die Einzigen, die dabeigewesen waren, als sein Leben in Stücke ging. Von ihnen war die Rede gewesen, als er begriff, wie es um seine Ehe stand, ein Moment, der nichts zu tun gehabt hatte mit Albert Camus und den vergeblichen Anstrengungen, gemeinsam mit seiner Frau, meiner Großtante, eine Darstellung von Camus' Leben zu Wege zu bringen, nichts mit unterschiedlichen Vorstellungen, Ansätzen, Ausführungen, den Wortgefechten und Grabenkämpfen um diese oder jene Passage in »Die Pest« oder »Der Mythos des Sisyphos«. Die eine Frage, über der sie sich schließlich entzweit und einander den Krieg erklärt hatten, die Frage nach dem Raum für wilde Spekulationen, die Frage, ob es möglich sei, dass Camus' Tod im Januar 1960 auf einer Landstraße südlich von Paris kein Unfall war –, nicht einmal dieser chronische, unüberwindbare Streitpunkt spielte noch eine Rolle, als mein Großonkel in der Wohnung einer fremden Frau mitten in Amsterdam den Gedanken fasste, dass ihn seine eigene Frau hinterging.

Doch wie alles begann, das hat mir mein Großonkel erst sehr viel später erzählt, nämlich, wenn ich mich recht erinnere, im Runge-Zimmer der Hamburger Kunsthalle und zu einer Zeit, als ich quasi aufgehört hatte zu existieren, so absorbiert war ich von den Besuchen bei meiner Großtante in München, wohin sie gezogen war, und meinem Großonkel in Berlin, unseren Gesprächen, Telefonaten und später, als beide sich dazu überwinden konnten, weil ich nach Hamburg zog, unserem E-Mail-Wechsel. Ich ging ganz auf in der Rekonstruktion ihres Unglücks, merkte aber irgendwann, dass ich mein eigenes Glück dabei vergaß. Der Glaube, alles auf der Welt sei erstaunlich, irgendwo war er mir verloren gegangen und wie ein Staubkorn in einem Kaleidoskop aufgerieben worden von lauter bunten Steinchen.

Es war der Stoff meines Lebens, der durchschimmerte in ihren Erzählungen. Meine Erinnerungen an Dinge, die ich selber erlebt hatte, bestanden sie nicht mindestens zur Hälfte aus ihren Geschichten, aber auch, wie mir dämmerte, ihren Erfindungen, die wiederum mindestens zur Hälfte auf Sätze zurückgingen, die sie irgendwo gelesen hatten? Wie groß, fragte ich mich, war wohl der Anteil eines Friedrich Nietzsche oder Philipp Otto Runge an meiner Persönlichkeit, meiner Sozialisation, meiner erwachenden Liebe zum Leben, und das, obwohl ich, zumindest mit dreizehn, noch nie von diesen Menschen gehört hatte?

Im Runge-Zimmer der Hamburger Kunsthalle jedenfalls muss es gewesen sein, als mir mein Großonkel vor einigen Jahren erstmals von dem Ort erzählte, wo alles begann, dem »Mexico-City«, einer Spelunke in Amsterdam. In Albert Camus' Roman »Der Fall« predigt dort der selbsternannte Bußrichter Jean-Baptiste Clamence von Gott, der Welt und sich selbst: Wenn er sich um andere gekümmert habe, geschah dies – in aller Freiheit – aus reiner Herablassung, und das Verdienst habe ihm allein zugestanden. Seine Eigenliebe sei wieder um ein Stück gewachsen, sagt Clamence im »Mexico-City«. Dieses von allerlei Gelichter frequentierte Etablissement an einer Gracht irgendwo in der Amsterdamer Innenstadt wollte im Frühling 1984 ein Freund und Kollege meines Großonkels und meiner Großtante, der führende Camus-Kenner der Niederlande, Pieter van den Hoghdalem, wie ich ihn nennen will, nach langen Recherchen entdeckt haben. »Der grüne Affe« heiße das »Mexico-City« in Wahrheit, teilte Pieter den beiden mit. Kein Zweifel, die Kneipe aus dem Roman, für den Camus den Nobelpreis erhielt, er habe sie gefunden.

So hat es begonnen in der Erinnerung meines Großonkels, eigentlich aber damit, dass er mit dem goldenen VW Scirocco, den seine Frau damals besaß, nach Holland fuhr. »Heute Nacht gibt es Nebel auf der Zuidersee« lautet sein Lieblingssatz aus »Der Fall«, weshalb sich mein Großonkel auf der Autobahn vornahm, nicht allzu lang bei den van den Hoghdalems in Hilversum zu bleiben, sondern es sich endlich anzusehen, das IJsselmeer bei Nacht, wenn der Nebel herankroch und man allein am Ufer stand.

Der Freund aber platzte vor Stolz, ja, wenn es stimmt, was mein Großonkel erzählt, dann führte Pieter sich auf wie Jean-Baptiste Clamence persönlich, als sie im »Grünen Affen« saßen und die Details verglichen. Und er musste es zugeben: Pieter hatte Recht. Sie bestellten ein Bier nach dem anderen, kippten Bessen-Genever dazu bis nach Mitternacht, als sich mein Großonkel über ein Mäuerchen hinweg in die Gracht erbrach, eine Brüstung, sagt er gern, deren kalten Stein er so deutlich an den Händen fühle, als habe er sich erst gestern und nicht in einer Nacht vor Jahrzehnten daran festgeklammert. Kräftig, massig sei er schon damals gewesen, aber doch noch flink und wendig, mit einem Körper, der ihm gehorchte und den er als den seinen empfand, selbst wenn er doppelt sah und die ganze Welt schwankte. Und er erinnere sich, wie schwarz unten das Wasser gewesen sei. Kleines Glitzern auf dem Wellengekräusel. Nie habe er sich so mit Camus verbunden gefühlt: Falls Albert Camus in Holland das Kotzen gekommen sei, dann an diesem trostlosen Ufer.

Von seinem Triumph euphorisiert, schien Pieter van den Hoghdalem hingegen alles andere als betrunken. Er war genau in der richtigen Stimmung für ein Männergeständnis. Er hatte eine Geliebte, jung, eine Studentin, verheiratet, sie lebte in Amsterdam. Und Pieter schlug vor, zu ihr zu gehen, sie wohne in der Nähe, auf einen Kaffee, ehe es zurückgehe nach Hilversum zu endlosem Krach und ewiger Versöhnung. Und der Mann? Welcher Mann. Ach, der Mann! Sei im Ausland, weit weg, am Golf von Jemen, ein Ingenieur. Er baue eine Meerwasserentsalzungsanlage.

In seiner Erinnerung ähnelt meine Mutter in so manchem der jungen Frau, in deren Flur er in jener Nacht stand. Ohne meine Mutter hätte er diese hübsche, übermüdete junge Dame, die Pieter und er aus dem Bett klingelten, wahrscheinlich zur Gänze so vergessen, wie er ihren Namen vergessen hatte. Barfuß, im Pyjama, stand sie bibbernd an der Fahrstuhltür, die direkt in die Wohnung mündete. Pieter küsste sie auf die Wange, und sie führte die beiden Männer in ein ganz und gar weißes Wohnzimmer, wo es sich jeder auf einem eigenen Sofa hätte bequem machen können. Stattdessen nahmen Pieter und er auf Barhockern Platz, am Tresen der Pantry, wo die junge Frau in eine Decke gehüllt den Espresso für sie aufbrühte und darauf bestand, dass sie Französisch sprachen, keiner sollte sich ausgeschlossen fühlen. Er fragte sie nach ihrem Studium, und sie, Kunststudentin, fragte ihn nach Hamburg, ob er die dort aufbewahrten Blumenzeichnungen Runges kenne, die »Lichtlilie«, die »Konstruierte Kornblume«.

Das Französisch meines Großonkels ist beeindruckend, selbst für einen, zumindest damals, europaweit angesehenen Camus-Kenner. Trotz seines Alkoholpegels erzählte er mühelos von der Hamburger Kunsthalle und ihrem Kupferstichkabinett, fast das gesamte Runge'sche Œuvre sei ja in der Hansestadt zu sehen. Und auch sie schien Eindruck machen zu wollen, schenkte den Kaffee ein, lehnte sich an Pieter an und meinte, wie schade es sei, dass Runges großes Gemälde »Wir drei« 1931 beim Brand des Münchener Glaspalastes vernichtet worden sei, ob er Reproduktionen des Bildes kenne.

Er verneinte. Sollte sie ihren vermeintlichen Wissensvorsprung auskosten. Und sie erzählte, was auf dem Dreierporträt zu sehen gewesen sei, nämlich Runge, seine Frau Pauline und sein Bruder Daniel in, wie sie in seiner Erinnerung sagte, trauter Verbundenheit. Mein Großonkel kannte das Bild sehr genau, so genau, sagte er zu mir, wie man ein Bild, das es nicht mehr gab, zu kennen in der Lage sei. Und deshalb verstörte ihn dieses Gespräch auch, eine Irritation, die nur zum Teil seinem Rausch geschuldet sein konnte, die vielmehr mit dem Bild selbst zusammenhing. Denn so oft er sich Reproduktionen von Runges »Wir drei« angesehen habe, nie sei es ihm in den Sinn gekommen, das in Flammen aufgegangene Gemälde als Darstellung trauter Verbundenheit eines Malers mit seiner Frau und seinem Bruder zu interpretieren. Sie war eine Studentin, sie lernte noch.

Groß ist die Verlockung, an dieser Stelle eine Abbildung von Philipp Otto Runges Gemälde einzufügen, so wie es vielleicht W. G. Sebald gemacht hätte. Er ist ein Lieblingsautor und war bis zu seinem Unfalltod beinahe zwanzig Jahre lang gelegentlicher Briefpartner meiner Großtante. Auf einer Reise nach Laugharne in Wales, einer literarischen Pilgerfahrt zum Haus von Dylan Thomas, hatte sie Anfang der achtziger Jahre bei der Besichtigung eines Herrenhausparks in Norfolk Sebald kennen gelernt. Dessen Buch »Die Ringe des Saturn« beschreibt ausführlich unter anderem ein Gemälde, das, wie wiederum meiner Großtante auffiel, gleichfalls eine Szene darstellt, die in Amsterdam spielt, wenn auch runde dreihundertfünfzig Jahre vor der nächtlichen Odyssee meines Großonkels, nämlich Rembrandts Bild »Die Anatomiestunde des Dr. Nicolaes Tulp«. Lange war es mir nicht einsichtig, warum Sebald seine verblüffenden Ausführungen über die von Rembrandt dargestellte Obduktion des wegen Diebstahl gehenkten Stadtgauners Aris Kindt mit gleich zwei notgedrungen miserablen Schwarzweiß-Reproduktionen des Gemäldes hat illustrieren müssen. Ich fand, die Beschreibung jenes frivolen Denkerbanketts im Theatrum anatomicum, an dem auch René Descartes teilgenommen haben soll, gewann durch Bebilderung nichts, im Gegenteil.

Erst meine Großtante machte mich darauf aufmerksam, dass sich, ganz wie die ja tatsächlich ringartig angeordneten Kapitel von Sebalds Buch, auch die zahlreichen Abbildungen darin aufeinander beziehen. Man habe es zum einen mit einem Ring aus Texten, zum anderen aber mit einem Bilderreigen zu tun. Beide zusammengenommen würden auf der formalen Ebene von Sebalds Buch erst jene titelgebenden Ringe bilden – ein Verfahren, schrieb sie mir kürzlich als Anmerkung zu diesen Zeilen, das im übrigen keineswegs eine Erfindung W. G. Sebalds sei. Vielmehr stelle sich das Verfahren selbst in den Reigen einer Tradition, und wie um diese These wasserdicht zu machen, übersandte sie mir gemeinsam mit ihrem Brief auch gleich zwei Bücher, in denen, wie sie schreibt, zwar auf andere, aber durchaus verwandte Weise Text und Bild ineinandergreifen würden, André Bretons »Nadja« nämlich sowie Vladimir Nabokovs Autobiographie »Erinnerung, sprich«. Ich war nicht wenig überrascht, als ich in diesen »durchgesehenen Memoiren« Nabokovs, die ursprünglich »Schlüssige Beweise« hießen, ein Gruppenbild fand, das neben Eltern und Geschwistern des Autors auch seine Großmutter zeigt. Jene Baronin Maria von Korff, eine so hochfliegend stolze wie düster melancholische Dame, bei deren Anblick man sich wünscht, bloß nie im Clinch mit ihr zu liegen, ähnelt nämlich bedenklich meiner Großtante, und was Nabokov zu dem Foto anmerkt, könnte er genauso über sie geschrieben haben: »Meine Großmutter väterlicherseits hält in dekorativer, aber prekärer Pose meine beiden jüngeren Schwestern, die sie im wirklichen Leben niemals hielt …« Jedenfalls will ich der Versuchung widerstehen, hier eine Reproduktion von Philipp Otto Runges zerstörtem Gemälde einzufügen, auch darum, weil es von so vielen Motiven, die in der Geschichte von der Amsterdamer Erscheinung meines Großonkels eine wichtige Rolle spielen, ebensowenig ein Foto gibt, das Teil eines Rings oder Reigens sein könnte.

Daniel Runge lehnt an einem Eichbaum. Neben ihm Pauline hat die Stirn an Philipp Otto Runges Wange und den Arm um seine Schultern gelegt, Runge aber hat die Arme verschränkt, und Pauline hält Daniels Hand, hält die Hand ihres Schwagers in einer lockeren, sanften Verschränkung ihrer beider Finger. Es ist ein die Empfindungen aufwühlendes Bild nicht nur deshalb, weil es die drei Runges im Freien, in einem Garten oder Park darstellt, durch den der Wind fährt und wo es aus schweren, tiefgrauen Wolken, die darüber hinjagen, zu regnen scheint. Bei der Eiche, so kommt es einem vor, haben sie sich untergestellt, sie sind in Sicherheit. Aber nichts von Sicherheit liegt in ihren Zügen oder gar den Augen, diesen funkelnd dunklen, unwandelbar den Betrachter fixierenden, unvergesslich eindringlichen drei Augenpaaren.

2

Gemeinsam auf und ab schreitend in dem fensterlosen Zimmer im ersten Stock der Hamburger Kunsthalle, hin und her wandernd zwischen Runges »Großem Morgen«, den »Hülsenbeckschen Kindern« und den »Eltern des Künstlers«, fragte mich mein Großonkel das, was er sich in jener Nacht in Amsterdam nicht zu fragen getraut hatte: Wer, hätte er gern von der jungen Frau gewusst, als sie sich an ihren vor Lust bebenden Liebhaber schmiegte, den für sie viel zu alten, aufgeschwemmten, aufgeblähten, trinksüchtigen Pieter van den Hoghdalem, in dessen auch ins Deutsche übersetzter Camus-Biographie kein einziger Satz von Gewicht vorkam, alles abgeschrieben, alles zusammengestückelt, wer, hätte er sie nicht nur fragen können, sondern fragen müssen, sei denn der Betrachter von Runges Bild? Wer, von uns allen abgesehen, komme dafür in Frage? Wer denn, wenn nicht paradoxerweise einzig Philipp Otto Runge selbst.

Stattdessen hatten sie Konversation gemacht. Pieter wusste alles über die deutsche Romantik, so wie er alles wusste über Watteau, Vermeer, van Gogh, Vincent, wie er ihn nannte, so als würde van Goghs Signatur ihn ins Recht setzen, den Maler zu rufen wie ein alter Bekannter oder sein wundersam zum Leben erweckter Bruder, Theo van Gogh, wiedergeboren als Pieter van den Hoghdalem, 1984 Reden schwingend in Amsterdam. Die Natur und ihre Landschaft, der Mensch und seine Gefühle, der Künstler und die Gesellschaft, der Gläubige und die Religion – Vincent, sagte Pieter lallend, Vincent habe der modernen Malerei das Äußerste abverlangt. Alle Malerei nach Vincent trete auf der Stelle, sei ein verzweifelter, ratloser, vergeblicher, zum Scheitern verurteilter, selbstzerstörerischer Aufguss von Vincents Kunst.

Mein Großonkel hat seinen Freund Pieter nach diesem nächtlichen Absturz nicht wiedergesehen. Jahrelang, erzählt er, hielt sich in ihm eine so tiefe Abscheu vor dem Mann, dass er selber oft vor Grauen gelähmt war. So dass seine Frau, solange sie es noch war, ihn verleugnen musste, wenn der arme Pieter anrief, um doch endlich bitte zu erfahren, was los sei. Der arme Pieter bitte um eine Audienz, er solle nicht so sein und rangehen, sagte sie dann, aber er, nein, er trug sein Kreuz, müde winkte er ab, und irgendwann hörten die Anrufe auf.

Verstörend, darin sind mein Großonkel und ich uns von Anfang an einig gewesen, verstörend ist das Gemälde »Wir drei« vor allem deshalb, weil sich Philipp Otto Runge zugleich in das Bild hinein und aus ihm hinaus gemalt hat. Er berührt darauf weder seine Frau noch den Bruder. Er steht am Bildrand, verschlossen, entschlossen, und auch wenn die ihn umfangende und sich an ihn schmiegende Pauline ihren Mann zu halten versucht, so nehmen es doch Runges wild suchender Blick und Paulines Hand, die die des Schwagers hält, vorweg: Runge wird im nächsten Moment aus dem Blickfeld hinaustreten. Von Zweifeln gespalten, als mittelloser Maler für sie der rechte Mann und Vater ihrer Kinder sein zu können, wird er Pauline alleinlassen mit dem älteren Bruder, dem ehelos gebliebenen Kaufmann, seinem Förderer. Selbst größte Innigkeit, Liebe und Bruderbindung können, so versteht mein Großonkel das Bild, nicht hinwegtäuschen darüber, dass jeder für sich ist und die Möglichkeit, sich mitzuteilen, gering und von kurzer Dauer. Wenn traute Verbundenheit, dann nur in dem aufgewühlten Bewusstsein, dass sie sich nicht festhalten lässt und verlischt. Die Malerei, was überhaupt sei sie, fragt W. G. Sebald, wenn nicht eine Art von Prosekturgeschäft angesichts des schwarzen Tods und der weißen Ewigkeit. Sie drei in jener Nacht in Amsterdam, die Studentin, die ihren Mann betrog, betrog mit Pieter, der seine Frau betrog, und er, mein Großonkel, der sie in gewisser Weise beide betrog, so gespielt offen, wie er ihnen gegenüber war, verband weit weniger, als die drei auf dem verbrannten Gemälde verbunden hatte. Die Vereinzelung aber war dieselbe, sie war immer, ob nun vor zwanzig oder vor zweihundert Jahren, dieselbe gewesen, sie sei wohl, sagte mein Großonkel in der Kunsthalle zu mir, so ewig wie der Wind und die Gewitter, die hinwegfegen über Runges Garten.

Lange nach drei Uhr morgens, als sie sich wirklich auf zweien der weißen Sofas niedergelassen hatten, nutzte er die Gelegenheit und schenkte wenigstens der jungen Gastgeberin reinen Wein ein. Den Kopf auf ihrem Schoß, war Pieter eingeschlafen, während sie ihm Schläfen und Stirn massierte. Mein Großonkel gab vor, sich plötzlich an das Gemälde zu erinnern, und dann teilte er ihr sehr ausführlich seine Gedanken dazu mit. Sie hörte zu. Unmöglich, zu entscheiden, sagte er mir, ob sich die junge Frau durch seine Kenntnisse blamiert fühlte. Sie tranken, was, wisse er nicht mehr, irgendwann aber sei er wieder so blau gewesen, dass er sich sogar getraut habe, sie nach ihrem Mann zu fragen, wie lange sie ihn kenne und ob er oft unterwegs sei. Es sei nicht die erste Meerwasserentsalzungsanlage, deren Bau sie miterleben dürfe, sagte sie, und so ein Wunderwerk der Technik, das brauche schon ein halbes Jahr, bis klares frisches Wasser daraus hervorsprudele – sie lachte. Und mein Großonkel meint, er höre noch immer deutlich, wie sie sagte, seit drei Monaten sei sie nun allein, ein Drittel Kind hätte sie in dieser Zeit austragen können.

Sie schlug vor, dass Pieter und er über Nacht blieben und, wenn sie sich ausgeschlafen hätten, mit ihr gemeinsam ins Rijksmuseum gingen, dort könnten sie frühstücken. Ob Pauline wohl Runge mit dessen Bruder Daniel betrogen habe, fragte sie. Da standen sie schon auf der Treppe, die hinauf zur Galerie führte, zu Gästezimmer und Bad. Er wusste keine Antwort darauf. Die Frage, das fand auch ich, war absurd, keiner konnte sie beantworten. Und sie hatte nichts zu tun mit dem, was mein Großonkel über Runges Gemälde gesagt hatte. Auf die Hände, wie Runge sie gemalt habe, solle er einmal achten, sagte sie, die aufstrebende Linie der drei Hände in dem Gemälde, sie bilde die Verbindung zwischen Daniel, Pauline, Philipp. Aber seltsam, Pauline halte Daniels Rechte, seine Herzhand, während Runge die eigene Hand wie verkümmert dargestellt habe, mit einem gekrümmten, auf sich selbst weisenden kleinen Finger. Ratlosigkeit, mein Großonkel erinnert sich deutlich an seine Ratlosigkeit in der nächtlichen Wohnung, vor deren Fensterfront das dunkle Amsterdam lag. Und was den Betrachter betreffe, sagte sie, so habe Runge das Bild ja wohl für die Eltern gemalt, sie seien seine fiktiven Betrachter. Nebeneinander standen sie auf der Galerie und sahen hinunter. Aufgebahrt auf dem Sofa, am Fuß der geschwungenen Treppe, lag der schlafende Pieter, sein wirrer blonder Haarschopf, sein rotes Gesicht.

Dann sei der Moment gekommen. Noch seien die Wogen der Schwermut nicht durch ihn hindurchgerollt, sagt er bitter, wenn er sich an den Augenblick in dem fremden Badezimmer erinnert, noch sei er nicht wie die Jahre darauf ein Korsar auf dem salzigen Meer der Trübsal gewesen. Vielmehr habe er sich wie ein schwankendes Floß gefühlt, an das Welle um Welle seine Übelkeit brandete, als er inmitten von Schminkzeug, Deodorant und Parfüm stand, intimsten Utensilien, die ihm gerade aufgrund ihrer Vertrautheit wildfremd erschienen. Kein interstellarer Spion auf einer völlig aus dem Ruder gelaufenen Mission hätte sich so verloren gefühlt. Irrtümlicherweise hatte man ihn materialisiert im Badezimmer eines niederländischen Ehepaars. Hinter der Tür hingen die Bademäntel dieser Menschen. Und auf dem kleinen Bord vor dem Spiegel stand der Rasierpinsel des Mannes, der im Jemen weilte, während seine hinreißende Frau sich einem drittklassigen Abschreiber hingab, ein Rasierpinsel, wie auch mein Großonkel einen besaß, weil es davon Millionen auf dem Planeten gab, mit einem Knauf aus Elfenbeinimitat, mit hellen, von einem dunkleren Band gezeichneten Borsten. Er nahm ihn und hielt ihn sich dicht vor die Augen. Und um sicherzugehen, dass stimmte, was er sah, presste er sich das Ding an die Wange, ans Kinn, auf den Mund, die Empfindung blieb dieselbe, so sturzbetrunken er war, er täuschte sich nicht, der Rasierpinsel war nass.

Seifenschaum war daran. Der Pinsel war erst vor kurzem benutzt worden. Von wem? Es gab nur vier Möglichkeiten. Erstens: von ihr. Höchst unwahrscheinlich. Frauen rasieren sich in der Welt meines Großonkels mit dem Epilierapparat oder benutzen Schaum aus der Sprühdose. Zweitens: von Pieter. Sehr unwahrscheinlich. Wenn es stimmte, was er erzählt hatte, war Pieter seit längerem nicht hier gewesen, abgesehen davon, dass es eine Sache war, mit der Frau eines Mannes zu schlafen, aber etwas anderes, das Rasierzeug mit ihm zu teilen. Drittens: von ihrem Ehemann. Möglich. Möglich, dass er weder eine Meerwasserentsalzungsanlage baute noch am Golf von Jemen weilte, vielleicht war er etwas ganz anderes als das, was seine Frau ihm andichtete. Dann jedenfalls war er nicht seit drei Monaten unterwegs, sondern höchstens seit drei Stunden. Was die Frage aufwarf, wann er zurückkommen würde. Viertens: Ein anderer, weiterer, dritter, vierter Mann hatte den Rasierpinsel benutzt. War sie eine Nymphomanin?

Was in den nächsten Stunden mit ihm passierte, veränderte für meinen Großonkel alles, sein Leben und die Welt, wie er sie gekannt hatte. Er wartete, bis es in der Wohnung still war. Dann schlüpfte er in den Fahrstuhl und verließ das Haus. Über der Stadt wurde es hell. Er lief zum Bahnhof. Er nahm den ersten Zug nach Hilversum, dort ein Taxi zu seinem Wagen, geparkt vorm Haus der van den Hoghdalems. Die Fenster waren dunkel, Pieters Frau schlief noch oder war gar nicht da.

An diesem Morgen nach der Amsterdamer Epiphanie beschloss er, sich dennoch seinen Herzenswunsch zu erfüllen. Er stellte den Scirocco auf einem Parkplatz ab und ging durch die Dünen zum Wasser hinunter. Es war noch nicht Mittag, als ihn allmählich die Kraft verließ und er so müde wurde, dass er sich in einem windgeschützten Winkel in den Sand legte. Dort drehte er sich auf die Seite und sah dann noch so lange auf die graue Zuidersee, bis ihm die Augen zufielen.

Die bittersüße Pein, nie habe man sie satt, sagt William Hazlitt, der scharfzüngige Chronist der englischen Restauration, dessen Vorfahren Niederländer mit Namen Haesluyt gewesen sein sollen. Mein Großonkel erzählt, bevor er in den Dünen am IJsselmeer eingeschlafen sei, habe er über einen Ausspruch von Hazlitt nachgedacht: »Ein Quäntchen zuviel, und aus Liebe wird Gleichgültigkeit oder Abscheu. Hass allein ist unvergänglich.« Pieter und er im »Grünen Affen« beim Bessen-Genever, und die Amsterdamer Gracht, in die er sich erbrach, und barfuß, im Pyjama, die Studentin, wie sie bibbernd an der Fahrstuhltür stand, und ihr auf Französisch geführter Smalltalk über das Wunderwerk Meerwasserentsalzungsanlage, und wie sie lachte, und wie sie sagte, ein Drittel Kind hätte sie bereits austragen können, die Galerie, und am Fuß der geschwungenen Treppe der Schlafende, sein Haarschopf, die vertrauten Dinge in dem fremden Badezimmer, an der Tür die Bademäntel, und der Rasierpinsel eines Fremden, der sein eigener hätte sein können, sein Irren durch die morgendliche Stadt, und die Zugfahrt, der goldene Wagen seiner Frau, und die Zuidersee, die er endlich sah, so müde, wie mein Großonkel meint, so müde wie nie zuvor in seinem Leben, alles das und auch die Gleichgültigkeit und Abscheu, von der Hazlitt spricht, lagen für ihn im Blick jener Drei auf dem Gemälde, im Blick von Pauline, Daniel und Philipp Otto Runge.

Ich stelle mir vor, wie er aufsah von dem Bild, allein hinter seinen Büchern, Katalogen, Fotobänden, Atlanten und alten Zeitungen an dem Nachmittag, als meine Großtante im Glauben nach Berlin reiste, sie könne sich mit ihm aussöhnen. Drüben gingen vielleicht die Gärtner über den Rasen, sonnengegerbte Greise mit hellen karierten Hemden, die ihnen hinten aus der Hose hingen. Sie trieben Späße miteinander. Wie immer, wenn es auf Feierabend ging, knufften sie einander, streckten einander die Zunge heraus und ähnelten so noch mehr alten und weisen Jungs, kaum älter, als ich damals war, die zwar in knochigen, von Falten bedeckten Körpern steckten, aber gewitzt waren und geschmeidig, sobald sie sich unbeobachtet glaubten. Verglichen mit ihnen, kam er sich hinter seinen Bücherpalisaden immer wie ein Fleischberg vor, unfähig, sich aus eigener Kraft anders zu bewegen als eine der riesigen Nacktschnecken, die ich ihm manchmal mitbrachte aus dem wilden Garten. Eine halbe Stunde brauchte er an einem guten Tag für den Weg vom Fenstersessel nach hinten durch den Flur ins Bad, drei Stunden war sein Rekord, von denen er allerdings zwei rücklings auf den Fliesen vor der Badewanne liegend zugebracht hatte, ehe meine Mutter ihn dort fand, einen Nachbarn rief und die beiden ihn zurück auf die Beine hievten.

Kräftig, massig, aber doch noch flink und wendig, mit einem Körper, der ihm gehorchte und den er als den seinen empfand, selbst wenn er doppelt sah und die ganze Welt schwankte, so hatte er noch auf dem verlassenen Parkplatz an der Zuidersee den Volkswagen meiner Großtante zerlegt. Beweise für ihren Liebhaber fand er keine, aber doch Spuren, Hinweise auf ein Parallelleben, zerknüllte holländische Parkscheine aus einer Kleinstadt nahe der Grenze, dutzende Male musste sie dort gewesen sein. Im Kofferraum lag eine Wolldecke, Tannenreiser klebten daran, hellgrün, biegsam, noch voller Saft.

Ein geheimes, anderes Leben zu haben, schöner und reicher als Augenschein und Alltag, das ist es, was Titus Andronicus in seiner gepeinigten Fantasie selbst einer Stubenfliege zugesteht. Da konnte man der eigenen Frau nicht dasselbe zugestehen? Nein. Nein! Eine Fliege log nicht. Sie flog durch die Gegend, fraß, paarte und putzte sich. Es hing vom Betrachter ab, ob er sich daran erfreuen konnte, dass eine Fliege offenbar auch etwas wie Freizeit hatte, in der sie sich auf einer Fensterbank in einem Treppenhaus sonnte. Seine Frau hatte ihn hintergangen, wenn nicht betrogen. Sie hatte seine Gutgläubigkeit so lange ausgenutzt, wie sie von Vorteil für sie gewesen war – leere Worte. Nichts drückten sie aus von seiner Enttäuschung, seinem Unwertgefühl.

Mit Camus hatte das für ihn nur am Rande zu tun.

Für meinen Großonkel war es unerheblich, ob ihre gemeinsame Camus-Biographie nicht zustande gekommen war, weil sich seine Frau irgendwann entschloss, die Arbeit ihres holländischen Freundes an dessen eigener Camus-Biographie mit vertraulichen Informationen zu unterstützen. Bei Runge, Hazlitt oder Nietzsche dagegen fand er die Schlüssel zu seinem Unglück – auf einem verbrannten Gemälde, in vergilbten Büchern. Erst kürzlich zeigte er mir die Oxford-Ausgabe mit dem extradünnen Papier. Und wirklich, »Der Sturm« kommt darin nicht vor, das Stück ist eliminiert, als hätte Shakespeare es nie geschrieben. Genauso fehlen einige Seiten von »Titus Andronicus«, die nämlich habe er doch noch herausgetrennt an dem Tag, als meine Großtante nach Pankow kam. Zerknüllt, sich in den Mund gestopft und hinuntergeschluckt habe er die Blätter – er habe die ganze Fliegenszene aufgegessen.

»Harmlose arme Fliege«, sagt Titus dort zu Marcus, »die mit dem hübschen summenden Gesang herkam, uns zu erheitern – und du tötest sie.«

Das Reisen und die Angst

Der Himmel war grün, ich fühlte mich wohl.
Albert Camus

Wir waren Zehntausende, und wir waren in Reih und Glied gebracht, denn nur so konnte jeder von uns dorthin gelangen, wohin er wollte: nach Haus. Die drei Dreiersitzreihen in der Maschine, voll besetzt. Sah ich aus dem Fenster und über das nächtliche, von Scheinwerfern hell erleuchtete Flugfeld, so fiel mein Blick auf weitere, im immer gleichen Abstand zueinander gestaffelte Jets, alle erleuchtet, alle besetzt oder im Begriff, bestiegen zu werden von anderen hunderten Fluggästen, Touristen, Reisenden, deren Ferien vorbei waren und die es nun von der Insel zu bringen galt, übers Meer zurück. Der Flughafen von Palma erschien mir, zumal in diesem gespenstischen Licht, als Raumstation, die Flugbasis eines Erholungsplaneten, von deren Rampe im Minutentakt Transporter katapultiert wurden. So geringfügig und verloren ich mir vorkam in der Masse derer, die eincheckten, warteten, einstiegen, abhoben und davonflogen, ich konnte mich, wenn ich nur wach blieb und schaute, in meinen Mitreisenden wiedererkennen. Tausendfach gespiegelt: Dort stieg ich eine Gangway hinauf, hier las ich Zeitung, einer wie ich schritt mit seinem Töchterchen an der Hand die Sandwich-Theken ab, und da, inmitten eines ausgelassen johlenden Pulks junger Frauen, verdrehte jemand die Augen, lächelte, lächelte mitgenommen herüber.

Der Airbus stand zum Abflug bereit, doch nichts geschah. Den spanischen Stewardessen merkte man an, dass etwas nicht stimmte. Sie hielten einander bei Laune, so riss das Gespräch zwischen ihnen nicht ab und jede blieb auf dem Laufenden. Die Abflugzeit verstrich. Die Kinder in den Sitzreihen wurden unruhig. Fernseher kamen aus der Kabinendecke gefahren. Während Mister Bean die Kleinen ablenkte, erfuhren wir, dass ein Fluggast, ein Herr mit Doktortitel, vermisst wurde. Die Maschine könne, so der Pilot über Lautsprecher, nicht starten, bis entweder der Verschollene auftauche oder bis man sein Gepäck aus dem Bauch des Fliegers geholt habe – Sicherheitsvorschrift nicht erst seit dem 11. September.

Hier beginne das Problem, sagte der Pilot. »Sie befinden sich in einem Flugzeug, dessen Laderaum nur mit einem Hubwagen erreichbar ist. Ein solcher Hubwagen steht jedoch, bei der Vielzahl abzufertigender Maschinen, derzeit nicht zur Verfügung.« Wir müssten also warten. Worauf? Eine Frau hinter mir sprach das Naheliegende aus: ein Bombengefühl.

Schön waren die Tage gewesen. Die wunderbaren Farben des Meeres, der Berge im Norden und Osten der Insel. Klares, warmes Wasser. Nachts Regen, tags gerade so viele Wolken, wie nötig waren, um die Hitze nicht drückend werden zu lassen. Ihr guten Schattenwolken.

Und überall erblühter Hibiskus. Ich setzte mich in

ein Café an der Promenade, las nach, was Camus zu Mallorca notiert hatte, sah meinem Sohn zu, wie er an Bord seiner Luftmatratze der Invasion der Salzwellen trotzte. Drei Tage lang ein sengend heißer Wind aus Afrika. Mitte September: Europas Schulen hatten schon wieder begonnen, so gab es nur wenige Kinder am Strand und im Hotel. Meinen beiden war es egal: Im Sommer das Wichtigste auf der Welt sind kleine Elektromotorräder, mit denen sich auf einer Zementpiste drei Minuten lang im Kreis fahren lässt, bevor die eingebaute Uhr abläuft und das Gefährt ausrollt, als wäre es eingeschlafen.

Wir mieteten uns einen Wagen mit Kindersitzen und fuhren in die Berge der Tramuntana. Wir kamen durch Alcúdia und Pollença, wo Camus in einer Pension übernachtet hatte, um tags darauf nach Ibiza überzusetzen. Hoch oben, umgeben von umwölkten Gipfeln, deren Felshänge blassrot das Licht zurückwarfen, steht Kloster Lluc. Der Legende nach wurde es dort erbaut, nachdem ein Hirtenjunge in den Bergen drei Erscheinungen gehabt hatte: Im Geröll fand der Knabe eine schwarze Marienfigur und trug sie ins Dorf zu einem Priester – doch zweimal soll die Madonna auf wundersame Weise an ihren Fundort zurückgekehrt sein, und immer fand sie derselbe Junge. Es heißt, es sei ein maurischer Junge gewesen, der sich kurz zuvor habe taufen lassen.

Wieder und wieder dieselbe merkwürdig kleine, kohleschwarze Figur im Staub zwischen Pinienzapfen und Schiefersplittern zu finden … mein Sohn teilte meine

Verwunderung. Und im Gegensatz zu mir fand Nick Worte dafür: Warum hat er sie nicht wenigstens beim dritten Mal liegen gelassen?

Camus war Autofahrer, Autoreisender, mit dem Wagen fuhr er durch die Ödnis der algerischen Kabylen, um Reportagen über die Armut und Würde der Menschen dort zu schreiben, er war mit dem Auto in Griechenland unterwegs und fuhr daheim eine schwarze DS, die er »Desdemona« taufte. Im Januar 1960 starb er als Beifahrer seines Freundes Michel Gallimard bei einem Autounfall auf dem Rückweg vom Vaucluse nach Paris. In seiner Manteltasche fand man ein Zugbillet, das er hatte verfallen lassen.

Ob er fünfundzwanzig Jahre zuvor auch auf Mallorca mit dem Wagen unterwegs gewesen war? »Liebe zum Leben« heißt ein früher Essay, der Eindrücke vom Nachtleben Palmas und die Beschreibung eines Besuchs im Kloster San Francesc zur kompromisslosen Bejahung des Daseins verbindet – und dessen Ton die luzide Meisterschaft von »Der Fremde« und »Die Pest« bereits ahnen lässt. Weitere Stationen seiner mallorquinischen Reise – sein erster Aufenthalt außerhalb Algeriens – notiert er gut ein halbes Jahr später in sein Tagebuch. Außer den Ortsnamen und ein paar Erinnerungsstützen scheint der Leser jedoch nichts zu erfahren: »Valldemossa und die Terrassen. Sóller und der Süden.« Camus vertraute stets auch der Magie der Namen.

Mir gefiel die Vorstellung, er könne seinerzeit im selben zerbeulten Autobus von Palma nach Valldemossa mitgefahren sein, der dem niederrheinischen Wahlmallorquiner Albert Vigoleis Thelen das Leben rettete. Thelen, heute beinahe vergessener Fontane-Preisträger von 1954, erlebte Francos bestialische Säuberungen auf der Insel in den dreißiger Jahren am eigenen Leib. Georges Bernanos schrieb darüber seine Aufzeichnungen »Die Friedhöfe unter dem Mond«, während in Valldemossa, berühmt für seine Meerterrassen, Thelen genauso Asyl fand wie hundert Jahre zuvor bereits Chopin und George Sand. Auf seiner Reise nach Brasilien im Sommer 1949 erinnert Camus ein aufgeblasener Señorito an die Spießbürger Palmas, die »in der Calle Mayor hochbeinige Hunde spazieren führten, ehe sie loszogen, um mit Kennermiene den Hinrichtungen von '36 beizuwohnen.« Noch achtzehn Jahre nach seiner Mallorca-Reise, im Herbst 1953, notiert er in sein Tagebuch: »In Valdemosa die im Nebel verlorenen Möwen, die sich an allen Fensterscheiben des Klosters stoßen.«

Oder er ließ sich vom Ferrocarril, der Schmalspurbahn von 1912, vorbei an Zitronenhainen, Orangengärten und Mandelbaumplantagen von Palma hinauf in das maurische Gassenlabyrinth von Sóller bringen. Wir hingegen in unserem Minivan zahlten die maurische Maut: Dank des neuen Straßentunnels ist man mit dem Wagen in einer knappen halben Stunde im Parkhaus vis-à-vis der Palma überragenden Kathedrale. Wir stiegen höher und höher durch die Altstadt, bis wir auf einem kleinen Platz vor der San Francesc-Basilika standen. Da begann es aus dem hellblauen, ganz wolkenlosen Himmel zu regnen. Ein weit entferntes Gewitter über dem Meer, ein sehr schräger Wind, sagte ich mir. Aber ich breitete doch die Arme aus.

Sens produir no pot nuyl hom amar,
ni pot home entendre ni remembrar,
ni ha home poder de sentir e estar.

Dass Camus das kleine Kloster so eingehend beschrieb, liegt wohl daran, hatte ich vor meiner Reise angenommen, dass dort Ramon Llull, gebürtiger Algerier wie er und einer der erstaunlichsten Köpfe des Mittelalters, Erfinder unter anderem des Schiffskompasses, in der Basilika begraben liegt:

Ohne hervorzubringen, kann niemand lieben,
noch kann er verstehen noch sich entsinnen,
noch vermag er zu fühlen und zu bestehen.

Stattdessen schreibt Camus in »Liebe zum Leben« von einer Nacht in einer Bar. Vom Zusammenhang zwischen Reisen, Angst, Unwirklichkeit. Er beschreibt den stillen Klosterkreuzgang, den kleinen Brunnen in der Mitte, in den auch meine Kinder sahen, um gleich vor der tiefen Schwärze zurückzuschrecken. Llull, Raimundus Lullus, erwähnt er mit keinem Wort.

Über dem Flughafen hatte es zu regnen begonnen. Die Fernseher waren zurück in die Kabinendecke gefahren, wir warteten. Der Hubwagen, der die Suche nach der Tasche eines Terroristen erst ermöglicht hätte, blieb aus. Unruhe machte sich breit. An meinen Sitz geschnallt, dachte ich nach über das Reisen und die Angst. In einem Nachrichtenmagazin hatte ich einen Artikel gelesen, der sich an den Kümmernissen der Zeit weidete: Die Terroranschläge von Luxor, Djerba und Bali hätten deutlich gemacht, dass der Tourist von heute zum Urlaubersoldaten verkommen sei. Nicht viel mehr als globales Kanonenfutter reise da sonnenhungrig durch die Welt.

Nicht nur, weil er ein Grenzgänger zwischen den Mittelmeerkulturen war, hieß dagegen Camus zu lesen, den Blick für Unterschied und Einzelnen zu schärfen, zumal in einer Zeit vermeintlich alternativloser Vermassung, einer Ära des Pauschalurlaubs wie des Pauschalurteils. Was den Wert des Reisens ausmache, sei die Angst, schreibt er, zerstöre Reisen doch eine Art Staffage in uns. Es sei nicht mehr möglich, zu mogeln, sich hinter Büro- oder Fabrikstunden zu verschanzen. »Da wir das Gefühl haben, unsere Seele sei krank, gewinnt in unseren Augen jeder Mensch und jedes Ding wieder seinen Wert als Wunder.«

Es war kein Wunder, dass der lang Vermisste, ein deutscher Arzt, wie sich herausstellte, plötzlich erschien und unter ironischem Beifall seinen Platz in der Maschine einnahm. Nur ein kleiner Irrtum seinerseits. Wenig später hoben wir ab und flogen.

Antarktika, Antarktika

Shackleton was here
Wandspruch

Feuerland

Einen Satz meiner Tochter, den sie mir im Schwimmbad zurief, nehme ich mit auf die Reise. Während ich in dem Jumbo saß, der mich einen Tag lang über den Atlantik flog, hatte ich ihn im Ohr: »Ich gleite übers Wasser wie eine Ente, wenn sie landet.« Ich dachte daran, als ich über den Rio de la Plata hineinkam und kurz darauf in Buenos Aires landete. Wenig später sah ich am Hafen Möwen dabei zu, wie sie über dem Museumsschiff »Uruguay« kreisten. Ich las, dass der Dampfsegler 1903 in der Antarktis gewesen war und die Männer der gesunkenen »Antarctic« aus ihrem unfreiwilligen Eisasyl auf der Paulet-Insel gerettet hatte. Wie eine wassernde Ente rauschte die »Uruguay« in den Süden, rasch, sicher, mit festem Ziel, stellte ich mir vor und fühlte mich bei dem Gedanken selber gerettet.

Als einziger Künstler im Programm der bevorstehenden Kreuzfahrt war ich auch der einzige Auswärtsschläfer im Hotel »Latino« von Buenos Aires und hatte mich, um pünktlich mein Gepäck aufgeben zu können, als Erster im »Caesar Park« einzufinden, wo die zahlenden Gäste untergebracht waren. Drei Uhr morgens. Lieferwagen fuhren vor, während ich rauchend draußen auf der Straße stand und in den Bäumen die ersten Vögel sangen. Urbanisierte Indios verluden die Kofferberge, bevor die Busse kamen, chauffiert von jungen Fahrern, die, obwohl es noch stockfinster war, jeder eine Sonnenbrille auf der Nase hatten.

Dann erst erschienen die Kofferbesitzer, hundertfünfzig Antarktisreisende, Deutsche, Schweizer, einige Niederländer und Amerikaner, zumeist Paare und im Durchschnitt über sechzig. Unerwartet einfache, nette Leute, denen Arroganz oder Blasiertheit abgingen. Es herrschte die pragmatische Aufgeräumtheit der Betuchten. Ein Herr mit Halstuch und Brille an der Kette meinte mir am Frühstücksbüffet mitteilen zu müssen, welche Klinik am Vierwaldstätter See er geleitet und wie viele Franken er hingeblättert habe für seine Bordsuite mit Balkon. Für mich blieb er, wofür auch er sich zu halten schien – eine Ausnahmeerscheinung.

Pulks von Cartoñeros, Papiersammlern, waren auf den Straßen unterwegs, und während vorn im Bus die Stadtführerin stand und über Mikrofon das Rot der Flussmündung erklärte, die Denkmäler, die aus dem Zwielicht auftauchten, und die großen Gummibäume pries, in deren Wurzelwerk sich schon seit über hundert Jahren Liebespaare träfen, fielen mir in einer Hochhaussiedlung, die nicht endete, Graffiti auf: »Menschenfresserbezirk« stand auf einer Tankstellenmauer,

DISTRITO KANIBAL

Die Busse fuhren zum Inlandflughafen am Rio de la Plata. Die Sonne ging auf über dem Strom. Tanker kamen herein. Ich fragte mich, ob die Lichter, die ich in der Ferne sah, diejenigen von Montevideo sein konnten, und ich dachte an Sonia, ihren Zuruf, und sah sie wieder, wie sie wirklich wie eine wassernde Ente an mir vorbeiglitt: Einen Augenblick lang sah es aus, als läge sie in der Luft, überm Blau des Chlors, bevor sie ins Wasser tauchte und verschwand.

Tierra del fuego. Früher wurde Feuerland »Rauchland« genannt: Seine Entdecker sahen von ihren Galeonen aus hohe Rauchsäulen zum Himmel aufsteigen, Torffeuer der inzwischen fast ausgestorbenen Indios. Eine einzige Frau, sagt die Reiseleiterin, lebe noch vom Stamm der Ona, der am Beagle-Kanal und in der Umgebung von Ushuaia ansässig gewesen sei. Auf einer Hundefarm am südlichen Ende des Panamericana-Highways, wo die Reisegesellschaft Rast machte, versuchte ich mir die überlebende Ona-Greisin in ihrem Haus in Puerto Williams vorzustellen. Doch in dem Wirrwarr der Klischees gelang es mir nicht. Während meine Mitreisenden die Huskywelpen besichtigten, ging ich eine Stunde lang durch brachliegende Felder voller gelbbraunem Gestrüpp und kahler Dornenbüsche und überließ mich meinen Gedanken. Diese Ödnis am Fuß der Berge, so nah dem Atlantik und zugleich dem Pazifik, erinnerte mich an Beschreibungen Patagoniens, die ich bei W. H. Hudson gelesen hatte. Doch während Hudson 1870 noch überall in den unwirtlichen Weiten der Pampa am Rio Negro Spuren von Indios entdeckt hatte, Hütten, Feuerplätze, Grabstätten, sogar Trampelpfade, und während er sich in einer aufgegebenen Siedlung nur hatte bücken müssen, um Pfeilspitzen, einen bleistiftartigen Dolch oder ein Amulett vom Boden aufzuheben, erinnerte hier, wo ich ging, nichts mehr an irgendwen und traf auf die Indios, die unsere Busse lenkten, wohl das zu, was Hudson schon vor 140 Jahren von ihren Vorfahren schrieb: Sie würden sie weder als ihresgleichen noch als Verwandte anerkennen.

Allerdings täuschte ich mich, wenn ich annahm, auf diesem trostlosen Brachland allein zu sein. Was ich zunächst für einen im Wind raschelnden Strauch mit tiefrotem Laub hielt, entpuppte sich als ein weiterer ausladender Dornenbusch, nur dass sich auf diesem ein Schwarm Vögel niedergelassen hatte. Hunderte Purpurschwalben saßen auf den Zweigen, tschilpten und verbreiteten umso größere Unruhe, je näher ich kam. Hudson sah sie in den Pappeln am Ufer des Rio Negro, er verglich sie mit schlafenden Heuschrecken und staunte über ihre Unentschiedenheit und ihr wildes Wesen. So, wie er sie gesehen hatte, dem Wind und den rauschenden Bäumen ähnlich, sah auch ich sie jetzt, und so waren die Purpurschwalben im Frühling und im Sommer bestimmt schon von den Ona bestaunt worden.

Freundlich hatte die Reiseleiterin mir mitgeteilt, für »Staff«-Angehörige, mithin den Bordkünstler, sei die Teilnahme an der Stadtrundfahrt nicht vorgesehen, und so unternahm ich vom »Latino« aus, zu Fuß und auf mich gestellt, lange Streifzüge durch den absurden Sommer von Buenos Aires.

Der schönste dieser Spaziergänge führte mich hinauf nach Recoleta zum Friedhof, auf dem Evita Perón begraben liegt. Ich begann, ein Gedicht über meine Wanderung durch die abendwarme Stadt zu schreiben, doch kurz vor Ablegen des Schiffs drei Flugstunden weiter südlich auf Feuerland, wo der Regen in Schnee übergeht, kamen mir Zweifel, ob die Atmosphäre sich noch einmal herstellen ließe.

Es war Sommer in Buenos Aires
am 29. November, und ich ging,
vorbei am Obelisken, die Talcahuano
und die Guido hinauf nach Recoleta.
Wind eines Gewitters war in der Luft,
die Kronen der großen Straßenbäume,
viele mit lilanen Blüten wie Flieder,
rasselten und rauschten. Der Himmel blau,
keine Wolke, ein Gewitter würde es nicht geben,
und doch war da der Wind und trieb den Duft
der violetten Blüten vor mir her, und war da Licht,
das sich schnell verdunkelte wie gedimmt.

Zerbeulte amerikanische Straßenkreuzer, die bunten, verchromten Busse und die Blumenstände unter den weit herabreichenden Kronen der Bäume überall auf den Straßen müsste das Gedicht wiedergeben … und wie ich zu spät kam, an das gusseiserne Tor trat, aber der Friedhof pünktlich um 18 Uhr schloss. Ich sah, wie die letzten Besucher hinauskomplimentiert wurden, und setzte mich müde und verdrossen mit einer Cola Light aus einem McDonald's um die Ecke in den Park vor der Basilika von Recoleta und sah den Liebespaaren zu und einem Alten mit Gitarre, der einem Jungen, vielleicht sein Neffe, ein Lied vorspielte. Dem Jungen saß ein zahmes Eichhörnchen auf der Schulter. Dann ging ich zurück, über andere Straßen und andere Plätze, auf der Suche nach einem Bistro.

Ich fühlte mich allein, und nichts anderes hätte ich sein mögen. Mir fiel ein, wie ich aus in Plastik eingeschweißten Torfballen, die auf einer Wiese vor unserem Haus in Bayern aufgestapelt waren, ein Haus zurechthievte, in dessen Gänge ich mich verkroch und wo der Torfgeruch mich betörte. Im Bus auf dem Weg zum Flughafen sah ich zwischen City und Rio de la Plata im Morgengrauen eine Favela, erst halb errichtet und schon halb verfallen, aus nackten Ziegeln. Mir fiel ein, dass ich mich nach meiner Torfballenarchitektur auch an einem steinernen Haus versucht und einen Stapel Ziegel vor einer Baustelle so weit ausgehöhlt hatte, bis darin ein Zimmer entstanden war. Auf Feuerland fuhr der Bus zwischen den südlichsten Kordillerenausläufern hindurch. Wo sich die Gletscher vor langer Zeit zurückgezogen haben, sind ausgedehnte Torffelder entstanden, die eine Flechte rötet. Als roter Fluss liegt der Torf in den Bergtälern der Cordillera Darwin.

Das Schiff zitterte im schwarzen Wasser, als es gegen Mitternacht Ushuaia verließ und durch den Beagle-Kanal nordostwärts lief, den Falkland-Inseln entgegen, den Islas Malvinas, wie sie in Argentinien heißen.

Den ganzen Tag lang Vögel im Schlepp über dem offenen Meer. Mit ihrem Schachbrettmuster auf den Schwingen die Kapsturmvögel. Schwarzbrauen-Albatrosse segeln in Sinuskurven durch die Thermik, und am nächsten kommen dem Schiff Riesensturmvögel mit ihrem schmutzigen Grau und dem Hakenschnabel, der aussieht, als würde er mich verlachen, wie ich da im roten Anorak an Deck stehe und durch den Feldstecher in die Luft starre, wo nichts Besonderes zu sehen ist.

Sie sind ganz still. Kein einziger Schrei ist zu hören. Und sie schlagen nicht mit den Flügeln. Alle drei Vogelarten haben, wie der Ornithologe sagt, »eine supereffiziente Leichtbauweise«. Dagegen seien die Raubmöwen, die Skuas, nach denen ich frage, die reinsten Briketts. Lediglich einen um zwei Prozent höheren Energieaufwand als beim Schlafen in seinem Nest, sagt der Vogelkundler, benötige der Schwarzbrauen-Albatros, wenn er sich über den Wellen dahingleiten lässt.

Vorm Fenster des Bistros in Buenos Aires, Ecke Suipacha und Tucaman, brandete der Feierabendverkehr vorüber, es wurde rasch dunkel, aber es war noch so hell, dass ich die Fahrer der vorüberbrausenden Wagen beobachten konnte: Im Asphalt fehlte ein Gullydeckel, da war ein tiefes Loch in der Straße, und bestimmt jeder sechste oder siebte Wagen fuhr hinein, ging in die Knie, touchierte den Teer, es krachte vorn und krachte hinten. Entsetzen, Empörung, Zorn und helle Begeisterung tauchten auf den Gesichtern auf, und nicht wenige sahen nach einem Blick in den Rückspiegel zum Seitenfenster hinaus, ob sie nicht beobachtet worden waren bei ihrem Malheur, sahen mich an hinter dem Fenster des Bistros, den stummen Zeugen, vielleicht den Verantwortlichen, den vermeintlich Schuldigen an diesem abendlichen, abenteuerlichen Loch.

Am Abend das graue Meer mit einem rosig gelben Schleierband darüber, einem Himmel, der Regen verheißt. Mein Körper alarmiert: schwere Dünung, offenes Meer, war es nicht Zeit, seekrank zu werden? Beim Frühstück musste sich eine ältere Dame am Nebentisch übergeben: Sie spuckte einen der lindgrünen Lehnsessel voll, während ihr Gatte danebensaß, kopfschüttelnd. »Was soll ich machen?«, fragte sie ihn. Er zuckte mit den Achseln und holte aus dem Sakko die Chipkarte für die Kabinentür hervor. »Wo entlang muss ich?«, fragte die Frau, grün im Gesicht und verwirrt. »Rechts«, sagte er, »da lang«, und zeigte in den Korridor, durch den seine Gattin kurz darauf allein davonschlich. Wie die Hälfte der Passagiere kehrte sie bis zum Abendessen nicht mehr zurück.

Es scheint eine tief sitzende Rivalität unter den drei Naturfotografen zu geben, die sich an Bord aufhalten. Man scheint sich zu kennen.

Neunzehn Mal war der eine bereits in der Antarktis. Einigkeit besteht darüber, dass er der renommierteste ist. Für den Ornithologen sind alle drei unverbesserliche Dilettanten: Was ein Schwarzbrauen-Albatros ist, würden sie nie begreifen. Für einen kurzen Moment an Deck und hineinblickend in den kühlen stillen Himmel voller Wind, kam es mir vor, als betrachte der vorbeisegelnde Albatros den Albatrosforscher in etwa so, wie der die Albatrosfotografen betrachtet – neugierig und amüsiert, geringschätzig, könnte man meinen, ginge es nicht um ein so stolzes und majestätisches Geschöpf. Die Erhabenheit des Albatros färbt auf jeden ab, der seinen Flug beobachtet.

»Er kann kaum laufen«, sagte der eine, der in Südafrika lebt und den ganzen schwarzen Kontinent vom Helikopter aus fotografiert hat, »geschweige denn landen«, sagte der andere über den Vogel, eigentlich aber über den Kollegen im Sessel gegenüber. Ihr bekannter Kollege verzog keine Miene, er sah hinaus: Neben dem Schiff segelten Sturmvögel. Ob er Baudelaires Gedicht über den Albatros kenne, fragte ich ihn. Man sollte überlegen, ob man nicht gemeinsam einen Film ins

Auge fassen wolle, gab er zur Antwort, Vögel und Gedichte, ich solle mir das durch den Kopf gehen lassen.

Der weniger von sich überzeugte der beiden weniger renommierten Fotografen ist ein junger Amerikaner und hat eine Frau, die mir gefällt. Sie ist sehr groß, sehr schlank und wirkt müde, nachdenklich und in sich gekehrt. Im Flugzeug nach Feuerland war sie mir schon aufgefallen: Sie saß in der leeren Sitzreihe vor mir und schlief. Durch die Lücke zwischen den Stuhllehnen war es möglich, minutenlang ungehindert ihr Profil zu studieren – eine fremde, schlafende, schöne Frau. Sie schien mir gelangweilt zu sein. Von ihrem Mann, der am Laptop arbeitete? Aber warum sollte sie das sein, seine Frau und Assistentin. Irgendwann waren ihre Augen plötzlich offen, ihr Profil aber blieb unverändert vor mir zwischen den Sitzen. Ich tat, als würde ich lesen, Joan Didion, »Demokratie«, ein Roman in der Nachfolge Fitzgeralds, doch viel zu kühl und übervorsichtig konstruiert. Mich ärgerte die persönliche Anrede des Lesers, ich fühlte mich zum Komplizen des Konstrukts gemacht, und während ich mich fragte, warum das Buch mich dennoch nicht losließ, war ich mir mit einem Mal sicher, vor mir die Amerikanerin, sie wusste genau, dass ich sie beobachte, sie fragte sich nur, wie lange schon.

Als wir in Ushuaia landeten und ausstiegen, lächelte sie mir zu. Ob ich der Schriftsteller sei, der auf dem Schiff aus seinem Buch vorlesen werde, fragte sie, und so kamen wir ins Gespräch.

Auf zweien der Eilande, New Island und Carcass, blühte der Stechginster. Sein Duft ist überall in der Luft, ein leichter und erregender Kokosgeruch. Mit den schwarzen Zodiac-Schlauchbooten ging es vom Schiff ab. Wir preschten durchs Licht, durch den kühlenden Wind überm türkisblauen Wasser der Bucht. Delfine waren gesichtet worden, doch ich sah sie nicht, so lange ich auch über die Wellen blickte.

»Seit 1984«, hob der Ornithologe an, »seit dem Beginn des Falklandkrieges ...« – aus der Gruppe, in der auch ich stand, unterbrach ihn Gelächter.

Wir standen im Gras auf den vom Ginster gelb gefärbten Hügeln von New Island. Der Falklandkrieg habe nicht 1984 begonnen, sondern 1982, sagte einer der Schweizer, ein Politiker im Ruhestand. »Für die Magellangans unerheblich«, sagte der Ornithologe. Erheblich für die Magellangans sei einzig, dass sich seit Beginn des Falklandkrieges und der damit einhergehenden Verminung der Eilande der Bestand an Magellangänsen, die zuvor fast ausgerottet gewesen seien, merklich erholt habe. Wir beobachteten eine Magellangans-Kolonie, und der Ornithologe erklärte, es verhalte sich hier ähnlich wie in den ehemaligen Todesstreifen an der früheren deutsch-deutschen Grenze: Auch dort habe der zivilisatorische Ausnahmezustand zahlreiche Tierarten vorm Aussterben bewahrt. Wann die Mauer denn gefallen sei, fragte ihn der frühere Politiker aus dem Kanton Bern, und die halbe Gruppe lachte, und auch die halbe Magellangans-Kolonie, so hörte es sich an, lachte.

Vor einer in den Klippen nistenden Kolonie von Felsenpinguinen und Kormoranen rutschte ihr der Verschluss ihres Teleobjektivs aus der Hand und kullerte mir vor die Füße. Ich hob ihn auf von den Steinen und reichte ihn ihr, sie lächelte und bedankte sich mit sprechenden hellblauen Augen.

Zwei Stunden darauf sprach ich an Deck mit ihrem Mann über Shackleton. Er ist ein netter Kerl mit sympathisch unsicherem Blick und profundem Wissen über die subantarktische Flora und Fauna, Doktor der Biologie, der mit seiner Frau in Weehawken, New Jersey lebt.

Ich wechselte die Deckseite, sah übers Meer, rauchte an der Reling und sah den Zodiacs zu, die zum Schiff zurückkehrten und an Deck gefiert wurden. Plötzlich stand er hinter mir, Stativ in der Hand, und erkundigte sich nach den Umständen von Shackletons Herztod 1922 in Grytviken.

Selbst am Abend, zum Kapitänsdinner, hatte er noch die Kamera aufgebaut und filmte, diesmal die Gäste. Im Smoking kam ich aus meiner Kabine und traf im Korridor auf seine Frau. Sie trug ein enges schwarzes Kostüm und einen Reif im Haar, sie sah schön aus, und sie winkte mir zu, ohne den Arm zu heben. »Schick!«, rief ich ihr zu. »You too«, sagte sie, und wieder lächelte sie mit einem müden Gesicht, das manchmal fünf Jahre zu alt für sie aussieht. Ob sie Kinder haben? Wie dieses noch nicht mal begonnene Gespräch vertiefen. Wenn ich sie sehe, denke ich an ihren Mann, an mich, wäre ich ihr Mann, und stelle mir vor, es käme einer dahergelaufen wie ich, einer, den es ins Eis verschlagen hat, zweifach geschieden, ein verirrter Südpolcasanova. Dass ich nichts Genaueres über Shackletons plötzlichen Herztod wisse, sagte ich zu ihrem Mann an Deck. Er müsse aber bedenken, unter welchem Stress Shackleton gestanden habe, auch persönlich, privat. Nach all dem Scheitern im Eis, all den Mühen zur Rettung seiner Crew, den Erlebnissen im Krieg und den Lesereisen kreuz und quer durch die Welt – da kam das Aus für seine Ehe.

Auf dem Carcass-Eiland war die Reisegruppe wandern und im Anschluss zu Gast bei der einheimischen Familie von Rob McGill zu Tee und Keksen. Das geweißte Holzhaus mit den roten Fensterrahmen steht zwischen hohem Tussockgras, palmenartigen Stauden und in seltsamer Geometrie über die Hänge verteilten, duftenden Ginsterbänken. Der Stechginster, Ulex europaeus, erklärt der Botaniker, sei schön anzuschauen. Und er sei praktisch – als Windfang, als natürlicher Zaunersatz. Doch er sei eingeschleppt. Aus Irland und England. Er verdränge viele einheimische Pflanzenarten. Wo Ulex europaeus wachse, da wachse nichts anderes mehr. In der Ferne fuhr ein Landrover umher. Felsenpinguine watschelten am Strand, wo die Zodiacs anlandeten und die Kreuzfahrtdirektorin barfuß ihre gutgelaunten Kommandos rief. Zehn oder zwölf Falkland-Karakaras, bussardgroße, zu den Falken zählende Greifvögel, die wild auf der Insel leben, rauften auf dem Dach eines Schuppens um eine blutige Lammkeule. Sie schrien und tanzten zugleich um das Fleisch herum. Ich wanderte hinauf auf ein Kliff. Lange beobachtete ich dort einen Vogel, pirschte mich an ihn heran, um ihn besser sehen zu können: Er sah aus wie ein Rotkehlchen, nur dreimal so groß, und sein Bauch leuchtete beinahe orange. Den Ornithologen konnte ich mit Fragen nicht behelligen, er saß im Haus der McGills und futterte grüne Minzkekse.

Später an Deck fragte ich den Weehawkener Fotografen nach dem Vogel, beschrieb ihn, und er teilte auf Anhieb meine Begeisterung, gratulierte mir zu meiner Beobachtung und sagte: »Auf den Falklands nennt man ihn ›Military bird‹. Eigentlich aber heißt er ›Red-breasted meadowlark‹. Ein schönes Tier.«

~~und war da Licht,~~
und da war das Licht,
~~das sich schnell verdunkelte wie gedimmt.~~
schnell wie gedimmt
verdunkelten sich Fassaden und Gesichter,
Autos, zerbeulte Straßenkreuzer, unterwegs
nach Recoleta, schalteten die Scheinwerfer
und die Blumenverkäufer in ihren Häuschen
unter den Bäumen die nackte Glühbirne ein.

Ein grauer Morgen, als das Schiff in den Hafen läuft und an einem Ponton weit außerhalb des Ortes festmacht. Ein Pendelbus fährt nach Stanley. Der Schriftzug auf dem Rücken des Fahrers soll Respekt einflößen:

ANTARCTICA

Niedrige Holzhäuser, zwei Kirchen, ein Kriegsmuseum, die Post, der Supermarkt und ein halbes Dutzend Souvenirläden mit Wolle von Falkland-Schafen, Falkland-Briefmarken für Sammler. Im Vorgarten des Police Headquarter eine Raketenabschussvorrichtung, an der Hafenpromenade ein Stück von einem Mast der »Great Britain«, einst größtes Dampfsegelschiff der Welt, ehe es in Stanley eines Defekts wegen Zuflucht suchte und hier ein Jahrhundert lang verrottete. Beagle – Endurance – Protector steht in riesigen weißen Steinlettern auf dem Hang vis-à-vis der Hafenpromenade. Nach Darwins Kapitän auf der »Beagle« heißt die Straße, in der das Internetcafé liegt, FitzRoy Road. Mit Kurs Südgeorgien legt das Schiff am frühen Nachmittag ab.

Am Kuchenbuffet sprach mich ein Mittvierziger mit silbernem Haarkranz, Brille und gewinnendem Lächeln an. In Jeans und Windjacke stellte er sich vor als Autor aus Hamburg: Er schreibe ein Buch über Charles Darwin, nein eigentlich nicht über Darwin, sondern über sich selbst auf den Spuren von Darwin. Sechs Wochen lang sei er durch Argentinien gereist. Auf den Falkland-Inseln interessant für ihn seien vor allem geologische Formationen, die er, im Gegensatz zu den Städten, unverändert mit Darwins Augen sehen zu können hoffe. Er sei, sagte er, mein Kabinennachbar. So würden uns Wand an Wand die Köpfe rauchen über unseren Computern.

Sie lächelt so schön. Sieht sie mich, ruft sie: »Hello!« und winkt wie ein Kind. Ihre Freude, mich zu sehen, scheinz ganz echt. »How are you?«, frage ich sie, um sie weder duzen noch siezen zu müssen, und sie ruft: »Wunderbar! Und selbst?«

Der Ornithologe hält einen Vortrag in der Panorama Lounge, die viele Passagiere noch immer meiden, weil dort oben auf Deck sieben mit dem Ausblick über den Bug die meisten die Seekrankheit gepackt hat. Er erzählt von den Rußalbatrossen: Die Weibchen suchen sich ihren Partner nach dessen Befähigung aus, Flugmanöver, die sie ihm vorfliegen, synchron mitzufliegen, Haken, Kreise, Wellen, Kurven, Bögen, Schwünge. In der Runde der Fotografen sitzt sie mir gegenüber und richtet das Wort an mich auf Englisch. Ich kann ihr nicht folgen, sie spricht zu schnell. Ich sehe die Enttäuschung in ihrem Blick. Ihr Mann spricht gebrochen deutsch mit mir, duzt mich, wir sind beide Taktiker. Sie kann mir nicht folgen. Ich treffe die beiden am Eingang zum Kabinenkorridor und gehe grüßend vorüber. Ich höre, wie sie sich für später verabreden und wie sie mir folgt. Ich spreche sie an vor meiner Kabine, und sie, verwirrt, zerstreut, müde, peinlich berührt, ist freundlich, aber kann mir und ich kann ihr nicht folgen.

Schon kurz nach dem Auslaufen in Ushuaia ging ich, sobald es dunkel war, an Deck, trat an die Reling und sah hinunter. Ich fand immer schon, dass es kein treffenderes Bild vom Tod gibt, als hinabzublicken am Rumpf eines Schiffes, das durch ein nächtliches Meer pflügt. Türkisweißer Schaum, beiseitegedrückt in unvorstellbarer Menge. Wirbel, Strudel, Rauschen, Dröhnen, sanftes Dröhnen. Und die verletzliche Unaufhaltsamkeit. Nachts stand ich allein am Heck. Am Himmel fremde Sternbilder: Wasserschlange, Kreuz des Südens, Alpha Centauri. Im Wasser war der Tod, nur einen Schritt entfernt. Niemand würde es sehen und keiner verhindern können, spränge ich hinein. In Spanien und in Südamerika, sagte die greise Hispanistin mit dem weißen Backenbartflaum zu mir, würden die Andalusier und die Argentinier dem Tod ins Auge sehen. La muerte – der Tod sei eine Frau, und jede Frau, die ein Mann in seinem Leben treffe, sei deshalb immer auch ein wenig der Tod. Eine erstaunlich männliche Sichtweise, fand ich. Lag das an ihrem Alter? Daran, dass sie abgeschlossen hatte mit der Liebe? Während man in Nordeuropa, nördlich des Limes, stets erwarte, sagte sie, dass der Tod einen hinterrücks überfalle, zu Boden werfe und ins Nichts stürze. Daher doch die Angst, dieses beständige Gefühl der Bedrohung. Wie ich den Tod sehen würde, fragte sie mich, und ich sah durch die Panoramafenster hinaus auf das blaue Meer.

»Hail Holy Joseph, spouse of the ever-virgin Mary, foster father of God the Son, whom Our Father in heaven chose to be head of the Holy Family, pray for us sinners now and at the hour of our death. Amen«, steht auf den kinobilletgroßen Zetteln, die am Ausgang der St. Mary's Catholic Church von Port Stanley zum Mitnehmen bereitlagen. Sieben Stück nahm ich mit, keine Ahnung, für wen oder was. Shackletons Wappen, das Banner seiner Familie, hängt in der Kirche, aber ich sah es nicht, erfuhr davon erst auf See, unterwegs nach Südgeorgien.

Die ersten Wanderalbatrosse folgen dem Schiff. Der Ornithologe hatte ihre Ankunft für später vorhergesagt, nun aber stand ich neben dem Fotografen aus Weehawken und seinem Stativ auf dem Sonnendeck am Heck, und fast gleichzeitig sahen wir ihn: ein zu groß geratener Schwarzbrauen-Albatros inmitten der behenden Kapsturmvögel und der träge ihre Beutekreise ziehenden Riesensturmvögel. Er wirkte wie ein eleganter weißer Koloss, langsamer und bedächtiger, und kam dem Schiff nie so nahe wie die anderen Segler. »Es ist ein Wanderalbatros«, sagte der Fotograf im Augenblick, als ich noch dachte, dieses mächtige Biest da, das könnte ein Wanderalbatros sein. »Kein Zweifel«, sagte er, »der weiße Rücken, und die schwarzen Schwingen sind über drei Meter breit.« Er ging nieder im Wasser, und ich dachte wieder an Sonia und ihren Zuruf im Schwimmbad, und der Wanderalbatros ließ sich schaukeln von den blauen Wellen, weiß wie die Gischtkämme und den schönen Kopf deutlich erhoben.

Ein anderer flog über ihn hinweg. Einen irritierenden Augenblick lang sah es so aus, als säße der große Vogel noch immer auf den Wellen und glitte zugleich doch schon wieder durch die Luft. Dann aber wurde mir klar, was ich sah, und im selben Moment, als ich mich fragte, wie es möglich war, dass so ein Riese auftauchte wie aus dem Nichts, sagte ich zu dem Fotografen, dass es zwei seien. Ein Lächeln erschien auf seinem Gesicht. Wir lächelten uns an, bevor wir uns zurückwandten dem Meer zu und den Vögeln.

Die Sonne scheint, das Meer ist blau, es bläst nur leichter Wind. Und doch frieren die bloßen Hände, die das Fernglas halten. Der Wanderalbatros fliegt so ruhig, so gleichmäßig, dass es keine Mühe macht, ihm minutenlang mit dem Glas zu folgen. Erst wenn er tief hinabgeht und unmittelbar über den Wellenkämmen gleitet, verschwindet er plötzlich in den Farben der See: Seine Schwingen sind von demselben dunklen Graublau, sein Rücken und Kopf gischtweiß. Er ist groß wie eine Welle, und auch seine Bewegungen in der Luft sind die einer Welle.

Mit einem Mal wusste ich, was den Unterschied ausmacht, ob ich am Bug oder am Heck stehe und hinabblicke auf das aufgewühlte Meer. Die Vorstellung vom Tod und die Angst davor erzeugt am Heck die Maschine: Das Beben des Decks, das Brummen der Schrauben, die Strudel und Wirbel, die davonstreben und mich mit sich forttrügen in die undurchdringliche Schwärze, sind in meinem Kopf alle gekoppelt an die tief unten im Rumpf verborgene Riesenmaschine. Nachts an der Reling über dem Bug stehend, hört man sie nicht. Und nichts zittert und bebt. Der Bug taucht in die See und teilt die Wellen, und die Wellen teilen sich auf und zerstäuben zu Schaum. Man hört nur die Geräusche des Schaums, Brechen, Tosen, Rauschen, Branden. Zerfließen und Fließen. Zerteilte Wellen, die sich zu neuen verbinden. Am Bug ist das Leben. Die Seevögel folgen dem Heck, wo die Schrauben die Wassersäule zerhäckseln. Leblose Beute spült dort davon, für die in den Lüften das reinste Silbertablett.

Es ist der erste Ort auf hoher See unterwegs nach Südgeorgien, der in »Der eiskalte Himmel« einen wichtigen Platz einnimmt. Um sechs in der Früh zog ich die Vorhänge am Kabinenfenster zurück und sah vor mir die Zacken der Shag Rocks. Sie waren nicht allein. Eisberge trieben im Wasser, die ersten, die ich in meinem Leben sah, in zwei Linien aus Süden gekommen, einer von der Form des Chrysler Building, alle höher als der höchste der sechs Zacken, der 70 Meter aus der See ragt.

Morgensonne färbte die Kormoranfelsen sandsteingelb, die Tafeleisberge dagegen waren leuchtend weiß, und einige darunter hatten dieselbe Haiflossenform wie die Riffs, die hier 100 Seemeilen vor Südgeorgien aus dem Meer sehen. Ich war noch halb im Traum. Ich hatte die ganze Nacht von den Kindern geträumt und von unverständlichen Briefen, die mir mein Scheidungsanwalt schrieb, und so stand ich in einer Art aufgewühltem Dämmer, im roten Anorak, erstmals die Pudelmütze auf dem Kopf, an der Reling und sah durch das Fernglas hinüber, genau wie Blackboro und Bakewell in meinem Buch, bevor sie sich aneinander schmiegen, so dicht, dass kein Blatt Papier zwischen sie passt.

Auf den abfallenden Hängen der Eisberge erkannte man Rutsch- und Fußspuren von Pinguinen. Und die hell im Licht stehenden Felsen waren vertikal durchzogen von einem Linienmuster aus Wasserrinnen und treppenartigen Auf- und Abstiegsbahnen. Ich schoss ein paar Fotos mit meiner Zigarettenschachtel, wie die Fotografen hier meine Handdigitalkamera nennen, und verkroch mich dann zurück in die Kabine, da es am Büffet noch nicht mal Kaffee gab. Drei Stunden lang schlief ich noch und bekam noch viele geträumte Briefe, die mir aber ebenso unverständlich blieben.

Beim Frühstück unterhalten sich der Geologe und der Autor, der sich selbst auf den Spuren der »Beagle« beschreibt, über Darwin, Wallace, FitzRoy, Humboldt und Mendel. Ich spiele die Tischplatte für ihr Pingpong und esse Joghurt und Rosinenbrot. Es ist ein amüsantes Gespräch über Fossilien, Erbsen, Krebse, Plattentektonik und »Eine kurze Geschichte der Zeit«. Kehlmanns »Vermessung der Welt« wird ins Reich der Märchen verwiesen, FitzRoy rehabilitiert: »Auspeitschungen müssen schon sein!« Sie lachen. Darwins Bewunderung für Napoleon deuten die beiden psychologisch: Charles Darwin habe sich für mindestens so bedeutend wie Bonaparte gehalten. Hawking werde überbewertet, niemals hätte er als gesunder Mann derartige Berühmtheit erlangt. Er sei ein Mensch ohne Körper, ein einziges Riesenhirn – Darwins Doppelgänger vollführt kreisende Bewegungen über dem Kopf. Dann kommt er auf Einstein zu sprechen, Einstein, der keine Quellenangaben für nötig befunden habe. Einstein werde überbewertet, will er wohl sagen, und ich überlege, ob ich an Julien Gracq erinnern soll, der schrieb, Proust sei nicht das Problem, Proust habe nun mal falschgelegen mit seinen Gedächtnistheorien, es sei vielmehr an der Zeit, den Rang Beethovens anzuzweifeln. Aber ich lasse es bleiben, und als es um die Frage geht, ob Darwin Mendel gelesen habe, entschuldige ich mich und verlasse die beiden munteren Mythologen mit dem Hinweis auf meine erste Lesung am Abend – »Viel Glück!«, rufen sie mir nach.

Während der IAATO-Einweisung zum Verhalten von Wissenschaftlern und Touristen auf dem antarktischen Kontinent und Südgeorgien sitzen in der Panorama

Lounge die beiden aus New Jersey hinter mir. Sie wirkt gelöster, man hört sie lachen beim Dinner, und auch er hat seine Unsicherheit verloren, seit sein Vortrag über die subantarktische Vogelwelt gut aufgenommen und mit einigem Applaus bedacht wurde. Sie lehnt den Kopf an seine Schulter, die Finger der beiden verschränken sich, und sie streicheln einander, während vorn auf dem Podium der Expeditionsleiter die Verbote aufzählt und sich zugleich für die Verbote entschuldigt.

Die frühere Walfangstation Stromness zu betreten ist untersagt. Bis auf fünf Meter darf man sich einer Pinguinkolonie oder einem einzelnen Tier nähern, bei Pelzrobben wird empfohlen, einen größeren Sicherheitsabstand einzuhalten, da die Robbe aggressiv und sehr schnell sei. Das Nest eines Riesensturmvogels umgibt sogar eine 15-Meter-Tabuzone. Der Expeditionsleiter schreitet in der Panorama Lounge 15 Meter ab, um die Distanz zu demonstrieren. Der Riesensturmvogel könne andernfalls seine Brut verlassen, die daraufhin mit Sicherheit einer Raubmöwe zum Opfer falle. Nichts, weder Federn noch Steine, darf vom Eis oder den Felseninseln mitgenommen, nichts an Land eingeschleppt werden. Es gibt Samenkontrollen der Hosennähte und Hosentaschen. Es gibt eine Gummistiefelwaschanlage namens »Guanomatik«. Es gibt Handstaubsauger, zu deren Benutzung man sich per Unterschrift verpflichtet. Auf dem gesamten Kontinent ist das Rauchen verboten.

Von einem der Philippinos, die den Hauptteil des

Bordpersonals bilden, ließ ich mir auf dem Sonnendeck einen Cheeseburger grillen. An der Reling wartend, blickte ich übers Meer, wo ein verwaschener hellblauer Eisberg trieb und eine Gruppe Robben schwamm. Die Flosse eines Schwertwals tauchte auf, tauchte ab, ich sah sie zweimal, ich hörte den Wal-Jubel drinnen im Restaurant, bevor der Mann am Grill winkte.

Südgeorgien

Des guten Seewetters wegen hat das Schiff schneller als erwartet South Georgia erreicht, und so sehe ich erstmals die schwarzweißen Berge aus Merce Blackboros Traum, Gipfel und Felseninseln, die zu Shackletons Zeit unbetreten und namenlos waren und die nun nach ihm und den Männern der »Endurance«-Odyssee heißen. Die Landkarte von Südgeorgien, die im Schaukasten am Eingang zum Frühstückssaal hängt, verzeichnet Shackletons Irrweg übers Gebirge bis zur früheren Walfängersiedlung Stromness als rot gestrichelte Linie: »Die Shackleton-Route«.

Das Schiff passiert die Eilande Willis und Bird und ankert in der Elsehul-Bucht im Nordosten der Hauptinsel. Obwohl sich der Himmel zugezogen hat und eiskalter trockener Wind weht, steige ich in die Anorakkluft und lasse mich mit Gruppe B ausbooten. Im Zodiac »Kamchatka« geht es durch türkisblaues Wasser hinüber zur

Küste. Unter Tussockgrashängen und von zehn oder mehr Meter langen Kelpalgen bewachsenen Felsen kreuzt das Schlauchboot hin und her. Überall tauchen einzelne Pelzrobben, in kleinen Pulks Königs- und Eselspinguine, Riesensturmvögel sitzen auf den Wellen, Kormorane im Gras, durch die Luft segeln Skuas und Albatrosse. Wie der Ornithologe im Zodiac-Bug begeistert erklärt, ist Elsehul Bay einer der wenigen Flecken auf dem antarktischen Kontinent, wo man Schwarzbrauen-Albatros, Rußalbatros und Graukopf-Albatros gemeinsam antreffen kann. Der Himmel über den Steilhängen ist erfüllt vom Hinundherschwirren der großen Vögel. Etwa seit 1700 sei die Bucht bereits bekannt. Der Ornithologe sieht hierin einen Grund dafür, dass binnen zweihundert Jahren fast der gesamte Bestand an Pelzrobben ausgerottet worden sei. Fünfhundert Tiere habe man 1925 noch gezählt.

An den Stränden längs der Ufer hocken und raufen Abertausende. Bis weit die Hänge hinauf sieht man die schwarzen Jungbullen watscheln. Riesige Flächen sind nur mehr nackte braune Erde oder Fels, kahl gescheuert von den Robben, die alles Gras ausgemerzt haben. Böen tragen die Schreie der fortwährend drangsalierten Weibchen und den Eselsgeruch der Bullen herüber zum Boot, in dem ich friere und wünschte, der Ausflug wäre zu Ende. See-Elefanten, die »Beachmaster«, wälzen sich ockergelb, gefleckt von Morast und schwarzem Sand, aus den Träumen, heben ein Lid und dösen weiter. Ein an die Robbenküste gespültes und pelzig-rot korrodiertes Fass ist das einzige Relikt menschlicher Gegenwart, und selbst das hat die Farbe des Kadavers angenommen, aus dem zwischen Geschrei und Gewatschel eine Skua im Blutrausch Fetzen heraushackt.

»Fünf Millionen Pelzrobben sind es nun wieder«, sagt der Ornithologe im Bug. Ich denke an die eiskalte Hölle, wie ich vorhatte, sie im Roman zu beschreiben, ehe ich davon absah. Hier weiß ich wieder, weshalb. Einer ihrer Vorhöfe sähe wie die Elsehul-Bucht aus. Sie ist ein ungastliches Idyll, der einzige Ort, den ich kenne, wo ich mich glücklich schätzen kann, dass es eine Welt ohne mich gibt. Distrito Kanibal, und ich frierender Fremdkörper mittendrin. Ich sehne mich nach der Wärme meiner Kabine, ich umklammere in der Anoraktasche die Digitalkamera – in der Elsehul-Bucht habe ich nichts verloren.

Die erste Lesung aus »Der eiskalte Himmel« hat zur Folge, dass jeder an Bord mich grüßt. Ich habe mich eingereiht in den Reigen der Nutzbringer und bin wirklich der Entertainer, als den meine Chipkarte mich ausweist. Ein neues Buch über das Leben Amundsens sei soeben erschienen, sagt auf dem Panoramadeck eine ältere Dame mit silbernem Bubikopf zu mir, ein 600-Seiten-Wälzer, der anschaulich mache, dass Roald Amundsen bei weitem nicht der glorreiche Kerl gewesen sei, der er wohl gern hätte sein mögen. Ein Mann aus der Schweizer Reisegruppe erzählt mir, dass er alle Bücher über die »Endurance« gelesen habe, wobei er den Namen von Shackletons Schiff französisch ausspricht. Übermenschlich sei es, was der Mann geleistet habe, ein Beweis für die Fähigkeiten des menschlichen Körpers. »Und erst der Fantasie«, füge ich an. Er nickt, und das Teleobjektiv ragt ihm dabei aus dem Brustkorb wie der Pflock bei einem Vampir, dem man damit soeben das Herz durchbohrt hat.

Ich las zwei Kapitel aus dem Roman vor und spürte die Erregung im Publikum: Shackletons Leistung bestand nicht darin, Überirdisches vollbracht, sondern alles Menschenmögliche versucht zu haben. Noch immer ist es möglich, sich auf eine Menschlichkeit zu berufen, die jedes Machtprinzip ad absurdum führt. Das im Anschluss an eine Romanlesung unterstreichen zu wollen wäre allerdings ebenso absurd gewesen. Lieber las ich zum Schluss Baudelaires Gedicht »Der Albatros« vor.

Mit der Kreuzfahrtdirektorin, den Fotografen und ihren Frauen saß ich später bei einem Glas Scotch zusammen und hörte ihnen zu, wie sie über Reisen in die Arktis und an den Amazonas fachsimpelten, über Schiffe und Kapitäne, verpasste Flüge und bizarre Erlebnisse an Flugpisten in Chile, Nunavut, Gambia, Archangelsk.

Als ihr Mann aufstand, um an der Bar etwas zu bestellen, beugte sie sich zu mir, ihr Blick schärfte mir die Dringlichkeit ein, und sie sagte schnell und mit gesenkter Stimme, während die Anderen weiterredeten, sie habe keine Erfahrung mit Gedichten, wisse nicht, wie man sich so ein älteres Gedicht beschaffe, ob ich ihr nicht eine Kopie des Albatros-Gedichts überlassen könne, sie würde es gern ihrem Mann zum nächsten Geburtstag schenken. »Du weißt doch«, sagte sie und duzte mich zum ersten Mal, »Albatrosse, seine große Liebe.«

»Ja, ich weiß«, log ich, denn ich ging davon aus, dass sie seine große Liebe sei. Und ich hätte gern die Wahrheit gesagt, nämlich dass ich Baudelaires Gedicht ihretwegen vorgelesen hatte, der Rußalbatrosse und ihres Synchronflugs wegen. Stattdessen sagte ich, sie könne meine Kopie gern behalten, und gab ihr das Blatt Papier.

Wenig später verschwand sie kurz, und als sie wieder da war, bat sie mich, noch einen Blick in mein Buch werfen zu dürfen. Ich gab es ihr, sie blätterte darin und legte schließlich, indem sie mich ansah, das Blatt hinein.

In meiner Kabine sah ich nach, ob sie mir eine Nachricht darauf geschrieben hatte, einen Dank oder Gruß, »Good night«, »Thank you so much!« und darunter ihren Namen – aber es stand noch immer, so wie zuvor, nur die Übersetzung von Baudelaires »L'Albatros« darauf.

»Shackleton was here« – den Spruch habe jemand an eine Hauswand in Stromness gekritzelt, sagte Darwins Wiedergänger zu mir. Selber habe er es zwar nicht gesehen, aber gelesen habe er davon.

Erstmals das dringende Bedürfnis nach Widerstand gegen den Pinguintourismus. Das Schiff ankerte vor Salisbury Plain, und schon von der Reling aus sah man die Pinguine und Pelzrobben zu Hunderttausenden auf dem Strand. Gruppe B ließ sich ausbooten, die Zodiacs schafften die Rotjacken hinüber, ich aber blieb an Bord und sah mir das Schauspiel aus der Ferne an. Bald war eine rote Linie aus langsam über den Strand marschierenden Schweizern und Holländern zu erkennen, unterbrochen nur vom gelben Ölzeug der Wissenschaftler, den dunklen Overalls der Fotografen und den Fahnenstangen, die im Sand steckten, um den vorgegebenen Pfad zu markieren. Leise drang Flöten und Geschrei herüber zum Schiff, und regelmäßig pendelten Schlauchboote, deren Außenborder das Wasser unterhalb der Felssteinhänge aufwühlten. Robben in der Bucht und ich an der Reling sahen dem Spektakel zu, die Robben tauchten, und ich verschwand in die Kabine, um die »Mars-Chroniken« weiterzulesen.

Nebeneinanderher gingen wir über das Torfmoor, sie in dem dunkelblauen Allwetterdress, wie auch ihr Mann einen trägt, ich in meinen Cordjeans und mit Anorak, vor der Brust das Fernglas. Sie fragte mich nach Shackleton. Wo kam er herunter aus dem Gebirge? Gab es damals schon Rentiere auf Südgeorgien?

»Hast du es dir so vorgestellt?«, fragte sie. »Look! – die alten Tanks, der Friedhof und die Robben, die über die Gräber watscheln. Oder überrascht dich das?«

»Nein«, sagte ich, als wir zu dem alten Walfängerfriedhof von Stromness kamen, »eigentlich überrascht mich nichts, was ich hier sehe.«

Ich hätte es mir nur anders vorgestellt und auch anders beschrieben. Keine Ahnung, ob es vor neunzig Jahren schon Rentiere hier gegeben habe oder ob die Norweger sie erst später hergebracht hätten. Es sei eine Art Doppelbelichtung. Sie nickte, aber ich sah, dass sie mir nicht folgen konnte. Ich sprach langsamer. »Das Bild, das ich mir von Stromness gemacht habe, gibt es auch weiterhin, und wenn ich hinüberschaue zu den alten Tanks und den Wohnhäusern von damals, oder wenn ich mir die Berghänge ansehe mit dem Wasserfall und der Schotterhalde – dort nämlich ist Shackleton mit seinen zwei Begleitern heruntergekommen –, dann liegt mein Bild durchsichtig darüber, ich sehe es auch jetzt, und die Unterschiede machen für mich die Wirklichkeit aus.«

Ihr Mann und der bekannte Fotograf klappten in einiger Entfernung ihre Stative auf, um eine kleine Gruppe von Rentieren abzulichten. Die weißen Tiere mit den schwarzen Augen und bepelzten Hörnern blieben stehen und beobachteten die beiden Männer.

»Wer fotografiert da wen?«, rief ich den Fotografen zu, und sie lachten. Ich sah nach, wo unser Darwin war: schon fast beim Friedhof. Auf einem Schieferhang, der neben den Grabsteinen steil in die Höhe strebt, lag das verrostete Gerippe eines Lastschlittens, das sah er sich an. Er schien zu überlegen, ob es ein Foto wert sei. Eine seiner Fotoserien nennt er »Friedhoffotos« und, kein Zweifel, dort lag der Leichnam eines Schlittens.

»Lass mich ein Foto von dir machen«, sagte sie. »Mit den eingestürzten Hallen als background, okay? Just some seconds.«

Ich stellte mich an einen der Pflöcke mit rotem Schild daran: »Restricted area«; sie bilden einen 200 Meter breiten Sicherheitsgürtel um die alte Siedlung, deren Gebäude einsturzgefährdet und asbestverseucht sind. Rostrot, nur ein wenig heller als das braunrote Moorgras, stehen die Häuser und Hallen, Tanks und alten Flenserkräne vor der Stromness Bay. Ich dachte an die Kinder, die 1916 hier spielten, als aus den Bergen die drei zerlumpten und langbärtigen Männer herabgestiegen kamen, Shackleton, Worsley und Crean, Shackleton, Crean und Blackboro in meinem Roman. Die Kinder rannten weg, hinein nach Stromness, weg vor diesen drei Gespenstern, die seit zwei Jahren keinen fremden Menschen gesehen hatten.

Sie ging über das Gras ein paar Schritte weiter, und ich sah ihre langen Beine und dazwischen das silberne Funkeln des kleinen Sees hindurchschimmern, der sich am Fuß des Schieferhangs gebildet hatte. Auch links und rechts von ihr glitzerte das Moor, als sie sich ins Gras kniete und das Objektiv auf mich richtete. Bäche flossen dort durchs Moor, und in den verschlammten Rinnsalen lagen einzelne Pelzrobben, die sich kaum bewegten. Sie dösten in der Sonne, nur ab und zu prustete eine von ihnen. Eine Stunde später sollte ich mit Darwin über die Schotterhalde hinauf zu den Wasserfällen gehen. Einmal würden wir stehenbleiben, überlegen und dann jeder zwei Handvoll von dem klaren kalten Wasser trinken.

Sie knipste mich und hob den Daumen. »Thanks!«, rief sie mir zu. »Das ist schön geworden.« Sie lächelte und winkte, und im selben Moment flog auf Kopfhöhe ein Blauaugen-Kormoran zwischen uns hindurch. »A blue-eyed shag«, rief ihr Mann. Sie ging zu ihm hinüber. Noch immer hypnotisierten sich Fotografen und Rentiere dort drüben gegenseitig.

Darwin und ich schritten den kleinen Friedhof ab. Hinter einer verrosteten Kette stand ein Dutzend geweißelter Grabsteine, am Rand zwei Kindergräber. Junge Pelzrobbenbullen lagen im Gras. Die Fotografen winkten in der Ferne, Zeit zum Aufbruch. Hinter den eingelassenen Glasscheiben waren auf den Grabsteinen die Namen der Toten alle verblichen.

Wie verrostete Relikte einer Raumschiffflotte, die einen Tierplaneten verlassen hat, so liegen Husvik, Leith und Stromness da, verborgen hinter der Grasinsel an drei Ufern der Stromness Bay. Unzählige Wale wurden hier ihres Trans und Blubbers, der Knochen und des Ambra wegen abgeschlachtet und zerteilt. Nach Ende des Zweiten Weltkriegs nutzten die Norweger Stromness noch als Reparaturwerft für lukrativere schwimmende Walfangfabriken, 1962 aber machten sie das alte Eisschlachthaus dicht und überließen es sich selbst. »Sie müssen sich das Wasser der Bucht rot von Blut vorstellen«, sagte ich oben auf dem Panoramadeck zu der Dame mit dem silbernen Bubikopf. »Am Ufer lagen übereinandergestapelt Walgerippe, abgehackte Fluken, Köpfe, herausgeschnittene Augen, es war der reinste Albtraum.« Die Augen waren zu viel für die Dame, sie entschuldigte sich und ging. Tiere, denen es jahrhundertelang in den subantarktischen Gewässern kaum besser erging als den Walen – Pelzrobben, See-Elefanten und Pinguine –, sind heute die einzigen Bewohner der in der Kälte konservierten und nur in Jahrzehnteschritten verrottenden oder einstürzenden Häuser und Lagerhallen. In Stromness sah ich sie aus den Türeingängen kommen, sie rangelten vorm ehemaligen Haupthaus des Stationsleiters Thoralf Sørrle, sie suhlten sich, wo seit Cooks Entdeckerfahrten die Flenser gefoltert hatten, und sonnten sich auf einer Schrotthalde für Schiffsschrauben in allen Größen. »Die Namen, die wir den Kanälen und Bergen und Städten geben, werden vom Mars abgleiten wie Wasser vom Gefieder einer Ente«, sagt der Astronaut Jeff Spender in Ray Bradburys »Mars-Chroniken«: »Wie sehr wir uns des Mars auch bemächtigen, wir werden ihn niemals wirklich berühren. Und dann werden wir wütend auf ihn, und wissen Sie, was wir dann tun? Wir werden ihn aufreißen, werden ihm die Haut abziehen und ihn umkrempeln, bis er unseren Maßstäben entspricht.«

Am Strand von Gold Harbour ging ich in einer Kolonie von Königspinguinen umher. Später ankerte das Schiff vor Cooper Bay, und die Schlauchboote fuhren die Felsenküste ab auf der Suche nach Goldschopfpinguinen, »Makkaronis«, wie sie die Borddozenten des abstehenden gelben Kopfgefieders wegen nennen. Braungraue Skuas gespensterten übers Wasser, der Biologe im Boot zählte die Robbenarten auf, die man weiter südlich auf den Südorkney-Inseln und Elephant Island zu sehen bekäme, Krabbenfresser und Weddellrobben, und der Holländer neben mir, mit einem glitzernden Stecker im Ohrläppchen, bellte, sobald wir so nah an einem Seebären vorbeifuhren, dass ich in den Augen des Tieres das Befremden sah.

Die Goldschopfpinguine sind nicht so schön gefärbt, nicht so groß und schlank und nicht so elegant wie die Königspinguine mit ihrem weißen, schwarzen und leuchtend orange-rot getüpfelten Kopf und dem silbern schimmernden schwarzen Cutaway aus Federn, in dem sie in kleinen Gruppen beieinander stehen wie eine Wiener Herrenrunde und sich zu wundern scheinen. Doch sie, die »Makkaronis«, liebe ich am meisten. In W. G. Sebalds »Die Ringe des Saturn« las ich, während ich am »Eiskalten Himmel« schrieb, eine Beschreibung des Entengefieders und übernahm sie für eine kleine Episode an Bord der »Endurance«. Leicht angetrunken erzählt der Biologe Bob Clark am Silvesterabend 1914 Merce Blackboro, weshalb er die Goldschopfpinguine so verehre: Im Schwarz ihres Gefieders würden nämlich in Wahrheit alle Farben schimmern, die man sich nur vorstellen könne. Und, das sei das Seltsamste an ihnen, wenn sie riefen, klinge es, als riefen sie seinen Namen.

In der Cooper Bay sah ich ihr Gefieder mit eigenen Augen: Es ist schwärzer als das aller anderen Pinguinarten, tief schwarz und doch dabei überaus leuchtend. Mit den Schlauchbooten fuhren wir dicht an eine kleine Gruppe heran, die knapp über der Wasserlinie auf einem Felsen Rast machte. Ich sah, wie ich es Bob Clark in den Mund gelegt habe, das Strohgesteck aus Federn auf ihrem Kopf. Und als wir dann abdrehten und der Außenborder zu brummen begann, hörte ich es: »Clark, Clark!«, riefen sie, »Clark, Clark, Clark!«

~~Es war Sommer in Buenos Aires~~
In Buenos Aires war Sommer
am 29. November, ~~und ich ging,~~
als ich vorbei
~~vorbei~~ am Obelisken, die Talcahuano *und*
~~und~~ die Guido hinauf nach Recoleta *ging*.
~~Wind eines Gewitters war in der Luft,~~
Gewittriger Wind durchbrauste die Luft.
Die Kronen der großen Straßenbäume,
viele ~~mit lilanen~~
voller violetter Blüten wie Flieder,
rasselten und rauschten~~. Der Himmel blau,~~
, und oben war
~~keine Wolke, ein Gewitter würde es nicht geben,~~

der Himmel wolkenlos blau. Ein Gewitter
würde es *kaum* geben~~, und doch war da der Wind~~
. Diesen Wind aber
~~und trieb den Duft der violetten Blüten vor mir her,~~
gab es, er *wirbelte Blütenduft* vor mir her,
~~und da war das Licht~~
und *auch* das Licht: Schnell wie gedimmt
~~verdunkelten~~
verfinsterten sich ~~Fassaden und Gesichter~~
Gesichter und Fassaden.
~~Autos, zerbeulte~~
Die zerbeulten Straßenkreuzer, unterwegs
nach Recoleta, schalteten die Scheinwerfer
und die Blumenverkäufer in ihren Häuschen
unter den Bäumen die nackte Glühbirne ein.

Vom »anderen Blick« spricht der weniger renommierte Fotograf, der in Südafrika lebt und den ganzen schwarzen Kontinent vom Helikopter aus aufgenommen hat. Er versucht einen Ausfall gegen seinen bekannten Kollegen und erzählt, er habe an diesem Tag 1750 Bilder geschossen.

Die Antwort ist Schweigen. Und da sowohl die beiden Kollegen und ihre Frauen als auch Darwin und ich schweigen, ist die Meuterei abgewehrt.

Er hat ein Teleobjektiv vom Umfang seines Oberschenkels. Wanderte ich an ihm vorbei unter den Königspinguinen am Strand von Gold Harbour umher, war ein leises elektronisches Schnurren zu hören, wenn er auf den Auslöser drückte. Texturen, Maserungen. Bilder, gemalt von der Natur. Anderes, sagt er, interessiere ihn nicht.

Ich ging durch die Industrieruinen der alten Walfangstation. Verrostete Tanks und Flenserrampen, ausgebaute Motoren, halb zerlegte Harpunenkanonen, Schiffswracks und Kräne stehen zuhauf vor den Fundamenten der wegen Asbestverseuchung abgetragenen Gebäude auf Grytvikens Kettenplatz. Ketten, die rostroten Glieder so dick wie das Teleobjektiv des Fotografen, bedecken den ganzen Betonhang zwischen dem zusammengebrochenen Landungssteg, dem versunkenen Schwimmdock und dem sanierten Kirchlein. Es stammt aus Norwegen und wurde 1913 in Grytviken wiedererrichtet. Im Jahr darauf hörten Shackleton und seine Männer, bevor die »Endurance« ins Eis aufbrach, darin die Predigt. Ich sah mir die Ketten an, die vor neunzig Jahren die Walkadaver erst an Land und dann die Rampen hinauf zerrten – Ketten, die Speckstreifen, Flossen, Herzen und Gerippe davonzogen. Flenser standen dort oben, Lederschürzen an, die vom Hals bis zu den Stiefeln reichten, mit Messern wie Samuraischwerter. Und ich lief durch den Schlachthausschrott und stellte mir vor, wie der Tran an den Ketten herabtroff. Wie Worsley, Clark, Wild, Greenstreet, Crean und die anderen hier die letzten Wochen zubrachten. Es gab keine Frauen, ein Bordell erst viel später. Ich suchte nach Kritzeleien an den Holzwänden der letzten paar noch stehenden Baracken, fand aber keine.

»God shave the Queen« hatten die Norweger ans Badehaus gekliert, als die Imperial Trans-Antarctic Expedition in Grytviken verproviantiert wurde, »Blubber Cookery« steht orangegelb, in Kinderschrift, auf einem Tank, »Diesel of 1990«, »Oil of 1990« auf zwei anderen, die Menge der zu entsorgenden Gifte außen in die Blechhülle geritzt, mit zittrigen, längst wieder überrosteten Markierungsstrichen. Inmitten der Trümmer und mit »Asbestos« vollgestopften Säcke liegen wie riesige Nacktschnecken im Garten nach einem Regentag Ohrenrobben und See-Elefanten und schlafen. Der Kapitän hielt die traditionelle Ansprache zu Ehren Shackletons an dessen Grab, man stieß auf ihn an mit einem Glas Aquavit, man gedachte seiner menschlichen Größe. Über dem Friedhof kreiste synchron ein Paar Rußalbatrosse.

Unten in der King Edward Cove das Schiff, die Schlauchboote auf Shuttlefahrt.

Und auf einem Felsvorsprung im Schatten der Berge, hinter sich nur noch den Schnee, stand der Fotograf.

Der Bordgeologe ist auch Hobbyhistoriker. Er dilettiere, sagt er, wie so viele über die großen Antarktisentdecker. Sein Vortrag über Shackleton ist profund und liebevoll. Er versucht, den Zwist mit Scott zu erklären. Er deutet den Begriff Gentleman moralisch. Shackletons Widersprüchlichkeit hingegen lässt er außer acht, und so auch dessen Bewusstsein für die eigene absurde Rolle. Die Bordbibliothek der »Endurance« sei eine wohlsortierte naturwissenschaftliche gewesen – ausgeklammert bleibt Shackleton als Dichter, der nicht schrieb, der lieber unterwegs war, der Schatzsucher mit der Liebe zu den Sternen, der Glücksritter und Frauenverehrer, der Workaholic, der Idiot, wie Scott ihn nannte.

Ein paar Schritte streifen wir gemeinsam durch die Grytvikener Schlachthausruinen. Er zeigt mir das Wrack der »Louise«, ein Walfangsegler, den er 1995 noch nahezu intakt an der Pier habe liegen sehen. Was heute dort liegt, wo keine Pier mehr ist, nur ein schlammiges Suhlbecken für See-Elefanten, zeigt kaum noch die Konturen eines Schiffs. Das Wellengekräusel der Cumberland-Bucht schwappt über ein verrottetes grünes Etwas von der Form einer zertrampelten Melonensichel. Er werde, sagt der Geologe zu mir, demnächst einmal mein Buch lesen. Er freue sich darauf, Shackleton zu begegnen, wie er vielleicht war, dem Menschen.

Sie streicht mir über die Schulter und tätschelt mein Knie, wenn wir mit den Fotografen in der Bar sitzen und sie einen Witz gelandet hat.

»Was meinst du«, fragt sie, »sind das chinesische oder sind das japanische Schriftzeichen?«, und zeigt mir das Display ihrer Kamera, deren digitale Betriebsanleitung sie nicht versteht.

»Wo hast du sie gekauft?«, frage ich. »Oder hast du sie geklaut?«

»In Hongkong«, lacht sie. »Hongkong gehört zu China«, sagt sie. »Du hast Recht! Es muss Chinesisch sein«, und ihre Hand liegt dabei auf meiner Schulter, und ihre Augen sind so nah, dass ich mich darin sehen kann.

Das Licht eines Gewitters, das abwartete,
das blendete, als ich zur Basilika kam und
das schwarze Gusseisentor des Friedhofs
im selben Moment ins Schloss fiel. Ein Park
mit Oleanderbüschen und Bänken lag davor,
Wasserverkäufer sangen »Bombon! Bombon!«,
und ein alter Herr spielte dazu auf der Gitarre
immer aufs Neue dasselbe traurig süße Lied

Plötzlich fällt mir ein, an wen ich bei ihm denken muss und weshalb ich ihn so nenne: Darwin erinnert mich an Martin Edelweiß' Freund aus Nabokovs »Die Mutprobe«, seinen Namensvetter, von dem es einmal in dem Roman heißt, er erscheine aufs Stichwort wie in der Komödie – als hätte er in der Kulisse gewartet. Gletscher bilden die Kulisse, als ich dem unrasierten Darwin von dem Buch erzähle. Und noch eine weitere Geschichte kann ich nicht für mich behalten.

Seit dem Beginn der Reise geistern durch die Internetzeitung, die jeden Morgen im Briefkasten neben der Kabinentür steckt, Berichte von einem britischen Betrügerehepaar. Der Mann war ein berühmter Kanufahrer, bis er vor einigen Jahren spurlos verschwand und verschollen blieb. Zertrümmert wurde das Wrack seines Bootes an die Ärmelkanalküste gespült. Seine Frau ließ ihn ein paar Monate darauf für tot erklären und kassierte eine beträchtliche Lebensversicherung.

Nun war der Mann unvermittelt wiederaufgetaucht, behauptete jedoch, sein Gedächtnis verloren zu haben. Er könne sich weder an den Unfall erinnern noch daran, wie er gerettet worden sei und die vergangenen Jahre verbracht habe. Dass er Kinder habe, sei ihm neu, es mache ihn stolz und sehr glücklich.

Noch mysteriöser wurde die Geschichte durch den Umstand, dass kurz vor Wiederauftauchen des Mannes auch seine Ehefrau verschwand. Sie hatte ihr Haus und alle Wertgegenstände verkauft und war ins Ausland gegangen, wo sich ihre Spur verlor.

Die erwachsenen Kinder des Paars sorgten für neue Schlagzeilen: Über die Presse ließen sie ihrer Mutter mitteilen, dass sie jeden künftigen Kontakt mit ihr ausschlössen, sollte sich als wahr erweisen, was ihr Vater ihnen gegenüber zugegeben habe, nämlich dass er nie verunglückt sei und dass er während der Jahre, in denen die Mutter ihre Kinder glauben gemacht habe, er sei tot, in Wahrheit heimlich weiterhin mit ihr zusammengelebt habe, gut versorgt durch die Lebensversicherung und versteckt in dem Haus, das sie gemeinsam zum Verkauf angeboten hätten, als das Geld aufgebraucht gewesen sei.

Die Frau kehrte daraufhin aus dem Ausland zurück und ließ verlauten, sie bitte ihre Kinder um Vergebung.

Über ihren Mann sagte sie, er sei es leid gewesen, tot zu sein.

Ich erzähle Darwin die Geschichte, als wir an Deck stehen und das Schiff durch den Drygalski-Fjord läuft. Hellblau und schmutzig wälzen sich die Gletscher über Felswände, die hunderte Meter in die Höhe ragen. An den Ufern sind keine Tiere zu sehen, keine Vögel folgen dem Schiff in die Eisbucht. Der Ort erscheint mir passend für die Geschichte, und ich verrate Darwin, weshalb ich sie ihm erzähle: Das Ehepaar heiße Darwin.

»Zeit für bittere Wahrheiten«, sagt er, bevor er fragt, ob er sich einen Vollbart stehen lassen solle. »Wirklich«, heißt es in »Die Mutprobe«, »der sonst so indolente Darwin zeigte sich an diesem Tage so energisch wie noch nie.«

Bei schwerer See die zweite Lesung. Ich las zwei Kapitel aus »Der eiskalte Himmel«, die in Grytviken spielen: Hurleys Ausflug mit dem norwegischen Harpunenboot und die Eiferpredigt des Pastor Gunvald, die im Tumult endet, nachdem Kapitän Worsley ruft: »Wann kommt eigentlich endlich die Musik?« – der einzige Ausruf während der antarktischen Messe, der verbürgt ist.

Die Wissenschaftler im Publikum, sah ich, amüsierten sich, doch nur der Geologe und Hobbyhistoriker kam danach noch zu mir, gratulierte und sagte, er hätte da noch einige Dinge mit mir zu erörtern.

Der bekannte Fotograf kam an der Sitzecke vorbei,

wo ich mit einer Dame aus Baden-Baden saß und über Formen des Scheiterns plauderte – die Ehe als Expedition. Er stellte sich hinter einen freien Sessel, beugte sich vor und stützte die Ellbogen auf die Lehne.

»Am besten hat mir gefallen, dass die Norweger den ersten Wal, auf den ihr Harpunenboot trifft, nicht erlegen«, sagte er. »Dass sie ihn am Leben lassen, weil er wertlos für sie ist.«

»Wale, Wale! Zwei Buckelwale steuerbord, meine Damen und Herren!«, ertönte am Morgen über die Bordlautsprecher die ironisch verdunkelte Stimme des Kapitäns und platzte in den Vortrag des Glaziologen in der Panorama Lounge. Die Vorhänge wurden beiseitegezogen, alles sprang auf, schwankte zu den Fenstern und blickte über die graue See.

Elephant Island

Ein Tafeleisberg, groß wie die Schweiz, treibe übers Meer einige hundert Seemeilen nördlich von Elephant Island, sagt der Kapitän und zeigt Satellitenaufnahmen, auf denen »der Bursche« zu erkennen sei.

Doch die Schweiz bleibt neutral selbst den 30 Schweizern gegenüber, die sich an Bord befinden. Das Schiff hat den unsichtbaren Eisberg nachts bei Nebel passiert.

Große Treibeisfelder umgeben Laurie Island und die gesamte Gruppe der Südorkney-Inseln, weshalb entschieden wurde, den geplanten Zwischenstopp an der argentinischen Orcadas-Forschungsstation ausfallen zu lassen. Seit der Nacht nimmt das Schiff Kurs auf Elephant Island: Da draußen liegt das Meer, über das Shackleton mit fünf Männern das umgebaute Beiboot »James Caird« segelte – 1300 Kilometer weit von der Elefanteninsel zurück nach Südgeorgien, um von dort für die im Eis Zurückgelassenen Hilfe zu holen.

~~In Buenos Aires war Sommer~~
~~am~~ 29. November, dem Namen nach
dunkelster Tag. In Buenos Aires
war *es heller* Sommer, als ich vorbei
am Obelisken, die Talcahuano und
die Guido hinauf nach Recoleta ging.

Auf dem Steinstrand von Grytviken erinnerte sich der Expeditionsleiter, wie er zu Weihnachten vor drei Jahren dort gestanden habe. Die Reederei bot eine Christmesse in der Walfängerkirche an. Er und die Zodiac-Crew seien dabei gewesen, die Passagiere an Land zu bringen, als mit einem Mal das Wasser der Bucht um anderthalb Meter zurückgegangen sei. Die Boote hätten auf dem Trockenen gelegen, zum Teil noch besetzt mit Touristen. Als habe jemand den Stöpsel aus einer Badewanne gezogen, sei am Tag, als der Tsunami die Küsten Südostasiens verwüstete, das Wasser in Grytviken verschwunden.

Ich solle mich mal vor die Webcam am Bug des Schiffes stellen, schreibt mir mein jüngster Bruder in einer E-Mail – damit er und unsere Eltern mich im Internet sehen könnten, vielleicht mit einem Tafeleisberg im Hintergrund, oder einem vorbeisegelnden Albatros!

Einige Minuten lang sehe ich mir im Bordfernsehen an, was die Schiffswebcam simultan überträgt: Den Blick voraus übers graue, nebelverhangene Meer. Dort, wo ich stehen könnte, steht keiner, und keiner lacht oder winkt, untermalt von Kaufhausmusik, stumm in die Kamera. Das flimmernde Fernsehbild zeigt, wie das Schiff schwankt, wie es sich nach Steuerbord oder Backbord neigt und wie es rollt. Ich sehe fern und spüre zugleich, was ich auf dem Bildschirm sehe, am eigenen Leib.

Vom Magen ausgehend, streckte mich eine Schwäche nieder, wie ich sie selten erlebt habe. Ich schlief bis sieben Uhr abends. Schüttelfrost und aufsteigende Hitze. Ich mochte weder lesen noch essen, trinken oder rauchen. Graue, raue, vernebelte See. Im Bordprogramm lief »Das Leben der Anderen«, und im Briefkasten steckte die Einladung der Kreuzfahrtdirektorin zum Dinner.

Ich hatte keinen Appetit und beteiligte mich kaum an den Gesprächen. Alle Wissenschaftler waren versammelt, der Expeditionsleiter und der Fotograf, den bloß Maserungen interessieren. Alle duzten einander, weshalb die Direktorin auch mir das Du anbot. Vor den

Fenstern kamen erst Clarence, dann Elephant Island in Sicht. Ein Tafeleisberg, 290 Quadratkilometer groß, lag verkeilt zwischen den Inseln, abgebrochen vom Schelfeis des Rossmeers und, wie der Geologe neben mir sagte, unterwegs in der zirkumpolaren Strömung seit Jahren.

Er hatte Geburtstag, wir stießen auf ihn an. Gestern hatte er mit Schneebrille und Schneemütze verkleidet im Eingang zum Bordrestaurant gestanden und die Gäste willkommen geheißen zum Shackleton-Dinner.

Und der Ornithoge ließ sich dazu hinreißen, zwischen Vorspeise und Suppe zu erklären, er habe hier an Bord das Gefühl, mit Kanonen auf Spatzen zu schießen. Woraufhin ihn die Freundin des Fotografen bat, nicht ihre Intelligenz zu beleidigen.

Ich verließ den Tisch als erster, wankte in meine Kabine und legte mich hin. Eine halbe Stunde später saß ich im Schlauchboot und fuhr durch die Bucht der Elefanteninsel, an der Shackletons zwei Dutzend Zurückgelassene vier Monate lang ausharrten, Pinguine verspeisend, mit Pinguinspeck die umgestülpten Boote heizend, unter die sie sich verkrochen hatten.

Ödnis, menschenfeindlich, sturmgepeitscht, von Wasser umgeben, gottverlassen, eiskalt. Ich weiß wieder, weshalb ich die vier Monate, die die Zweiundzwanzig auf Point Wild zu überleben versuchten, im Roman nicht beschrieb, sondern ganz und gar ausgeklammert ließ. Eine Felsenzunge, kaum zwei Meter überm Wasserspiegel, kaum 20 Meter breit und 200 lang, kaum

windgeschützt und doch überragt von Felswänden und riesenhaften hellblauen Gletscherzungen. Auf dem nackten Plateau steht in der Gischt und halb vom Schnee bedeckt die Bronzebüste des chilenischen Kapitäns der »Yelcho«, Luis Pardo Villalón, der Shackleton aus Punta Arenas hierher fuhr, obwohl sein Schiff nicht eistauglich war. Schnee und Gestein, der Fels schwarz und nass, der Schnee braun vom Kot unablässig schnatternder Adeliepinguine. Für Wild, Greenstreet, Hussey, Clark, Holness, Macklin, McIlroy, Bakewell, Kerr, Blackboro, Hudson, Wordie, Cheetham, Rickenson, James, Hurley, Marston, Orde-Lees, Green, How, McLeod und Stevenson war es nach den Monaten auf den Eisschollen und den Wochen in den drei Ruderbooten, mit denen sie hier strandeten, das Paradies. »Cape Valentine« nannten sie ihre erste Anlandestelle auf Elephant Island – sie empfanden dieses letzte oder erste Stück festen Boden am Ende der Welt als Geschenk.

Die frühmorgendliche Anlandung auf Cape Lookout wird abgesagt: Eis verbarrikadiere den Strand, es würden schwere See und Schneegestöber herrschen. Ich lausche dem Rasseln der Ankerkette, drehe mich um und schlafe weiter.

»Ya go wriding?« – »Bitte?« – »Gehst du schreiben, in der Kabine?«, fragt sie. – »Ja, ein bisschen. Obwohl ich mich schlapp fühle. See you.«

Ich muss Vorkehrungen treffen für den Abschied, für

die Zeit, wenn ich ihr nicht mehr ständig über den Weg laufe, wenn es ein Schiffstreppenhaus, einen Kabinenkorridor, eine Schiffsbar, eine Panorama Lounge und einen Deckspaziergang entlang der Reling nicht mehr gibt. Keine Pinguinkolonien und keine Suhlbecken für See-Elefanten, wo sie kniet wie Aphrodite mit Fotoapparat, vergöttert von den Metöken.

Sie ist besorgt, dass wir uns aus den Augen verlieren könnten, sobald die Reise vorüber ist, und ich kann ihr schlecht sagen, was ich glaube, nämlich dass wir uns nie wiedersehen werden.

»Wie können wir es schaffen«, fragt sie mich, »dass ich ein signiertes Exemplar deines Buches bekomme?«

Ich habe keine Bücher mit an Bord und sage deshalb, ich könne ihr eines schicken, eines mit Widmung.

»Oder du kommst nach Weehawken und bringst es vorbei!«

Sie weiß, was sie damit gesagt hat, und da ist wieder das sprechende Lächeln. Ihre Augen, sehe ich in dem weißen Licht, das von draußen hereinfällt, sind gar nicht hellblau. Sie sind türkis, nur etwas heller als das Eiswasser in den Buchten, durch die wir in den vergangenen Wochen mit den Schlauchbooten fuhren, und ich frage mich, ob sie vielleicht gefärbte Kontaktlinsen trägt – als mir eine Passage aus den »Mars-Chroniken« einfällt. Bradbury: »Man konnte ihre Gedanken in ihren Augen herumschwimmen sehen wie Fische – helle und dunkle, schnelle, dahinzuckende Gedanken und auch langsame, leichte Gedanken, und manchmal, wenn sie hinauf zur Erde schaute, war in ihren Augen nur Farbe und nichts als Farbe.«

»Du kannst aber auch auf einen Zettel eine Widmung schreiben«, sagt die Frau des renommierten Fotografen, »und den legt Mariska dann vorn in das Buch, wenn sie sich eins gekauft hat.«

»Yes, why not«, sagt Mariska.

»Ja, warum nicht«, sage ich.

Die nachmittägliche Anlandung auf Penguin Island wird abgesagt: Eis versperre die Küste, es würden Schneegestöber herrschen und schwere See.

Seit vier Monaten ist Darwin unterwegs auf Darwins Spuren rund um die Welt, und noch drei Reisemonate liegen vor ihm. Er war in Argentinien und Chile, auf den Galapagos-Inseln und den Falklands. Tahiti, die Osterinsel, Australien, Neuseeland, die Kokosinseln und Kapstadt warten noch auf ihn. In der Nähe der polnischen Antarktisstation Arctowski auf der King-George-Insel gehen wir über den Steinstrand, und er erzählt mir von den drei Katastrophen seiner Reise.

Von einem kleinen Mädchen in Port Williams, das er bat, ihn zu fotografieren, und das seine Kamera ins Wasser fallen ließ, hinterhersprang, die Kamera herausholte und untröstlich war, dass sie dennoch nicht mehr funktionierte. Nicht in der kaputten Kamera, sondern in der Traurigkeit des Mädchens schien für ihn die Tragödie zu bestehen.

Von der Panamericana. Irgendwo auf dem Highway, der Alaska mit Chile verbindet, setzte der Fahrer den vw-Bus in eine Schlammgrube. Darwin versuchte den Bully hinauszubugsieren und ramponierte das Getriebe.

Von seiner Kabine. Kürzlich kippte ihm am Schreibtisch sein Kaffeebecher um. Er riss den Laptop beiseite, zerschlug dabei den Bildschirm.

»Glück«, sagt er, »es fehlt nur eine kleine Ecke. Es kann weitergehen.«

Antarktis

Überall verstreut auf dem Steinstrand der King-George-Insel lagen große, ausgeblichene und verwaschene Walknochen, Rippenbögen, Flossenfinger und Wirbel. Mit ihren weißen Augenringen wirken die Adeliepinguine, die dazwischen umherstapften, durchzuckt von fortwährender Verblüffung.

Draußen in der Bucht ein russischer Eisbrecher, er versorgte die der polnischen benachbarte brasilianische Station mit Proviant für den kommenden Sommer. Arctowski gelte allgemein als gemütlichste Antarktisstation, erklärte der Geologe und erzählte von ihrem Namensgeber: Arctowski sei Mitglied der »Belgica«-Expedition von Adrien de Gerlache de Gomery gewesen, die als erste im Eis am Südpol überwinterte.

Das Innere des Haupthauses wirkte mit seiner Holztäfelung, den Wimpeln und gerahmten Bildern, dem Tresen für den Spirituosenausschank und den archaischen Kaffeemaschinen wie die Haifischbar am Altonaer Fischmarkt. Darwin flirtete mit einer jungen Ornithologin aus Warschau, er fragte sie, weshalb sie hinke und wer ihr Haar so kurz geschoren habe. »Die Amerikaner!«, lachte sie, denn sie arbeite auf der anderen Seite des Gletschers in der US-amerikanischen Station, habe sich aber den Knöchel verstaucht, und die Polen hätten nun mal das einzige Hospital auf der Insel. Auch der junge Amundsen, hörte ich den Geologen sagen, sei mit an Bord der »Belgica« gewesen, ein Kamerad Arctowskis also. Den habe der Überfall der Nazis auf Polen 1939 in den USA überrascht, und er sei weder nach Europa noch je in die Antarktis zurückgekehrt. Ich ging über den mit Schneeharsch bedeckten Strand und sank immer wieder bis zu den Knien ein. Ein hölzerner Wegweiser über einem ausgebreiteten Walskelett zeigt nach Nordosten: Warszawa 17.473 km. Ich dachte an den jungen Amundsen, für den ich im »Eiskalten Himmel« Tagebucheinträge über die Einsamkeit und die Grauen der Polarnacht erfand. Männer aus sieben Nationen waren an Bord der »Belgica« und zerstritten sich heillos während der dunklen Monate, in denen sie auf der »Irrenhauspromenade« um ihr eingefrorenes Schiff herumliefen.

Es wird nicht mehr dunkel. Eine silberne Nacht liegt überm Meer, in deren Licht ich zu jeder Stunde den Kapsturmvögeln dabei zusehen kann, wie sie mir hinterdreinstürzen.

Am frühen Morgen wird die Anlandung auf der Paulet-Insel abgesagt, womit auch die Besichtigung der Hütte entfällt, in der 1903 ein Teil von Otto Nordenskjölds versprengter Mannschaft überwinterte. In dem heute nach der »Antarctic« benannten Sund war das Schiff vom Packeis zerdrückt worden und gesunken.

Vorm Kabinenfenster liegt eine weiße Mondlandschaft. Der Kapitän lässt über Bordlautsprecher vermelden, er wolle einmal demonstrieren, was uns hier von der Anlandung abhalte, und daher »die Nase ins Eis stecken«. Einige Minuten lang schrammt und rumpelt der Stahlbug des Schiffes durch die sich übereinander auftürmenden Packeisschollen, und ein paar schwere Stöße erschüttern den Rumpf, während ich abwechselnd am Fenster stehe und mich zurück unter meine Bettdecke verkrieche. »Respektvoll«, sagt der Kapitän, »streichen wir hier die Segel.« Schwarz und weiß, ein Kegel aus Schnee und Fels, ragt Paulet Island fünf Kilometer entfernt aus dem gefrorenen Meer.

Es ist sinnlos, sich mit Shackleton zu vergleichen – zumal wenn selbst der einsehen musste, dass es sinnlos war, sich mit Nordenskjöld zu vergleichen. Als die »Endurance« vom Eis des Weddellmeers zerdrückt wurde, war sie 250 Kilometer von der Paulet-Insel entfernt, und ich habe gelesen, was Sir Ernest darüber dachte: Der Weg übers Packeis bis zu Nordenskjölds Hütte, wo er Überwinterungsproviant vermutete, hätte ebenso gut 2500 Kilometer betragen können – es machte keinen Unterschied.

Weiter, weiter folgt der Schwarm dem Schiff. Wie ein fliegendes Schachbrett schwirren sie auf See um das Heck. Ankern wir, landen die Kapsturmvögel auf den Wellen, schwarzweiß wie die Berge der Inseln, ein irritierendes Muster, das sich an den reglosen Schiffsrumpf schmiegt.

»Jenseits von Eden«, »Logbuch des Lebens«, Buchtitel, die Darwin, wie er sagt, gern von John Steinbeck stehlen würde. »Darwiniola – Auf den Spuren der ›Beagle‹«, schlage ich ihm vor, und in seinem silbernen Stachelbart erscheint ein müdes Lächeln.

Der norwegische Pelzrobbenjägerkapitän Carsten Borchgrevink gilt als der Erste, der einen Fuß aufs Festland des antarktischen Kontinents setzte. Doch es gibt eine ganze Reihe zwielichtiger Gestalten, bärtig, das Gesicht vom Tranruß schwarz und die Hände blutverschmiert, die sich dessen rühmten. Auch der norwegische Kapitän Leonard Kristensen und ein Neuseeländer namens von Tunzelmann. Wahrscheinlich aber, sagt der Geologe, seien es in Wahrheit Maori gewesen, die mit ihren so prächtigen wie hochsee- und eismeertauglichen Schiffen zuerst hierher gekommen seien.

Et in Antarctica ego. Ich dürfte weit oben in den Hunderttausenden rangieren, als mich das Schlauchboot »Bora-Bora« zum vereisten Felsenstrand von Brown Bluff übersetzt. Braune Tuffsteinformationen, Adelie- und Eselspinguine, Algen, auf die zu treten verboten ist, Kreuzfahrt-Touristen in roten Anoraks aus Solothurn, Hilversum, Baden-Baden. Darwin überspielt die kontinentale Aufregung mit einem Scherz: »Jetzt erst mal eine Zigarette.«

Um den Geologen sammelt sich an der Wasserlinie ein Pulk. Alle Männer richten die Digitalkamera auf ihn, und alle Frauen kreischen. Was er in der Hand halte, das sei, sagt er spitzlippig, Glyptonotus antarcticus, ein junges, etwa dreißigjähriges Exemplar, bei weitem nicht ausgewachsen. Die Antarktische Meerassel, die ihm auf dem Handteller hockt, ist größer als seine Hand, sie ist braun und hat zehn von aus- und einknickbaren Hakenstacheln besetzte Beine. Schreitbeine und Spaltbeine. Ein einziges Auge sehe ich vorn an ihrem bepanzert-beschuppten, hinten spitz zulaufenden Leib – das Auge ist schwarz und nass, und ich kann es nicht ansehen, denn ich bin mir sicher, dass es mich ansieht: Es lebt.

Ein lebendes Fossil, sagt der Geologe und hält und schützt und wendet Glyptonotus mit vier Fingern und zahlreichen Episoden aus seiner Jahrmillionen alten Geschichte.

In der Nähe der Anlandestelle steckt währenddessen ein Seeleopard ein paar Mal den Kopf aus dem Wasser.

Doch kaum jemand nimmt Notiz von der schönen Raubrobbe.

Das Wasser, in dem sie schwimmt, hat eine Farbe, wie ich sie nur von sommerlichen Brombeerbüschen kenne. Es scheint schwarz, doch es ist tief dunkellila.

Über einen verschneiten Hang ging es zu Fuß einen Kilometer weit an der Hope Bay entlang zur argentinischen Forschungsstation Esperanza. Ich lief die mit Fähnchenstangen abgesteckte Strecke allein, ein schmaler Trampelpfad durch den Bruchharsch, vorbei an Schieferhalden und kleineren Pinguingruppen. Zum ersten Mal fühlte ich mich angekommen: Besonnen auf mich, allein in der Fremde, wieder zu mir gekommen nach der Schwächung durch den Infekt, mit wachen Augen. Die roten Häuser, Baracken und Container der Siedlung, der Schneepflug, der dazwischen umherfuhr, und die Schar Kinder in dunkelblauen und hellblauen Anoraks, die mich am Eingang der Station in spanisch eingefärbtem Amerikanisch begrüßte, sie standen nur für sich selbst und waren ohne Bedeutung für mich einfach bloß anwesend. Und so fühlte ich mich auch: Es war gut, auf dieser Reise zu sein, und es war gut, in einer Woche wieder zu Hause zu sein und zurückblicken zu können.

Wie viel angenehmer als das Leben in dieser Station im ewigen Eis erschien mir, während ich zwischen den Fähnchenstangen dahinstapfte, eine Kreuzfahrt auf einem Schiff mit Klimaanlage, Kabinenservice und zweimal täglichem Fünfgängemenü. Aber was wusste ich vom Alltag der Kinder in Esperanza und ihren Eltern, die Biologen, Paläontologen, Mechaniker oder Schneepflugfahrer waren. Sie schienen mir glücklich zu sein, oder doch wenigstens froh. Sie feixten und lachten und hatten einen Heidenspaß an unserem blöden Aufzug. Ich war Teil des Unterhaltungsprogramms für eine Touristengruppe auf Entdeckerfahrt in der Antarktis, für manche war ich ein »Eiskalter Vorleser«. Ich hörte die Leute an Bord prunken mit ihren Ämtern und Häusern und Reisen und langen zufriedenen Ehen, und ich sah sie stumm und nachdenklich werden beim Anblick von Point Wild, dem Fortuna-Gletscher und einem Wanderalbatros, der über 100 Seemeilen dem Schiff folgte, ohne einmal mit den Flügeln zu schlagen. Ich beobachtete, wie sie nach vierzehn Tagen auf See zärtlich zueinander wurden. Wir waren gefangen auf der überfrorenen Elefanteninsel unserer Bilder, überschüttet und hinweggespült von einem eisigen Wasserfall aus Illustrationen und Informationen, Internet, Fernsehen, Tagespresse, Reiseführer-Belletristik, die sich obendrein erdreistete, im Namen der unberührten Natur die Eitelkeit der Pinguintouristen anzuprangern. Die Berührung mit Hunger und Kälte und dem Elend der Verlassenheit glücklicherweise verloren, blieb nicht viel anderes als Bilder. Es brauchte Wochen der menschenfeindlichen Fremde draußen vor den Sicherheitsfenstern, um den antrainierten und um jeden Preis behaupteten Blick des Wirklichkeitsverbrauchers für nur ein paar Stunden zu verlieren, erst recht da dieser Verlust erklärtes Ziel einer Expeditionsabenteuerkreuzfahrt war. »Unter den 1750 Bildern, die ich heute gemacht habe«, sagte der Fotograf, »ist mit Glück eines, das mir zeigt, was das Auge eines Seeleoparden ist.« Das Glück, Dichter zu sein, brachte es mit sich, nicht nur im Wort Seeleopard die Seele zu sehen. War ein Vergleich angebracht mit Shackleton, Nordenskjöld oder Gerlache, dann nur der, dass diese Männer vor 100 Jahren zwar aus der Welt fielen, nie aber aus der Wirklichkeit, wie sie uns abhanden kam. »Wir erblickten«, schrieb Shackleton, »das nackte Fleisch der Dinge.« »Das Bild«, schreibt Dieter Wellershoff über den Blick von heute, »zerrinnt umso schneller, je mehr ich ihm abverlange.«

Esperanza, die vierte Katastrophe. Auf dem Weg zurück zur Anlegestelle ist Darwin ausgerutscht und in einen Tümpel voller Gletscherschmelzwasser gestürzt.

Müde und fahl sitzt er in der Panorama Lounge und piekst vitaminreiche Obsthappen von einem Teller auf seinen Knien. Draußen liegt Port Foster zwischen vereisten Vulkanhängen und dampfender schwarzer Asche.

Durch »Neptune's Bellows«, Neptuns Blasebalg, einen schmalen Durchlass, ist das Schiff in den zu Zeiten von Glyptonotus antarcticus gefluteten Krater hineingefahren. Ich stand oben auf der Brücke und sah dem Kapitän zu, wie er, Kaugummi kauend, die Sonnenbrille auf der Nase, Navigationskommandos gab, die den Bug durch die Enge manövrierten. Es war zu stürmisch, um die Zodiacs wegfieren und die Rotjacken anlanden zu lassen.

Ich leiste Darwin etwas Gesellschaft, höre ihm zu beim Philosophieren über die Annehmlichkeiten des Betäubtseins bei Grippe und schaue ab und an hinüber zur aufgegebenen Walfangstation Whalers Bay – wie Nordenskjölds Hütte auf der Paulet-Insel hatte Shackleton auch sie zu erreichen gehofft, als die »Endurance« gesunken war.

Insel der Täuschung, Trugbildinsel. Denn von der See aus wirkt Deception Island wie ein intakter Vulkankegel. Fährt man aber durch den Blasebalg hinein, öffnet sich vor einem der Krater wie ein kreisrunder Gebirgssee. Die schwarzen Strände dampfen, die Hänge sind weiß von Eis. 30 Grad warm ist das Wasser in Ufernähe, wo Eisbrocken angespült werden und binnen Stunden schmelzen.

In drei sturmgeschützten Buchten liegen je eine argentinische, chilenische und spanische Sommerstation. Deception Island täuscht auch den Kapitän: Minuten nach seiner Durchsage, dass es für eine Ausbootung zu windig sei, legt sich der Sturm, die Wogen, die durch den Kratersee rollten, werden zu einem das Wasser riffelnden Wellenmuster, und schon knattern die ersten Außenborder. Lange Unterhose, Cargo-Cordhose, drei Paar Socken, zwei T-Shirts, Hemd, Pullover, zwei Fleecejacken, zwei Schals und Anorak, Mütze, Handschuhe, die mit Ausdrucken der Internetzeitschrift gepolsterten Gummistiefel, die Rettungsweste, das Fernglas und die Kamera – meine Kluft. So lasse ich mich übersetzen und trete durch den stinkenden Vulkandampf auf den Aschestrand.

Im Jahr 1911, als Amundsen den Südpol erreichte, wurde Whalers Bay gegründet. Es ist ein trostloser Fleck, gut nur zum Sterben. Deception Island lebt, sie ist eine der größten aktiven Vulkaninseln der Erde, und sie machte nicht nur der Walschlächterei den Garaus, sondern überschüttete mit Asche und Lava auch den Stützpunkt der Royal Air Force und die Forschungsstation, die danach hier eingerichtet wurden. Ein Bretterhangar steht am höchsten Punkt und blickt mit blinden Toren über die Bucht. Ein paar Kreuze sind geblieben vom einstigen Friedhof und ragen aus einem schwarzen Hügel. Der Schnee, der sich durch die verfallenen und zusammengebrochenen Hütten und das »Biscoe House« wälzt, ist bestäubt mit Rußflocken, schwarze Bäche kommen von den Hängen herab und fließen dampfend in den Krater, und die verrosteten und durchlöcherten Überreste nicht mehr zu identifizierender Maschinen und Geräte liegen im Geplapper des losen Wellblechs am Strand herum.

Dennoch war es schön, hier zu sein. Die Zeit war fühlbar. »December 1970«. Der Winter, bevor ich eingeschult wurde, der Winter der letzten großen Eruption. Ich sank tief ein und spürte, wie der Schnee mein Bein bis zur Hüfte umschloss. Schwefelgeruch und Rußgeschmack. Schreie von Skuas. »Ramón was here.

January 1971«. Graffiti auf den alten Trantanks, Wahrzeichen von Whalers Bay. Neben den Eingang einer zerdrückten Baracke hat jemand an die verwitterte Holzwand ein handtellergroßes grünes Quadrat aus Leder genagelt. Es erschien mir wie ein Zeichen, und es war mir gleichgültig, wofür.

Mit ihrem Mann kam sie auch zur vierten Lesung. Aber wie schon auf der Brücke, als sie am Türrahmen lehnend lustlos Aufnahmen von dem zwischen den Instrumenten umherstolzierenden Kapitän machte, wirkte sie müde und wieder so in sich gekehrt wie zu Reisebeginn. Noch schmaler ist sie geworden.

Die Lesung gefiel ihr. Sie freue sich so sehr auf das Buch, sagte sie und ließ sich auf eines der Sofas sinken, wo sie die Beine übereinander schlug und ein Lächeln versuchte. Zum ersten Mal trug sie das Haar offen, und als ich mir sicher war, dass ihr Mann nicht mehr kam, fragte ich sie, um ihr zu zeigen, dass es mir auffiel, ob sie eine neue Frisur habe, worauf ihr das Lächeln endlich glückte.

Der bekannte Fotograf, die Kreuzfahrtdirektorin und der Geologe unterhielten sich zwischen ihr und mir über die Arktis: russische Atomeisbrecher, Driftstationen, Abschmelzen der Polkappe, Nordpolfahrten, die Frage, ob Peary oder Cook oder ein Russe, der namenlos geblieben war, den Pol entdeckt habe. 60 000 Dollar koste eine Polfahrt ab Murmansk, sagte der Fotograf – und dass er überlege, ob die Reise so viel wert sei. Wie solle man bei diesem Preis ein ganzes Schiff mit Touristen vollbekommen? Es klang, als ernähre er sich von Touristen. Er ist ein Seeleopard, stolz, verhalten, gefährlich. Der silberne Bart versteckt sein listiges Lächeln. Um seine Augen aber liegt ein unglücklicher Zug, weil er weiß, die Kreuzfahrerei, die Touristenjagd, korrumpiert seinen Blick, die Liebe zu den Tieren, den Respekt vor den Eislandschaften, und dieser Hang zum Pragmatischen und Monetären wird ihm umso deutlicher an sich selber bewusst, wenn ein junger Kollege am Tisch sitzt, der in genialischem Überschwang auf einen Streich einen ganzen Kontinent ablichtet.

Sie ließ die anderen reden, aß ein Würstchen mit Senf und lachte, als ich aufstand, um mir vom Büffet auch eines zu holen. Es war fast Mitternacht, draußen lag das silberne Licht des Polartages über der Gerlache Strait.

So würde es bleiben. Zwei Teller mit Würstchen und Senf, unsere Blicke und unser Schweigen, während andere unterwegs um die Welt waren, vom Nordpol zum Südpol in drei Sätzen.

»Wie oft liest du noch vor?«, fragte sie mich, und als ich es ihr gesagt hatte – »Einmal noch« –, fror das Lächeln auf ihrem Gesicht ein, und sie verabschiedete sich und ging schlafen.

Es schneit. Philippinos fegen den Schnee vom Deck. Schwer zu erkennen, wie dick der Eispanzer ist, der die Küstengebirge von Graham-Land bedeckt. An einigen Klippen müssen es mehrere hundert Meter sein.

Zwergwale und Orcas tauchen kurz aus dem grauen Wasser der Gerlache Strait auf, schon angekündigt von der Kreuzfahrtdirektorin, die den Kanal im Norden der Antarktischen Halbinsel »Whale Highway« nennt.

»Wale, Wale! Wale, Wale!«, brüllt es länger durch die Lautsprecher, als man sie sehen kann.

Es ist neblig, der Himmel verhangen, die Gipfel der Berge verschwinden im doppelten Weiß aus Dunst und aus Schnee. »Mystische Stimmung«, sagt die Direktorin und lädt ein zum Weihnachtsmarkt mit Santa Claus auf dem Pooldeck.

Zwei Schiffe kommen kurz nacheinander aus dem Nebel gefahren, ein Niederländer und ein Russe, die ersten seit fünfzehn Tagen.

29 Kreuzfahrtschiffe sind gleichzeitig mit unserem in antarktischen Gewässern unterwegs.

Unter Jubel und Applaus wird der Weihnachtsmann in den Pool gestoßen.

29. November, dem Namen nach
dunkelster Tag. In Buenos Aires
war ~~es~~ heller Sommer, als ich vorbei
am Obelisken, die Talcahuano und
die Guido hinauf nach Recoleta ging.
Gewittriger Wind durchbrauste die Luft.
Die Kronen der großen Straßenbäume,
viele voller violetter Blüten wie Flieder,
rasselten und rauschten, und oben war
der Himmel wolkenlos blau. Ein Gewitter

würde es kaum geben. Diesen Wind
, *seinen* Wind aber
gab es, er wirbelte Blütenduft vor mir her,
und auch das Licht: Schnell wie gedimmt
verfinsterten sich Gesichter und Fassaden
, *Fenster, und*
die zerbeulten Straßenkreuzer, unterwegs
nach Recoleta, schalteten die Scheinwerfer
und die Blumenverkäufer in ihren Häuschen
unter den Bäumen die nackte Glühbirne ein.
Das Licht eines Gewitters, das abwartete,
das blendete, als ich zur Basilika kam und
das schwarze Gusseisentor des Friedhofs
im selben Moment ins Schloss fiel. Ein Park
mit Oleanderbüschen und Bänken lag davor,
Wasserverkäufer sangen »Bombon! Bombon!«,
und ein alter Herr spielte dazu auf der Gitarre
immer aufs Neue dasselbe traurig süße Lied,
dem ein Junge lauschte

Ich träumte von der Sopranistin mit dem vollen schwarzen Haar und dem sinnlichen Gesicht, die gemeinsam mit ihrem Gatten und ihrer kleinen Tochter an Bord ist. Ihr Mann, ein Musiker, der die elterliche Firma übernommen hat, wurde an Bord fünfzig. Eine lebensfrohe, gebildete schwäbische Familie, die die Dame aus Baden-Baden mit deren Mann, einem Ingenieur, und Darwin und mich zum Umtrunk in den Club einlud. Wir tranken Champagner, plauderten, und es wurde Mitternacht, während draußen im Dunst die weißen Gipfel des Graham-Landes vorbeizogen. Die Sopranistin sang ihrem Mann, der sie am Klavier begleitete, ein Ständchen, ein Lied von Gershwin und eines aus »West Side Story«, der Ingenieur improvisierte ein wenig Jazz, und Darwin, älter, als ich annahm, trug ein Gedicht vor mit dem Titel »Nur Mut«, das er, wie er sagte, zu seinem eigenen Fünfzigsten geschrieben habe und das Wörter miteinander verknüpft, in denen die Silbe »mut« vorkommt: von Unmut zu Gleichmut über Sanftmut und Heldenmut zu Wankelmut und Übermut – auf seine Weise eine »Mutprobe«, auch wenn ich bezweifelte, dass Nabokov das Gedicht gefallen hätte.

Getrieben von Verzweiflung und Sinnleere, wollte sich der Unternehmer das Leben nehmen. Er war im Urlaub mit seiner Frau irgendwo am Meer in einer Hotelburg, wo sie weit oben ein Apartment bewohnten. Seine Frau erholte sich von den Strapazen einer überaus erfolgreichen Tournee, sie brauchte ihren Schlaf, und so wartete der Unternehmer, der Musiker, der er einmal gewesen war, bis sie tief schlummerte, bevor er auf den Balkon trat, sich auf die Brüstung setzte und fallen ließ.

Er fiel lange und segelte mit offenen Augen, bevor er auf der Rampe zur Tiefgarage aufschlug. Da lag er in einer Lache aus Blut, die Glieder verkrümmt, die Augen immer noch offen.

In meinem Traum war das der seltsamste Moment: Plötzlich erhob sich der Musiker aus dem Blutsee, er lächelte, überrascht, dass er den Sturz überlebt hatte, und sah darin ein untrügliches Zeichen dafür, dass das Leben noch einiges mit ihm vorhatte, als im selben Moment der Körper seiner Frau über ihm erschien, auf ihn stürzte und sie beide erschlug. So endete der Traum.

Aufgewacht, fragte ich mich, woher er kam: Stand er für eine Verquickung meiner eigenen Lage mit Gesprächen der vergangenen Abende? Ich hatte mich mit Leuten unterhalten, die andere Wege eingeschlagen hatten als ich: Seiner Ehe und Familie wegen hatte der Musiker seine Karriere aufgegeben und die Firma seiner Eltern übernommen. Die Dame aus Baden-Baden erzählte mir, dass ihr früherer Mann, ein Schönheitschirurg, sie mit sämtlichen Assistentinnen betrogen und schließlich, nach dreißig Jahren Ehe, verlassen habe. Den Ingenieur habe sie über eine Kontaktanzeige kennen gelernt, und, obwohl grundverschieden, seien sie glücklich, da sie beide ihr eigenes Leben führten und ihre Ehe eine Schnittmenge sei, ein drittes, gemeinsames Leben.

Das Bild des doppelten Fenstersturzes speiste sich unterdessen aus zwei anderen, unterschiedlichen Quellen. Seit ein paar Tagen las ich Dieter Wellershoffs Roman »Der Liebeswunsch«, in dem gleich zu Beginn vom Freitod einer der weiblichen Hauptfiguren berichtet wird: »Sich selbst abhanden gekommen«, wie es heißt, stürzt sich Anja aus dem 14. Stock eines Wohnturms an der Nordseeküste.

Und der Geologe hatte während der Unterhaltung nach meiner letzten Lesung erzählt, er sei Dozent einer Schweizer Reisegruppe auf einem russischen Atomeisbrecher gewesen, als mitten im Eis der Arktis eine Frau aus ihrem Kabinenfenster ins Meer gesprungen sei und nur tot habe geborgen werden können. Er mache sich noch immer Vorwürfe deswegen. Zwei Stunden vor der Tragödie sei er der Frau im Kabinengang begegnet. Wie aus Glas sei er sich vorgekommen, so habe sie durch ihn hindurchgesehen.

Ich war froh, im Frühstückssalon den Musiker und Unternehmer zu sehen, seine kleine Tochter und die Sopranistin, die eine ausnehmend schöne Frau ist, heiter und klug, elegant und natürlich. »Some day I finally will find you«, sang sie am Abend und küsste dabei ihren Mann am Klavier auf den Scheitel. In meinem Traum muss sie auf der Suche nach ihm vom Balkon geblickt und gedacht haben, er sei tot, so verkrümmt, wie er da in seinem Blut lag. Doch das war er nicht. Eine Sekunde lang war er so lebendig wie nie, so wie sie, ehe sie ihm hinterhersprang.

Drake-Passage

Der Anfang des Abschieds gibt schon den Grad an Wehmut vor, der dich erwartet, wenn du wieder allein bist. Ein letzter Nachmittag an Land. Das kleine Postamt mit Museum ist das südlichste der Welt, hölzerne rote Baracken, über denen der Union Jack im Wind wehte und vor dessen Eingang auf einer Felsengruppe

Eselspinguine brüteten. Ich kaufte Mitbringsel für die Kinder, für mich selbst eine Ansichtskarte: Blackboro an Deck der »Endurance«, von Frank Hurley geknipst mit dem Schiffskater Mrs. Chippy auf der Schulter.

Nicht einmal der Geologe, mit dem ich durch die Räume ging, konnte mir sagen, weshalb britische Militäroperationen im Zweiten Weltkrieg, die von hier starteten, den Codenamen »Tabarin« trugen. Für ein Pariser Varietétheater mit diesem Namen wirbt ein Plakat, das Damen beim Can-Can zeigt, in der Küche über Regalen voller Konservendosen.

Sonderlich wehmütig war mir nicht zumute. Mit den schwarzen Klippen, die aus dem Schnee ragen, wirkten die Berggipfel im Nebel, als hingen sie ohne Fundament aus Fels und Eis im Himmel. Und als gäbe es uns nicht, rauschte eine Skua, groß wie ein Bussard, auf Augenhöhe durch meine Schlauchbootgruppe. Das krakeelende Orchester der Pinguine war ohne Botschaft, sie flöteten und schrien, als ich mit meiner Plastiktüte voller Souvenirs mitten unter ihnen stand, und sie machten denselben Lärm noch im Licht der Mitternacht, als ich an die Reling trat und hinübersah zur dunklen Post von Port Lockroy.

Die Stille, die kalte Luft und das klare Wasser, wie ich es zwischen den hunderten Inseln des Melchior-Archipels noch einmal sah, würde ich vermissen. In zehn Metern Tiefe lagen große weiße Steinquader auf dem Grund wie die Bepflasterung einer versunkenen antiken Straße.

Ein Seeleopard räkelte sich auf einer Scholle. Krachend und grollend brachen Schneebretter von den Hängen und gaben den Blick frei auf hellblaue Schründe, Eisschichten aus den letzten zwei Jahrzehnten. Vor vier Jahren erkundeten zwei Zodiacfahrer der »Bremen« einen Fjordeinschnitt auf Omega Island und entdeckten, dass er kein Ende nahm. Sie fuhren zwischen plötzlich zwei Omega-Inseln hindurch zurück in den Sund und tauften die Passage, die sie als erste eisfrei gefunden hatten, auf den Namen »Bremen-Kanal«.

Zwischen Eisbergen, die weiß und hellblau, unter Wasser aber türkis und flaschengrün waren, sah ich vom Zodiac aus eine kleine Felsengruppe, drei Inselchen, bepackt mit Eispanzern, betreten von noch niemandem, bewohnt nur von Blauaugen-Kormoranen. Ich taufte sie feierlich, ungeachtet aller bürokratischen Hürden, nach meinen Kindern »Three Kids Rocks«, entdeckt und verzeichnet am 16. Dezember 2007, 10.33 Uhr antarktischer Zeit.

Port Lockroy

Die schwarzweißen Berge
im Nebel, als schickten sie
in die Luft gehängt
eisige Mails, die keiner erhält,
weiterleitet, niemand empfängt.

Das Postamt am Ende der Welt
hat geöffnet.
Tritt ein, kauf Karten,
bekritzel sie und kauf Marken
mit deinem Konterfei.

Sei du oder sei
Sturmvogel, Kreuzfahrttourist.
Wenn du Sir Francis Drake,
Seeleopard oder Gletscher bist,
schick Grüße von Antarktikas Bergen.

Antarktika, Antarktika. Nach zwanzig Minuten war nichts mehr von dem Kontinent zu sehen. Berge, Inseln, Eis, Felsen und Eisberge verschwunden im Nebel jenseits des Hecks, und das Schiff stampfte durch das graue Wogengewirr nordwärts, hinaus auf die offene See.

Die Drake-Passage, das Nadelöhr, durch das sich der Pazifik in den Atlantik ergießt, um gemeinsam um den Pol zu jagen, war ruhig. Die höchsten Wellen vier Meter hoch. Nur selten krachte es hell und spritzte Schaum über die Fenster, dann schlug der Rumpf dumpf aufs Wasser und tauchte tief den Bug hinein. So gern ich aus der Ferne einen der berüchtigten Kap-Hoorn-Roller gesehen hätte, erleben wollte ich lieber keine dieser Wogen, die bis zu 30 Meter hoch sein können. Ich zog die Ruhe vor, und das Meer ließ Gnade walten, es war eine gute Nacht für Feiglinge.

Drei Wochen zuvor, der Taxifahrer in Buenos Aires, der mich vom »Latino« zum »Caesar Park« fuhr, wechselte auf der nächtlichen Avenida del Nuove Julio von Spur zu Spur. Sie waren alle frei, zwölf leere Fahrbahnen, bei Tag überwalzt von der Blechlawine, jetzt gehörten sie ihm und seinem alten Mitsubishi.

Er fragte, woher ich komme. »Hamburg«, sagte ich, und er überlegte. »Amburgo«, sagte ich also, und er lachte und freute sich: »Amburgo, Amburgo!«

»Der Anblick überbot mit seinen vielen Einzelheiten ihr verblasstes Erinnerungsbild, blieb aber in den ersten Sekunden immer noch imaginär, als sähe sie statt der Wirklichkeit deren bloße Reproduktion«, schreibt Dieter Wellershoff. An Bord sehen die meisten keine Notwendigkeit, sich der Wirklichkeit zu versichern: Alles ist vorhanden. Die Wirklichkeit ist für die Passagiere das Gegebene, das vor den Fenstern liegt, die Schönheit, die Stille, die Gefahr, nichts im Eis steht für sie in Frage. Ich beneide sie. Immer wieder unterhielt ich mich auch mit einer jungen Frau, die gemeinsam mit ihrem Töchterchen an Bord ist. Das Mädchen leidet an einem Gendefekt, verwandt ALS, der »amyotrophen Lateralsklerose«, einer Nervenschädigung, wie ich sie in »Wie wir verschwinden« beschreibe, wo Maurice Ravoux daran erkrankt ist. Die Kleine kann nicht sprechen, außer den Augen und wenigen Muskeln kann sie ihren Körper nicht bewegen. Sie ist im gleichen Alter wie die Tochter der Sopranistin und des Unternehmers, die durch die Gänge rennt und sich Malstifte organisiert, vier Jahre alt, wie Julika, Juli, meine Jüngste.

Die meiste Zeit hält ihre Mutter sie auf dem Schoß, und nicht selten nötigte es mir peinlich berührte Bewunderung ab, wenn ich sah, wie sie, das dick eingemummte Kind im Arm, ins Schlauchboot stieg und sich mit den Anderen an Land bringen ließ. Am Lemaire-Kanal hatte es binnen Minuten dicht geschneit, starker Wind blies, und der weiße Hang, den eine Anorakgruppe nach der anderen bestieg, verschwand im aufziehenden Nebel, der die Gipfel umhüllte. Mit ihrem Kind war auch sie dort oben, nur die Baden-Badenerin nahm ihr die Kleine bisweilen ab, wenn sie ein Foto machte, Aufnahmen, die sie später auf dem Display ihrer Kamera herumzeigte: ihr Mädchen mit leuchtenden Augen im Schneegestöber über der Bucht, in dem man das Schiff kaum noch erkannte.

Saß sie mir gegenüber, und war das Kind in ihren Armen eingeschlummert, und klappten ihm die Lider auf und zeigten das leere Weiß seiner Augen, dann legte sie schützend, damit ich es nicht sah, eine Hand davor.

Sie sieht keine Notwendigkeit, was wir gesehen und erlebt haben, in Zweifel zu ziehen, es unaufhörlich zu hinterfragen, wie sie sagt: die Wolken, die Tiere, das klare Wasser, das Blühen des Stechginsters. Man müsse jetzt leben, nicht in der Vergangenheit und nicht in der Zukunft. Von einem Gletscher lerne sie nicht, was Wirklichkeit und was Unwirklichkeit, sondern was Kraft sei.

»Lebe!«, schrieb sie mir auf eine Grußkarte.

Denn ich würde wohl dazu neigen, mich über Gebühr zurückzunehmen und Distanz zu wahren, ein Zug, der ihr sofort aufgefallen sei an mir.

»Woher dies Grübeln?«, fragte sie mich und konnte nicht ahnen, dass sie sich die Antwort im gleichen Moment selbst gab, als sie mich ansah mit denselben Augen wie ihr Kind.

»Genau!«, stimmte ihr die Dame aus Baden-Baden zu, die mit am Tisch saß. »Wann lachen Sie eigentlich mal?«

»Bei Wind und Wetter, bei Schnee und Sonnenschein«, sagt Darwin, »geht er an Deck einmal um das ganze Schiff herum, und seine Frau folgt ihm im Abstand von drei Metern.«

»Aus welchem Grund?«

Darwin erklärt es mir: »Messungen? Messungen eines Bekloppten. Deshalb die genaue Uhrzeit. Pünktlich wie ein Uhrwerk alle drei Stunden einmal ums Schiff.«

Es ist drei Uhr am Nachmittag. Wir sitzen im Speisesaal und blicken hinaus auf die graue Ödnis der Drake-Passage.

Da kommen sie tatsächlich. Zuerst erscheint er, dann sie, vor den Fenstern stapfen sie vorbei, beide im Anorak, die Kapuze festgeschnürt. Es stürmt.

Ich nehme mir vor, in drei Stunden wiederzukommen.

Im Treppenaufgang zur Panorama Lounge, wo der Glaziologe einen Vortrag hält, geht ein älteres Ehepaar durch mich hindurch, denn ich bin unsichtbar.

»Das ist alles beschissene Theorie«, sagt die Frau.

Ich begann die fünfte und letzte Lesung, indem ich die Ansichtskarte aus dem Postamt von Port Lockroy hochhielt: Merce Blackboro, Blinder Passagier, später Schiffsjunge, noch später Shackletons Adjutant. Um die Geschichte dieses Jungen mit der Katze auf der Schulter gehe es in meinem Buch. Ich las Shackletons, Creans und Blackboros Wanderung über die Berge von Südgeorgien bis zur Walfängerstation von Stromness vor, nach den siebzehn Monaten ihrer Eisodyssee die Rückkehr in die Zivilisation.

Sie habe geweint am Ende der Lesung, sagte sie, als ich mich zum Frühstück neben sie an den Fotografentisch setzte. »Wie schön, dass du zu uns kommst!«

Ihr Mann, der bekannte Fotograf und dessen Frau unterhielten sich über Spitznamen für bestimmte Passagiere und Mitglieder des Bordpersonals, ein Spiel, wie ich wusste, das nicht nur an ihrem Tisch gespielt wurde.

»Zum Beispiel?«

»Die Silberdistel«, sagte der Fotograf und verriet, damit sei die Kreuzfahrtdirektorin gemeint.

Ich verriet ihm, wie er an einem der anderen Tische genannt werde: »der einzige Kaiserpinguin an Bord«. Er war getroffen. Darüber müsse er sich ernsthaft Gedanken machen.

Ich fragte, ob sie auch für mich einen Spitznamen hätten, und sie waren empört: Sie mochten mich doch!

»We love you«, sagte sie leise.

Ihr Mann lachte, und der bekannte Fotograf fragte, ob ich es gehört hätte: »Wir lieben dich!«

Sie legte eine Postkarte vor mich hin. Für die Widmung – sie würde die Karte gern in das Buch legen, das sie sich daheim kaufen werde.

Ich drehte die Karte um und wusste noch im selben Moment, dass es die gleiche war wie meine.

Kap Hoorn

Bevor das Abschiedsfest beginnt, muss gepackt, müssen die Koffer vor die Kabinentür gestellt und die Kreditkarten eingelesen werden.

Shanties und Scherzeinlagen aus dem Orderhandbuch des Kapitäns. Der Ingenieur spielt Akkordeon, die Sopranistin singt »Summertime« und ein altes kreolisches Lied aus Louisiana:

»Si tu savais,
ce que tes yeux me disait …«

Die See ist ruhig, kurz vor Mitternacht tauchen die Umrisse von Kap Hoorn auf, und ich bestelle den letzten Scotch. Vor den Fenstern stapfen sie vorbei, zuerst er, dann sie, beide im Pullover, denn mit einem Mal ist es zehn Grad wärmer. Letzte Messungen.

Nach Chile wollte ich einmal auswandern, als ich achtzehn war, lange Haare hatte, Gedichte in ein mit Blumen bedrucktes Notizbüchlein schrieb und verliebt war in die Tresenkraft einer Kneipe mit Namen »In Keuschheit und Demut«, die kurz darauf auch ohne mich nach Santiago ging.

Vierundzwanzig Jahre später stand ich auf den Felsen von Kap Hoorn an der Südspitze Chiles und sah nach Süden.

Da lag das Meer, über das ich drei Wochen lang gefahren war. Eine Skua landete auf den moosdurchsetzten Gras- und Krautmatten und erschien mir so vertraut wie eine Elster.

Ein Gedenkstein für den Kapitän von Darwins »Beagle«, FitzRoy.

Ein Gedenkstein für die seit fünfhundert Jahren etwa 15 000 bei Versuchen, das Kap zu umsegeln, ertrunkenen Seeleute, tote Kap Hoorniers.

Zwei riesige Stahlplatten, in der Mitte der Umriss eines Albatrosses im Flug ausgespart. Was für einer ist es, fragte ich mich: Ruß-, Graukopf-, Schwarzbrauen- oder Wanderalbatros?

Im Souvenirladen ein Gästebuch. »Regards to Francis Drake« stand darin.

Er hat sich den Bart abgenommen. Nackt sah er aus auf dem Fest, und zu später Stunde zog er sich ein T-Shirt mit dem Konterfei seines Helden und dem Schriftzug »Charles Darwin World Tour« übers Hemd.

Auf dem Rücken die Stationen und Daten der Erdumrundung.

Ich fotografierte ihn am Kap Hoorn vor FitzRoys Gedenkstein und erklärte mich bereit, seine Quittungen und ein paar DVDs voller Fotos mitzunehmen nach Hamburg. In seiner Kabine, als das Schiff in Puerto Williams vor Anker lag, um den Beagle-Kanal-Lotsen von Bord zu lassen, erzählte mir Darwin von der Indio-Greisin, der letzten Überlebenden ihres Stamms, die in dem kleinen chilenischen Hafen- und Marinekaff lebe. Sie sei keine Ona, sondern eine Yagan, ihr Stamm seien Kanu-Nomaden gewesen, die binnen anderthalb Stunden eine wetterfeste Hütte gebaut hätten. Er zeigte mir Fotos von ihr und Schwarzweißaufnahmen von ihren Vorfahren, von Kanus und Hütten der Yagan. Ein breites, faltiges Gesicht mit dunklen kleinen Augen blickte mich an. Sie zu interviewen sei nicht einfach gewesen. Zu viele Interviews habe sie schon gegeben. Ich stellte mir vor, wie sie antwortete, vorgefertigte Phrasen gegen den Wirrwarr der Klischees, schnell zusammengefügt, um darin Unterschlupf zu finden vor der Kälte, ein Verschweigen und Vergessen wie eine Hütte.

Die Reise geht zu Ende, aus jedem Gespräch ist es herauszuhören. Klagen und Kritik, Dank und feuchte Augen, Versicherungen, sich wiederzusehen, einander zu schreiben, die Reise zu wiederholen.

Erste, zu frühe Abschiede. Fotos gemeinsam mit den Zimmermädchen. Die letzten Male. Die ersten Bäume. Bonsaibuchen, Buchen mit winzigen Blättern an den Hängen längs des Beagle-Kanals.

Nichts lässt sich wiederholen, nichts versichern, die Klagen holt sich der Wind, die Versprechen das Wasser. Andere Dampfer, Flugzeuge und wieder Flugzeuge. Und doch ist der Wille, sie noch einmal zu erleben, so wichtig wie die Reise, die zu Ende geht. Sie geht nicht zu Ende, sie ist bloß unterbrochen.

Grußlose Abschiede. Wir zerstreuten uns. Die nächsten Passagiere warteten, andere Schiffe warteten, Flugzeuge, Flugzeuge. An der Pier von Ushuaia lagen fünf Dampfer und ein Segler, alle bereit zur Abfahrt in die Antarktis.

Darwin war der erste, der im Getümmel verschwand. Zuletzt sah ich ihn im Club sitzen, vertieft in einen Flirt mit der Barchefin. Er dürfte abgeblitzt sein, denn, was er nicht wusste, sie hatte ein Verhältnis mit dem Bordmasseur.

Die Dame aus Baden-Baden und ihr Mann, der Ingenieur, verschwanden im Gewimmel am Flughafen von Buenos Aires. Eine Weile trieb ich trunken vom

Schwanken, das plötzlich aufgehört hatte, gemeinsam mit der Sopranistin, ihrem Mann, der jungen Frau und den zwei Mädchen durch die Terminals, ein kleiner Cluster, der zusammenhielt, fest entschlossen, sich nicht sprengen zu lassen. Erst die Aufteilung in Business und Economy Class riss uns auseinander.

Buenos Aires

29. November, dem Namen nach
dunkelster Tag. In Buenos Aires
war heller Sommer, als ich vorbei
am Obelisken, die Talcahuano und
die Guido hinauf nach Recoleta ging.
Gewittriger Wind durchbrauste die Luft.
Die Kronen der großen Straßenbäume,
viele voller violetter Blüten wie Flieder,
rasselten und rauschten, und oben war
der Himmel wolkenlos blau. Ein Gewitter
würde es kaum geben, seinen Wind aber
gab es, er wirbelte Blütenduft vor mir her,
und auch das Licht: Schnell wie gedimmt
verfinsterten sich Gesichter, Fenster, und
die zerbeulten Straßenkreuzer, unterwegs
nach Recoleta, schalteten die Scheinwerfer
und die Blumenverkäufer in ihren Häuschen
unter den Bäumen die nackte Glühbirne ein.
Das Licht eines Gewitters, das abwartete,
das blendete, als ich zur Basilika kam und

das schwarze Gusseisentor des Friedhofs
im selben Moment ins Schloss fiel. Ein Park
mit Oleanderbüschen und Bänken lag davor,
Wasserverkäufer sangen »Bombon! Bombon!«,
und ein alter Herr spielte dazu auf der Gitarre
immer aufs Neue dasselbe traurig süße Lied,
dem ein Junge lauschte, der neben ihm saß
mit einem Eichhörnchen auf seiner Schulter.

Ich sah sie durch die Drehtür gehen, und durch die Abfertigungshalle eilte ich ihr nach, hinaus ins Licht.

Wärme schlug mir entgegen, Abgasgestank und der Lärm der Uferstraße. Die Bäume blinkten, und da stand sie, im Anorak mit ihrem Mann am Taxistand.

Es war die letzte Minute. Ich musste mich entscheiden, während ich rannte: Bild oder Gruß, Beobachtung oder Umarmung? Ich rannte und segelte, den Mantel überm Arm, die Taschen in Händen, entlang am Rio de la Plata.

Sie lachten, als sie mich sahen, und schlossen mich in die Arme, synchron wie die Rußalbatrosse und in den Augen das Türkisblau des Wassers im Lemaire-Kanal – nur ein kurzes Aufblitzen, aber es war mein Abschiedsgeschenk.

Herbst in New York

Was also ist es zwischen uns?
Walt Whitman

Kaum bin ich gelandet, schafft mich ein über und über mit Werbung für ein isotonisches Getränk beklebter riesiger silberner Bus über den von Lagerhallen flankierten Highway davon. Neben mir eine bestimmt achtzigjährige Dame blättert mit beringten Fingern in der »Vogue«, und der Bus fährt durch den Lincoln Tunnel unter dem Hudson hindurch und schon, mit einem Mal, viel zu schnell, ich habe kaum etwas von der Landschaft gesehen, den Fluss gar nicht, bin ich in Manhattan. Die Koffer und Rucksäcke vom Fahrer aus dem Busbauch gerissen, stehen die Dame mit den Goldringen und ich ohne Orientierung auf dem Bürgersteig. Wir verabschieden uns im Schatten der Hochhäuser an der 7th Avenue, an denen weit oben, fast in den Wolken, gebaut wird. Da hängen Männer mit Helmen in auf und ab fahrenden Körben wie Amseln auf einem windbewegten Ast. Ich halte ein Taxi an. Ich klettere hinein, im Taxi läuft der Fernseher. Der Fahrer ist Mexikaner, er sagt zwei Sätze über den Stau auf Broadway und Bowery, Feuertreppen und Wassertanks sehe ich droben auf Dächern, aber hier unten, da stürzt es durch mich hindurch, New York, es ist keine Erscheinung, es ist die Wirklichkeit, in der ich für die kommenden Monate leben soll.

Vorm Fenster liegt das Jerome S. Coles Sports and Recreation Center. Unter Recreation verstehe ich Wiedererschaffung. Ein Turnhallenbau aus gelben Klinkern. Basketballfelder und zwei Schwimmbäder befinden sich angeblich in seinem Innern. Ich will es nicht glauben. Auf dem Dach haben sechs Tennisplätze und ein Baseballabschlagkäfig Platz, drumherum eine Bahn für Sprinter und Hürdenläufer, ein Sportplatz auf Höhe der zweiten Etage. Ich wohne im siebten Stock der Silver Towers, drei Hochhäuser mit Apartments für Fakultätspersonal. Silbern sind sie nicht, sie heißen so zu Ehren eines Förderers der New York University. Im Hof zwischen den Betonwohntürmen ragt eine Steinskulptur von Picasso in die Höhe, die »Büste von Sylvette«, einer rätselhaften Dame ebenso vollständig aus Beton: Sie scheint nur Kopf zu sein. Ihren Körper trägt sie in dem schwarz in den Stein gemeißelten Antlitz.

Das Apartment ist groß, hell und sanierungsbedürftig. Spuren, Vergessenes, Notizen, das Erdbeermarmeladeglas von Daniel Kehlmann im Kühlschrank – Hinweise auf frühere Writers-in-Residence. »You're what?«, fragte mich am Flughafen der Zollbeamte. »A writer in what?«

Die Elektrik ist lebensgefährlich, das Wasser braust aus den Hähnen. Ich packe aus, um daheim sein zu können. Hunger und Durst treiben mich kurz vor Mitternacht in den Supermarkt um die Ecke, wo ich alles so vorfinde wie daheim, nur in doppelt so großer Ausführung und Menge. Die Preise wie durcheinandergewürfelt: Einiges ist lachhaft günstig, anderes so überteuert, dass ich es erschrocken augenblicklich zurücklege.

Es ist nicht so, wie Thomas Hettche einmal zu mir sagte: Über den Atlantik nach Amerika zu kommen sei, als würde man endlich heimkehren. Mir ist vielmehr so, als wäre ich in ein unendlich vertrautes Reich gereist, ein Land, von dem ich stets wusste, dass es existiert, und von dem ich schon hunderttausende Bilder sah, das zu betreten aber nie möglich schien. Daher mein niederschmetternder Eindruck, wenn ich über Mercer Street oder LaGuardia Place laufe: Plötzlich hineinversetzt in die Kulissen einer Jahrzehnte alten Prägung durch Literatur, Fernsehen, Kino, Songtexte und Videoclips, ist es kein Wunder, wenn ich mich unversehens als Statist fühle.

Falsch nur, zu sagen, nichts in New York erscheine echt. Im Gegenteil erscheint alles so echt, dass ich mich fragen muss, ob mein deutsches Zuhause nicht ein Simulationsprojekt ist, notgedrungen kleiner, weniger dicht, jedenfalls weniger echt. Ich fühle mich auf den Straßen von Manhattan nicht fremd genug, als dass ich mich zurückziehen könnte auf den archimedischen Punkt des reinen Betrachters wie in Buenos Aires, St. Petersburg oder Prag. Amerika, o du süßes Substrat aller äußeren Vertrautheiten, die mein im Verborgenen vor sich gegangenes Leben schon immer bestimmt haben. Zu versuchen, dieser imaginären Amerikanisierung meiner Person ein wirklicheres New York entgegenzusetzen, erscheint mir so betrachtet wie der Geheimauftrag eines Filmspions, mit dem man versehentlich einen Komparsen betraut hat.

I

Im Eis gibt es keine Grünanlagen. Die größte Grünfläche, die ich bei Brown Bluff auf der antarktischen Halbinsel gesehen habe, war nicht größer als eine Verkehrsinsel und bestand zur Gänze aus Moos und einer bläulich schimmernden Flechte. Seit den Reisen nach Russland, Argentinien und Mexiko habe ich mir angewöhnt, eine fremde Stadt zu erkunden, indem ich von Park zu Park wandere, in grünen, sich ausdehnenden Kreisen. Unter Bäumen rasten, den Blick beruhigen, dann weiter, weiterschauen in den Straßen. In Manhattan völlig unmöglich: Die Zu-Fuß-Entfernungen sind zu groß, gemessen an den, vom Central Park einmal abgesehen, spärlich gesäten Grünanlagen. Unterwegs zum Hudson suche ich vergeblich den im Stadtplan verzeichneten James Walker Park. Es gibt ihn, vielleicht nur vorübergehend, nicht mehr. Und auch die begrünte Uferpromenade zwischen Riverside und Battery Park ist selbst als Gräuel noch eine Enttäuschung: Hinter Zäune gesperrt, liegen verlassene Spielplätze und Badmintoncourts im Schatten eines leeren Lauf- und Baseballstadions. Blau funkelt in der Sonne der einbetonierte Strom.

Tragflächenboote pendeln durch Flottillen von Luxusjachten zwischen Hoboken und Lower Manhattan. Nur wenige Leute sitzen auf den Bänken, in der einen Hand ein Handy, in der anderen eine Plastikgabel, mit der sie in einer Plastikpackung voller Mayonnaise stochern, während weiter draußen im Dunst auf Liberty Island die Freiheitsstatue die Faust in die Höhe reckt, in der sie wirklich, wie Kafka meinte, ein Schwert zu halten scheint, nur ein am Heft abgebrochenes. Boote umkreisen die Fackel, deren Aussichtsplattform für Touristen prophylaktisch gesperrt ist, während in der Luft glänzendschwarze Helikopter kreisen.

Ein großer hölzerner Anleger muss einst an der Battery, wo noch früher Geschütze standen und dem Park den Namen gaben, übers Wasser geführt haben; die morschen Pfahlstummel, die aus den Wellen schauen, bedecken eine nun von Möwen annektierte Fläche so groß wie das Turnhallendach unter meinem Fenster. »Windmill supplies« steht an einem abbruchreifen Haus am West Side Highway, wo kaum Autos fahren, ja nicht einmal Taxis, diese dottergelbe Zwischenform aus Auto und fahrbarem Hohlraum, in dem der Fahrgast steckt wie in einem Ei. Höchstens Trucks donnern vorbei. Der alte Anleger, die Fähren nach Staten Island, die Mississippi-Dampfern ähneln, ihr Schornsteinqualm, das hölzerne Geländer, an dem rauchend die Männer in weiten Hosen, mit Gamaschen und Hüten neben jungen Frauen lehnten, müde von einer Charleston-Nacht in einem Ballroom an der Bowery, Flapper, wie sie hießen, weil sie auf der Tanzfläche so hektisch, so neurotisch, so ängstlich vor der Welt wie Küken mit den Armen flatterten, wie dann später im Freien ihre Schals im Wind flatterten, während sie hinüberblickten nach Jersey City und Union City – alles bleibt sichtbar oder will zumindest immer noch sichtbar scheinen, so stark und dicht sind die Bilder, ob falsche, ob echte. »Was also ist es zwischen uns?«, fragt Walt Whitman in seinen »Grashalmen«:

Was immer es ist, es heißt nichts –
  Entfernung heißt nichts und Ort heißt nichts,
Auch ich lebte, das Brooklyn der weiten Hügel war
  mein,
Auch ich lief durch die Straßen der Insel Manhattan

Es sind nur wenige Blocks stadteinwärts bis zu Ground Zero, dem, wie es heißt, vorübergehend geschlossenen World Trade Center. Sieben Jahre nach den Terroranschlägen vom 11. September bringt mich eine Rolltreppe hinauf auf eine provisorische Fußgängerbrücke. Durch einen Spalt im Bretterzaun kann ich in die Baugrube sehen, wo zwischen Kränen, Betonmischern und Tiefladern geordnete Betriebsamkeit herrscht. Sicherheitsbeamte gibt es nur wenige, Sternenbanner ebenso, keine Trauerflore. Die kleineren Wolkenkratzer des neuen Gebäudekomplexes sind fertiggestellt, Wegweiser führen zum Memorial Center. Der Haupttturmneubau, der 1776 Fuß hoch sein wird – das Jahr der Unabhängigkeitserklärung –, ist auf einem Plakat abgebildet, das an einer der spiegelnden Glasfronten in die Höhe strebt und sich leicht im Wind bewegt: Der neue Turm ist bereits da. Auch wenn hier ebenso, nur ungleich gespenstischer, das Vergangene weiterhin anwesend ist, wenn die in sich zusammengestürzten Zwillingstürme in meiner Einbildung noch stehen – ich hätte sie gern wirklich gesehen, wünschte, in ihrem Schatten stehen zu können, auf einem verblüffend kleinen Areal, groß wie ein sehr großer Schulhof, wo allein der Lärm an jenem Tag infernalisch gewesen sein muss. Ich erinnere mich, wie seltsam, nicht erschütternd, bloß geisterhaft es war, Fotos zu betrachten, die Freunde auf der Fähre nach Ellis Island zeigen, im Rücken, in der Ferne, die zwei aufrecht stehenden goldenen Stangen.

Am östlichen Rand des Kessels, keine 100 Meter entfernt von der Baugrube und den unsichtbaren Türmen, steht St. Paul's Chapel, das älteste, unverändert noch in Benutzung befindliche Bauwerk Manhattans. Der Kirchhof erinnert an den alten jüdischen Friedhof in Prag, so wie er leicht zum Hauptbau hin ansteigt und wie das Gras ungeschnitten zwischen den Gräbern wächst. Sie stammen vielfach aus dem späten 18. Jahrhundert, viele Grabsteine haben Wind und Regen in zweihundertvierzig Jahren glattgewaschen und unleserlich gemacht. Ein mächtiger schwarzer Wurzelstrunk liegt vor dem Haupteingang, gekappt und verkohlt. Eisenträger segelten durch die Luft, als in unmittelbarer Nachbarschaft die Türme zusammensanken, Betonbrocken und tonnenweise Asche regneten auf die Bäume in dem Kirchhof. In der Kapelle erinnern Plakate, Fotos und Unterschriftenrollen an die Feuerwehrleute, die am 11. September 2001 im Einsatz waren und sich auf den Kirchenbänken schlafen legten. Ein handschriftliches Rezept für Kartoffelsuppe hängt aus, ebenso eine Grußbotschaft einer Kleinstadt in Oklahoma, deren sämtliche Einwohner unterschrieben haben. Eine Stunde lang laufe ich zurück in nördlicher Richtung durch die dröhnenden und flirrenden Thermopylen des Broadway, dann biege ich, erschöpft weniger von dem Fußmarsch als von der Reizüberflutung, in die Mercer Street.

Feuertreppen über Boutiquen, Türsteher und eine Stretchlimousine vor »Hugo Boss«. Ein großer roter und in seinem Chrom blitzender Feuerwehrlöschzug räumt sich mit dem Pflug seines Warnsignals den Weg frei durch das schicke SoHo. »We support our troops« steht über der Windschutzscheibe. Es ist ein heißer, stickiger Septembertag. Vor der Küste marodieren Ausläufer eines Hurrikans.

Noch in Hamburg habe ich ein Gedicht geschrieben über einen Ausflug in den Central Park. Unter dem Eindruck meiner Lektüre von Egon Friedells Kulturgeschichte des alten Griechenlands stellte ich mir vor, ich wäre der Hundesitter der Unterwelt, und Persephone, die schöne, finstere Göttin, ganz beschäftigt damit, die Menschen zu bestrafen, indem sie immer härtere Winter erfindet, hätte mich rufen lassen, damit ich den Zerberus spazieren führe.

Wie sieht der dreiköpfige Wachhund des Hades aus? Wohin mit ihm Gassi gehen? Ich wählte einen Ort, der die Bösartigkeit des Höllenhundes neutralisieren würde, zugleich aber einen Ort, den ich in New York als Fixpunkt ansteuern konnte. Also doch ein wenig, um nach Hause zu kommen, fuhr ich zum Bethesda-Brunnen, wo das Gedicht endet.

Ich fuhr mit der Subway und war bei der stickigen Hitze froh, dass es in den Waggons angenehm kühl ist. Umso dumpfer empfing mich die Luft im engen und niedrigen Schacht der Station an der 59. Straße, wo ich aus der Unterwelt zurück ans Licht der Upper Westside stieg.

Der Columbus Circle war abgeriegelt. »Kick off!« stand auf Transparenten rings der Entdeckerstatue, die sich in den getönten Glasfronten des Time Warner Centers spiegelte. Ich hatte keine Lust, jemanden aus den Hundertschaften von Polizisten und Security Guards danach zu fragen, welche Footballgröße aus welchem Team gleich ein paar Worte zur Saisoneröffnung sagen würde. Ich kenne mich in diesem Sport nicht aus, ein umjubelter Quarterback, vielleicht sogar endlich der neue Babe Ruth würde wohl auf das Podium klettern, wahrscheinlich in voller Montur, und die Lederpille in die kreischende Menge schleudern. Auch sahen mir die Beamten nicht zu Smalltalk mit einem deutschen Laien aufgelegt aus, als sie mich und den Kordon aus wirklich Schaulustigen im Kreis um Kolumbus, von dem niemand Notiz nahm, herumschoben. Einmal machte ich nur einen Schritt neben einen Zebrastreifen und wurde auf der Stelle höflich zurückgepfiffen: »Sir!«, rief mir ein junger Officer zu, so als hätte er meine Gedanken gelesen. Hätte er das, er würde mich darauf hingewiesen haben, dass George Herman »Babe« Ruth nicht Footballspieler, sondern Baseballer gewesen sei, und zwar der beste, den die New York Yankees je gehabt hätten. Eine Legende zu Lebzeiten, das Stadion in der Bronx heiße »das Haus, das Ruth baute«, der Motor des Killerteams von 1927 sei er gewesen. Wenn ich aus Deutschland sei, wisse ich vielleicht, wo Oberalben liege – nie gehört –, daher stammten Babes Vorfahren. Er habe deutsch gesprochen wie ich, immerhin. Babe habe man ihn erst später genannt. Der Mann auf der Straße nenne ihn heute wie damals »Sultan of Swat«, ob ich wisse, was »swat« bedeute, »to swat flies«? Fliegen klatschen. Das vielleicht hätte der Officer zu mir gesagt. Er tat es aber nicht.

Zwei Blocks weiter gelang es mir, die Straße zu überqueren und endlich einzutauchen ins Grüne. Unter den Bäumen hindurch und vorbei an Felsen, auf denen Pärchen lagen oder Lesende, ging ich durch Heckscher Playground bis zu einem Jahrmarkt mit Kettenkarussells, Zuckerwatteständen und kleiner Achterbahn, ein pastellbuntes Amphitheater für die Kleinsten, untergebracht im Halbrund eines Felsenkessels am Fuß einer Aussichtsterrasse. Weit über die Bäume hinweg ragten die schwarzen Time Warner-Türme in den Himmel, und im Moment, als ich mich abwandte, um weiterzugehen, erscholl von dort der Jubel, der seine Welle auch über den Jahrmarkt schickte, so dass ein paar Väter und ihre Knirpse auf dem Karussell herumwirbelnd mitklatschten.

Der Zerberus in meinem Gedicht ist eine Hyäne mit drei Köpfen. Tüpfelhyäne links, Schabrackenhyäne rechts, stammt der mittlere und viel kleinere Kopf von einem Erdwolf. Aardwolves, wie sie auf Englisch heißen, sind anders als die übrigen Hyänen keine Aas- oder Fleischfresser, sondern ernähren sich fast ausschließlich von Termiten. Der Erdwolf meines Gedichts wird deshalb erbarmungslos mitgerissen von seinen beiden Geschwistern, wenn sie sich an einem Bobtail oder einer Joggerin gütlich tun. Im Taxi von der Unterwelt zum Central Park hatte er nur die Gewitterfliegen von den Scheiben geleckt.

Ich habe mir die drei vorgestellt, wie sie an einem großen Brunnen auf einen Taubenschwarm losgehen, wie sie in dem Federnregen in Blutrausch verfallen. Bethesda Fountain unmittelbar am Ufer des von Entengrütze bedeckten kleineren der beiden Seen im Central Park trägt seinen Namen nach der Zisterne von Bethesda in Jerusalem. Es ist der Ort, an dem Jesus von Nazareth erstmals so verblüffend wie unabweisbar seine Göttlichkeit offenbart: Dem Wasser der Zisterne wurden zuvor bereits heilende Kräfte nachgesagt, Jesus aber, ein unerhörter Vorgang, nicht ein Naturwunder, sondern das Wunder eines Menschen, bringt dort einen Gelähmten zum Gehen nur durch das Wort, das er an ihn richtet.

Ruderboote auf dem See. Es gab Tauben, die an Parkbänken gefüttert wurden, aber nicht sehr viele. Drei Musiker standen am Brunnenrand unter dem großen dunklen und die Schwingen ausbreitenden Engel und spielten ein Stück von Miles Davis. Ich saß im Schatten, aß Obst und sah mir im Brunnenbassin die Seerosen an. Eine spanische Familie bat mich, ein Foto von ihr zu machen. In letzter Sekunde bemerkte ich im Sucher meinen Daumen und nahm ihn weg.

Mein Gedicht endet mit der Frage, wie es möglich wäre, Persephones Höllenhund von weiteren Bluttaten abzuhalten. Die Gewalt der Poesie vermag es: Kraft ihrer Vielfalt, deren Bauplan das Alphabet bereithält, verwandelt sie jeden Buchstabenklang in einen Retter. Wäre ich der Hundesitter der Unterwelt und führte den Wachhund des Hades spazieren, ich müsste auf die orphische Kraft der Sprache vertrauen und eine jede der drei Hyänen ohne Anklage, süß, mit anderem Namen rufen: Der Zerberus hat nicht nur drei Köpfe, sein Name kennt auch mindestens drei Schreibweisen:

Würde man mich rufen,
an einem trüben Nachmittag,
um den Höllenhund auszuführen,

und würde mir Persephone,
beschäftigt, Winter zu erfinden,
den Köter der Unterwelt überlassen,

ich bräuchte drei feste Lederleinen
für seine drei Hälse, eh es hinaufginge
in Richtung Licht und Columbus Circle.

Das linke Gesicht das einer Tüpfel-,
das rechte einer Schabrackenhyäne,
ist das kleine in der Mitte ein Erdwolf,

und bestimmt wäre es mir das liebste.
Schnappt nicht, kichert nicht unentwegt,
verschmäht Bobtails oder eine Joggerin,

leckt vom Taxifenster nur Gewitterfliegen.
Wie ihn rufen, und die zwei im Blutrausch,
im Federnregen am Bethesda-Brunnen?

Jeder Buchstabenklang sei ein Retter:
Singen müsste ich, ohne Anklage, süß –
Zerberus, Kerberus, Cerberos – bei Fuß!

Auf dem Weg zur Subwaystation 72. Straße, Ecke Central Park West fiel mir ein Wegweiser auf: Strawberry Fields – eine Gedenkstätte zu Ehren John Lennons, der in Rufweite, vor den Dakota Buildings, wo er wohnte, ermordet wurde. Ein blauweißes Mosaik, bedeckt mit Blumensträußen, Steinchen und Zetteln, bildet das Wort »Imagine«. Gestiftet hat es Yoko Ono. Ich nahm Lennon beim Wort und stellte mir die vier Beatles vor, an einem Tag wie diesem, vor mehr als vierzig Jahren im Central Park. Ich stellte mir vor, dass ein alter Teil des Parks schon immer »Erdbeerfelder« geheißen hatte, weil früher einmal Obstgärten hier gewesen waren, und wie Lennon hier die Idee zu »Strawberry Fields Forever« kam. Am Eingang steht eine überlebensgroße Statue von Daniel Webster, US-Außenminister bis 1852. Über den Sockel des Denkmals flitzen Eichhörnchen, und ihn ziert ein Ausspruch von Webster: »Liberty and Union, now and forever, one and inseparable«. Auch wenn ich weiß: »Strawberry Fields« hieß ein Waisenhaus der Heilsarmee in Liverpool, in dessen Nähe John Lennon aufwuchs; und auch wenn ich weiß: Daniel Webster war ein Betonkopf und Herrenreiter, der die Sklaverei verteidigte und gegen die Abolutionisten die antike Demokratie ins Feld führte, bis er von Thoreau dafür ordentlich auf die Mütze bekam; ich weiß, dass ich einer Einbildung nachhing, und stellte mir dennoch vor, wie dieses »forever« auf dem Steinsockel den alten Erdbeerfeldern im Central Park zuwuchs, nur weil John Lennon mit wachem Blick für den Klang der Dinge hier einmal entlanggging.

Pnin wird verfolgt von ihnen. Zutraulich und weise, wie sie scheinen, sind sie das Wappentier von Nabokovs amerikanischen Romanen – und aus der Stadt im Staat New York, in der er lebte – Ithaca –, kommt der Salat, den ich mir im Supermarkt kaufe.

Das nordamerikanische Squirrel ist viel größer als die Eichhörnchen Europas, es ist grau, ungleich agiler und überall dort in der Stadt anzutreffen, wo man es nicht vermutet. Es sitzt auf Denkmälern für Chauvinisten, auf Busdächern und Baldachinen über Hoteleingängen. Ich sah eines an der Avenue of the Americas über eine

Verkehrsampel klettern. Und auf dem Turnhallendach unter meinem Fenster rennt eines schneller quer über die Tennisplätze als die Studentinnen, die alle hellblaue Trikots tragen, auf dem Hintern ein großes weißes NYU, um die Aschenbahn.

Auch an der 5th Avenue in den großen Ulmen vorm Guggenheim-Museum springen sie von Ast zu Ast und holen sich Essensreste aus den Mülleimern, verlässlich gefüllt von Fahrgästen der Touristendoppeldeckerbusse, die über die Museumsmeile pendeln. Auf einer Bank am Straßenrand sitzend, sehe ich ihnen zu, sehe aber auch immer wieder hinüber zu dem wie ein Schneckenhaus gewundenen, ganz und gar weißen Museumsbau von Frank Lloyd Wright aus den späten fünfziger Jahren. Es ist ein schönes Haus, vielleicht das schönste, das ich je sah: Es kehrt sein Inneres nach außen, man geht schon mit Blicken durch es hindurch, obwohl man noch davorsteht und die sieben Stockwerke hohen Windungen keinerlei Fenster haben. Man tut es einfach, weil es verrückt ist, wie das Haus dort steht und wie es einem nahelegt, auch zu keiner Vorstellung zu passen. Es ist weder streng noch verspielt, bloß weiß und gewunden. Es scheint sich zu bewegen, langsam, schneckengleich.

Und wie die Squirrels in spiralförmiger Bahn eine Ulme erklimmen, um dann seitwärts auf einen Ast zu klettern, steige ich in den nächsten Stunden durch die Windungen des Guggenheim und verlasse sie seitwärts nur, um mir auf den drei Stockwerken des jüngeren Anbaus Klassiker der modernen Malerei anzusehen. Ich sehe meinen ersten Jackson Pollock, zwei Mark Rothkos, die in der Hamburger Retrospektive fehlten, eine Werkschau zu den Anfängen Wassily Kandinskys, in der ein vor hundert Jahren gemalter Blick aus einem Amsterdamer Fenster mich besonders bewegt: Ein Teich ist in der Bildmitte zu sehen, und darin spiegelt sich die Krone eines Baums in dunklem Grün und hellem Türkis. Eine Zeichnung ist mit dem bekannten »Vincent« signiert, was mir seltsam erscheint. Van Gogh muss die Skizze, die einen Wegrand, Bäume und Felder darstellt, für fertig erachtet haben, entstanden sein dürfte sie in nicht mehr als vier, fünf Minuten. Betrachtet man das oktavgroße Blatt mit den braunen Linien und Stricheln länger, so fällt einem immer deutlicher die Sonne darauf ins Auge: Sie hat keine Strahlen, sondern sendet Kreise aus, sie durchpulst das ganze kleine Bild.

Zurück auf meiner Parkbank an der 5th Avenue, schaue ich mir noch einmal Frank Lloyd Wrights Schneckenhaus an, diesmal in der Gewissheit, darin umhergewandert zu sein. Die Ausstellung in den Windungen zeigte Skulpturen und Installationen von Louise Bourgeois, Frauenkörper aus übereinandergeschichteten Holzblöcken, große rote Spinnen und einen Meter im Quadrat messende Zimmerchen für einzelne, abgetrennte Körperteile, die Wände aus aneinanderlehnenden Türen. Eine Frau neben mir auf der Bank telefoniert. Einem Freund, er heißt Jason, erzählt sie von ihrem Mann, Andy. Sie erzählt Jason, wie sehr Andy sie anöde, aber dass die Scheidung von ihm der Kinder wegen für sie nicht in Frage komme. Andy übernimmt keine Verantwortung, nicht für die Dinge, die er sagt, nicht für seine Kinder und am wenigsten für sich selbst. Ich gehe, um ihr nicht das Gefühl zu geben, ich würde lauschen. Warum, frage ich mich, haben dich die Werke von Louise Bourgeois so wenig berührt. Selbst ihre Spinnen haben den Arachnophobiker in mir kalt gelassen. Hat Frank schuld daran? Absorbiert die Eindrücklichkeit von Wrights Gebäude alle Aufmerksamkeit? Wie wäre es gewesen, hätten in den Windungen des Guggenheim lauter Bilder von Vincent gehangen? Was könnte Andy tun? Sollte Jason mit ihm sprechen? Noch eine ganze Zeit lang klettern mir mitten auf der 5th Avenue eichhörnchengleich die Gedanken durch den Kopf.

2

In Kafkas »Der Verschollene« mahnt der amerikanische Onkel seinen Neffen Karl Roßmann zur Vorsicht: »Diese einsame Untätigkeit, die sich in einen arbeitsreichen New Yorker Tag verschaut, könne einem Vergnügungsreisenden gestattet und vielleicht, wenn auch nicht vorbehaltlos, angeraten werden, für einen, der hierbleiben wird, sei sie ein Verderben.« So wie es mir Vergnügungsreisendem auffällt, dass es auf Manhattans

Straßen und Plätzen keine Uhren gibt – ein paar hängen golden und weit oben an älteren Wolkenkratzerfassaden, Harold Lloyd turnt für alle Zeit auf ihnen herum –, so fällt auf, dass die New Yorkerinnen nicht duften. Ganz und gar unvorstellbar, allein schon deshalb, weil es hunderte Parfümerien gibt. Doch gehen sie an dir vorbei, dann ist da – nichts. In der Subway nichts. Im Café duften Kaffee und Gebäck, doch keine Frau, und so verlockt da auch kein Blick: Es gibt keine Lockung. Es gibt selbst in den Subwaystationen keine Uhren, ja nicht einmal Fahrpläne. Es scheint in New York für nichts einen Fahrplan zu geben – die Strukturen sind aufgelöst, alles flottiert frei umher, gruppiert sich um und neu, und jeder ist für sich selbst verantwortlich. Er kann fragen, oder er kann zusehen. Mir kommt der Verdacht, dass die Gründe ganz andere sein könnten: dass die New Yorker deshalb keine Uhren brauchen, weil sie ohnehin keine Zeit haben, sich die Zeit frei einzuteilen. Zwischen den Jobs Termine, dazwischen ein Sandwich, ein Fruchtshake, am Ohr das »cell phone«. Ein sinnlicher Duft könnte als Zeichen für mangelnde Verfügbarkeitsbereitschaft aufgefasst werden.

»Next stop: 33rd Street. Stand clear of the closing doors, please.« Ein hübsches schwarzes Mädchen Mitte zwanzig sitzt in einer Ecke der Subway. Sie hat auffallend weiße Zähne und volle Lippen, und sie trägt ihr langes Haar zu Dutzenden von Zöpfen geflochten, im Neonlicht des Waggons schimmern sie bläulich. Schüchtern und zugleich amüsiert über sich selbst, lächelt sie zu einer Freundin hinauf, die vor ihr steht, auch sie eine junge Afroamerikanerin, bevor sie aufs Neue in das große Heft blickt, das sie auf dem Schoß hält.

Man kann in New York keine offenen Blicke erwarten, laszive schon gar nicht. Es geht gesittet zu, Respekt ist das Gebot in allen zwischenmenschlichen Belangen. Nach einer Woche downtown weiß ich das, weiß es zu schätzen und bin froh, nicht auf der Suche nach einer Liebelei zu sein. Dieses Mädchen aber gefällt mir, und in dieser Empfindung liegt nicht einmal Begehren: Ich hätte dem Mädchen gern länger in die Augen gesehen und wüsste gern seinen Namen, damit es sich für mich abhöbe aus der Menge der verhalten höflichen Leute.

Sie kommt nicht von hier, sie ist neu in der Stadt wie ich, vielleicht deshalb. Das Heft, in dem sie mit langen, schmalen Fingern versonnen blättert, ist ein Sprachübungsheft für Anfänger, einfach skizzierte Tiere, Kaninchen und Schafe, sind darin abgebildet, die sich über Sprechblasen miteinander unterhalten. Sie ist darüber so verdutzt wie ich. Ihre Freundin dagegen erklärt ihr, was es mit den Schafen auf sich hat: Sie wollen sich mit den Kaninchen verständigen. »Yes, understand«, sagt sie darauf und lächelt, bevor sie mit rätselndem Blick zurück zu der Seite blättert, auf der die Überschrift der Lektion steht:

To listen is important

An der Grand Central Station stieg ich aus. Es hatte schon den ganzen Tag lang geregnet. Ein Hurrikan war über die Karibik hinweggezogen, auf Haiti waren mehrere hundert Menschen in den Unwettern umgekommen, und die Ausläufer des Wirbelsturms, schwach, aber noch immer gefährlich, wie es hieß, näherten sich nun der amerikanischen Ostküste. Ich kaufte mir eine deutsche Zeitung, in der der Sturm aber nur beiläufig erwähnt wurde, und so sah ich mir bei der Gelegenheit die große Bahnhofshalle an, in der es ja auch trocken zu sein versprach.

Ihr Pomp ist enttäuschend. Die jadegrüne, wie ein halbes Fußballfeld große Decke ziert eine kümmerliche, kaum zu erkennende Sternbildimitation, die weder imposant noch eindringlich, sondern nur abgeschmackt wie ein astrologisches Fresko wirkt. Nicht besser die Ticketschalter und Kronleuchter im Stil der Vorkriegszeit, ich empfand sie als belanglos und kitschig. Und dennoch. Wie viele Filme hatte ich gesehen, die hier gedreht worden waren oder zumindest in der großen Abfertigungshalle spielten. In der Mitte, an dem verschnörkelten Uhrenpavillon, dem Informationsschalterhäuschen, stand da nicht vor sechzig Jahren Spencer Tracy mit Katharine Hepburn im Arm? Oder auf einer Tritthilfe Humphrey Bogart, weil er Lauren Bacall nur bis zur Schulter reichte? Wieder die Vorstellung, in einer Kulisse umherzugehen, wieder das Gefühl, selber genauso unsichtbar und doch anwesend zu sein, nicht anders als Mickey Rooney, Peter Lorre, James Stewart und wie sie alle hießen, Leinwandschemen, die von hier aus den Zug ins Nirgendwo der Einbildungskraft nahmen. So ging ich durch die Vanderbilt Hall in Richtung Ausgang, durch eine wellenförmige Unterführung. Der junge Tobey Maguire schlittert sie in »Der Eissturm« hinunter, um gegen Mitternacht noch den letzten Vorortzug nach New Haven, Connecticut, zu erreichen. Eine raffinierte Konstruktion aus Bögen und Durchlässen, wohl zwecks Luftzirkulation, macht es möglich, von der Unterführung aus noch einmal in die große Halle zu sehen. Den Kopf auf gleicher Höhe mit dem marmorn gefliesten Boden, blickt man hinauf zu der grünen Decke, blickt aber zugleich unter der Halle hindurch: Das gesamte Untergeschoss ist ein einziger Raum von derselben Ausdehnung wie die große Abfertigungshalle und dient nur einem Zweck. An hunderten Tischen und dutzenden Tresen wird gegessen und getrunken.

Auf der 42nd Street regnete es noch immer. Vor den Türen stand eine Traube Menschen. Dicht gedrängt, die Schirme in den Böen wie Quallen in der Dünung, suchten sie Schutz unterm Dach des Portals und bildeten einen Baldachin aus bauchigen Flicken. Es war der »heavy rain«, den das Radio vorausgesagt hatte, warm, heftig, unnachgiebig, die Sturmausläufer brachten ihn aus den Tropen mit, und was auch immer ich mir dabei dachte, ich spannte meinen hellblauen »Splash«-Regenschirm auf und machte mich zu Fuß auf den Weg hinunter zum Fluss.

Binnen Sekunden war ich durchnässt bis auf die Haut. Luft und Regen aber waren warm, und so lief ich weiter, trotzig und verwegen. Kafka beschreibt in »Der Verschollene« das New Yorker Licht, hätte aber mit denselben Worten auch diesen Regen schildern können, der »dem betörten Auge so körperlich erschien, als werde über dieser Straße eine alles bedeckende Glasscheibe jeden Augenblick immer wieder mit aller Kraft zerschlagen«. Wo wollte ich hin? Sturzbäche flossen durch die Rinnsteine. Die Reifen der parkenden Autos standen bis zu den Felgen im Wasser. Ein gelber Schulbus fuhr vorbei, leer, sein Fahrer hupte und winkte mir zu. Die Stadt war so riesig, und es gab alles in Hülle und Fülle. Riesige Bahnhöfe, riesige Brücken, riesige Parks, sogar im Supermarkt die Radieschen: riesig. Alles war übermäßig, maßlos übertrieben, so wie dieser Regen. Ich wollte sehen, wie weit ich kam, Schritt für Schritt. Der Wind peitschte durch die Straßenschlucht. Drei kleine Robinien, dicht an der schwarzen Marmorfassade eines Bankgebäudes, warf es in den Böen hin und her, und einen Steinwurf voraus, unter einer Brücke, sah ich schließlich auch mich: Da kämpfte ein Kerl schwankend mit seinem Schirm, soeben vom Sturm zerfetzt. Der Schirm segelte davon, unter dem Brückenbogen sah er wie ein großer Vogel aus, als heulend die Straße herauf das Wasser geweht kam. Durch die Luft auf mich zu flog der East River.

Tags darauf zeigt der Himmel wieder jenes unergründliche Hellblau, unter dem man rätselt, wie es angesichts so hoher, den Blick verstellender Bauten derart unermesslich scheinen kann. Barbara Honigmann nennt es New Yorks überirdisches Licht. Der Hudson, der Harlem und der East River umströmen Manhattan und vereinigen sich in der Upper New York Bay. Vier der fünf Stadtbezirke sind auf Inseln errichtet, Staten Island und Manhattan, aber auch Queens und Brooklyn, die auf Long Island liegen. Einzig die Bronx ist Festland, Halbinsel, umgeben von Wasser. Wie kann es da wunder nehmen, wenn sich über diese steinerne Überschwemmung, wie Albert Camus New York nannte, ein Wasserhimmel wölbt.

Der Bürgermeister von New York ist Milliardär, smart, er ist Mitte sechzig, sieht aber zehn Jahre jünger aus. Ins Deutsche Haus, in den von Bäumen bestandenen Innenhof, ist er gekommen, um den Monat zur Feier der deutsch-amerikanischen Freundschaft, den er ins Leben gerufen hat, für eröffnet zu erklären. Er lehnt am Geländer der Treppe, auf der das Rednerpult steht, und hört sich an, was seine Vorredner sagen. Er lächelt und rollt mit den Augen. Es sprechen die junge Leiterin des Hauses, die sich beeilt, der noch jüngere Vorsitzende des Vereins der deutsch-amerikanischen Steuben-Parade, der einen deutschen Vornamen und Nachnamen hat, sowie Gail Halvorsen, Colonel der US Air Force, der berühmte Rosinenbomber-Veteran, eine lebende, fliegende Legende. Eine halbe Stunde hat der Bürgermeister Zeit, wird gesagt, zur Uhr sieht er keinmal.

Colonel Halvorsen spricht nur ein Grußwort, er sei kein Mann der Worte. Er ist groß, kantig und hager, trägt die Baseballkappe seines Urenkels, lächelt zäh und winkt, bevor er zur Seite tritt. Mein Vater, 1934 in Berlin-Pankow geboren, war vierzehn, als Gail Halvorsen mithalf, die Luftbrücke aufrechtzuerhalten, die während der sowjetischen Blockade die deutsche Hauptstadt mit Lebensmitteln versorgte. Noch 1980 brüstete sich mein Vater damit, ein Hitlerpimpf gewesen zu sein, wahrscheinlich Wunschdenken, aber wer weiß. Der Vater meines Vaters ließ in vorauseilendem Gehorsam unseren hugenottischen Familiennamen eindeutschen, wie man es nennt – aus Bonné wurde Bohne.

Was der Bürgermeister sagt, ist wenig, wie er es sagt, klingt warm, diejenigen, zu denen er es sagt, scheint es kaum zu kümmern. Michael Bloomberg spricht von seinem Bild von Deutschland, geprägt von einer Jugenderinnerung an ein deutsches Mädchen, eine Berlinerin, die er gekannt, aber deren Name er leider vergessen habe. Er spricht sodann von der Entwicklung der deutschstämmigen Gemeinde in New York, einer community, deren Geschichte zurückreiche bis ins 17. Jahrhundert. Er erzählt, dass noch 1966 auf vielen Straßen deutsch gesprochen worden sei – heute nicht mehr. Der Bürgermeister Michael Bloomberg schildert einen heutigen Mietblock in Yorkville, dem einstigen German Town, die Überleitung zu Kern und Klimax seiner Rede: Ganz New York sei dieser Yorkviller Mietblock, in dem Puertorikaner, Afroamerikaner, Deutsche, Koreaner, Chinesen und Texaner zusammenleben würden. Der Bürgermeister sagt, man könne nicht jeden mögen, aber man könne jeden tolerieren, der sich fair verhalte. Und er sagt einen Satz, bei dem einmal ein Raunen durch die kleine Menge geht, eine wohlkalkulierte Pause macht es möglich: Die Präsidentenwahl stehe ins Haus. – Es sei höchste Zeit für einen Wandel, sagt der Bürgermeister, der ein Milliardär ist, was ich nicht vergessen kann, wenn ich sehe, wie er da auf der kleinen Treppe steht: ein Businessman, Moneymaker, ein Funk- und Fernseh-Tycoon. Die Leute nicht nur in Yorkville, sondern überall in New York, überall im ganzen Land, würden eine bessere Politik verdienen.

Es ist ein stiller Innenhof, ein ehemaliger Hinterhof in den Washington Mews, den alten Stallungen. Abgetrennt durch Gitterzäune, schließen weitere, nicht mit Bäumen bepflanzte Höfe an den Innenhof des Deutschen Hauses an. Sie sind schmal und schattig, Mülltonnen und Fahrräder stehen an den Wänden. Ein Bild aus einem Gedicht von Hart Crane fällt mir bei diesem Anblick ein, eine Kindheitserinnerung:

Weißt du noch, weißt noch
den Aschenhaufen hinten im Hof,
wo wir die ganze Brut junger Ringelnattern
drunter erschlagen haben … Und die Flieger,
die wir steigen ließen – aus Papier und eingedrehten
Gummiringen …

Bürgermeister Bloomberg geht, sobald der Applaus verebbt ist. Es folgen Schnittchen, deutsches Bier und deutsche Leierkastenmusik: Lili Marleen, das Sabinchen und die Moritat von Mackie Messer. Die versammelten Akademiker gruppieren sich zum Socializing, ein leichter Wind kommt auf und streicht durch das raschelnde Laub.

Schön ist der Glaskubus des Sitzes der Vereinten Nationen am East River: Er hat einen völlig eigenen blauen Schimmer. Über einer schmalen Steintreppe an der Raoul Wallenberg-Promenade ist der Spruch aus dem Buch Jesaja angebracht, mit dem der Prophet dazu auffordert, Schwerter zu Pflugscharen umzuschmieden; die Stufen führen hinauf zu einem kleinen Park an der 43. Straße, in dem man unter Platanen auf Bänken sitzen und sein Lunchpaket essen kann – das spiegelnde blaue Glas des United Nations Building funkelt bei Sonnenschein durch das Blätterdach.

Ein Berg aus prall gefüllten schwarzen Müllsäcken liegt zwischen Treppe und Park. Seinen Einkaufswagen hat ein alter Mann dort abgestellt, während er mit einem Küchenmesser die Säcke öffnet und sie nach Brauchbarem durchsucht. Was er findet, wirft er in den Drahtkorb des Wagens. Er trägt eine Pyjamahose mit Schneemännern darauf und sagt kein Wort. Er spricht in Tönen. Das Messer spricht für ihn, wenn es das Plastik auftrennt, seine Hände, wenn er das Loch in dem Sack größer reißt und aufs Neue darin zu wühlen beginnt. Er ist ein Prophet wie Jesaja, und sein Buch wird skandiert von dem Klang, den eine alte Mehrfachsteckdose macht, wenn sie aus fünf Metern Entfernung auf einem Berg aus Gerümpel in einem Einkaufswagen landet.

Eine kleine Ansprache, bestehend aus nur einem Satz, hält dagegen ein anderer Alter, ein Schwarzer in der Subway zwischen Astor Place und Bleecker Street. Er sagt den Satz, nur diesen einen, bestimmt ein Dutzend Mal: »You cannot be afraid, or scared to help somebody«, und während ich erschüttert hoffe, die Bahn möge einfahren, die Türen aufgehen, bin ich zugleich verwundert ob der Wucht und Poesie des Satzes und seines Jambus. Worin, frage ich mich, liegt der Unterschied zwischen »afraid« und »scared«, warum schaltet er, noch bei seiner sechsten, achten Wiederholung, das Synonym passgenau in der Satzmitte ein, wenn nicht, weil er gar kein Almosen erwartet? Ihr könnt doch nicht aus Angst, aus Furcht, jemand nicht helfen.

Die Betretenheit ist groß, und keiner gibt dem Alten etwas, doch alle hören hin, bis der Zug hält. Sie haben alle jetzt Terminkalender, jeder verfolgt seine eigenen Ziele – »All of them have got agendas«, sagt ein Mädchen zu einem Freund, mit dem es auf der Mauer vor meinem Wohnturm sitzt. Der Fahrstuhl bringt mich nach oben. Ich trete, ohne Licht zu machen, ans Fenster: Im Halbdunkel dreht eine Läuferin auf dem Dach ihre Runden.

In »Die Ausgewanderten« beschreibt W. G. Sebald einen nach Brooklyn emigrierten Onkel: Der Onkel Kasimir, der einst in Augsburg das Dach der Synagoge deckte, setzt 1929 dem Chrysler Building die Stahlblechspitze auf. Doch nach einem Arbeitsunfall findet er nicht mehr ins Leben zurück. Abends zieht es ihn hinaus auf die schmale Landzunge vor New Jersey. Was ihm Sebald dort in den Mund legt, ist das Menetekel der Entwurzelung: »I often come out here, it makes me feel that I am a long way away, though I never quite know from where.«

Diese ungelöste Frage nach einer US-amerikanischen Identität im 20. Jahrhundert zu erhellen, schickte sich auch der junge Dichter Hart Crane an. 1899 in Ohio geboren, lebte Crane eine Zeit lang im selben Apartment am East River, von dem aus der Ingenieur der Brooklyn Bridge vierzig Jahre zuvor den Bau der einst größten Hängebrücke der Welt beaufsichtigt hatte. Fünf Jahre lang schrieb Crane an seiner Dichtung »The Bridge«: Er habe versucht, notiert er, das gleiche Gefühl von Erhebung spürbar werden zu lassen, wie man es habe, wenn man über die Brücke gehe, die seit 1883 Manhattan und Brooklyn verbindet. Für Crane war das Bauwerk John Augustus Roeblings, der eigentlich Johann August hieß und aus Thüringen stammte, ein Symbol bewussten Zeit- und Raum-Überspannens. Glücksvernichtender Entfremdung hielt er die Poetik vom Fortschreiten nach rückwärts entgegen.

»The Bridge« strebt durch Raum und Zeit. In neun Abschnitten spannt sich der Bogen aus der Zukunft zurück nach Atlantis. Symphonisch verwoben, bilden die Gedichte drei Entwicklungen ab: die Geschichte des Kontinents, seiner Natur, Ureinwohner, Eroberung und Formung zur modernen Zivilisation begleiten Figuren aus Amerikas Mythengeschichte: Kolumbus, Pocahontas, Rip van Winkle. Herman Melville, der die Einweihung der Brücke als Zollbeamter erlebte, wandert ebenso durch den Text wie Edgar Allan Poe und Isadora Duncan. Vorüberziehende Zeiten und Leben spiegeln sich in der Geschichte der technischen Gefährte, die dem Weg nach Westen und Aufstieg zur Weltmacht Reichweite und Tempo vorgaben. Montierte Zitate überkommener Theorien und Konzepte verbinden sich mit sinnlichen Details von Pionierschiffen oder Siedlertrecks. In furioser lyrischer Animation verwandelt Crane Planwagen in Dampfeisenbahnen, Güterzüge, Subway-Linien. Immer schneller, effektiver und doch bald hoffnungslos unrentabel sind die Schiffe: Walfänger werden zu Tee-Klippern, »Zeitschneidern«. Ein Gedicht heißt nach dem legendärsten dieser Segler und nach dem Lieblingswhiskey Hart Cranes »Cutty Sark«. In einer Spelunke tun sich Matrosen groß, Schiffsnamen durchgeistern den Qualm wie Götternamen antike Oden, und dazu spielt ein Münzpiano: »Rose von Stambul, o Korallenkönigin!«

Die reinste »Luftregatta von Schnellsegler-Phantomen«: Sie erheben sich tatsächlich in die Lüfte, als Luftschiffe nämlich, die das nahe Lakehurst ansteuern. Während »Cutty Sark« auf dem Weg über die phonetische Brücke zu »Kitty Hawk« wird, dem Ort der ersten Motorflüge der Gebrüder Wright. Visionär sieht Crane Luft- und Raumfahrt gekoppelt an ihre militärische Nutzung und bedient sich der Flieger-Metaphorik, um Kritik an hypertropher Rationalität zu üben.

Michael Hamburger weist darauf hin, dass Hart Crane trotz allen Wissens um die Geschichte der USA und der Absicht, T.S. Eliots »The Waste Land« einen positiven Mythos entgegenzusetzen, doch von Entfremdung schrieb: Er habe ein dem Wesen nach romantisches Empfinden zu einem Unternehmen mitgebracht, an das William Carlos Williams später realistischer herangehe, unbelastet von der Sehnsucht nach einer Erhabenheit, die mit dem amerikanischen Englisch schwer in Einklang zu bringen sei.

Die Vielstimmigkeit von »The Bridge«, ihr Figurenreichtum ebenso wie ihre filmischen Montageverfahren zeugen wohl eher vom Versuch, der großstädtischen Moderne den Spiegel einer zeitlosen, dabei so dynamischen Dichtung vorzuhalten, wie sie ein Whitman oder Melville hinterließen. Dabei war sich Hart Crane des einen wesentlichen Mankos seines Entwurfs vom Fortschreiten nach rückwärts lange vor Fertigstellung von »The Bridge« bewusst. Schon 1926 schrieb er, das »Geschick« sei längst vollendet, die Brücke habe als Symbol keine Bedeutung mehr, die über einen zeitsparenden Zugang zu kürzeren Arbeitszeiten, schnelleren Mittagessen mit Smalltalk über Behaviourismus und einem abschließenden Zahnstocher hinausgehe.

1930, als sein Buch erschien, lebte er in Paris, bevor ihn ein Guggenheim-Stipendium nach Mexiko rief. Ein angekündigtes neues Epos hat er nicht begonnen. 1932, auf der Rückreise nach New York, sprang Hart Crane von Bord der ss Orizaba in die karibische See und ertrank: »It makes me feel that I am a long way away, though I never quite know from where.«

Meine Tochter Sonia schreibt mir in einer E-Mail, sie habe bei ihren ersten Bundesjugendspielen mitgemacht. Sie sei die längste Strecke gelaufen und Zweiunddreißigste geworden. »Ich glaube, Papi«, schreibt sie, »ich kriege eine Siegerurkunde.«

Vor Sehnsucht nach meinen Kindern und eingedenk der Entfernung, die uns voneinander trennt, träume ich wohl deshalb in der Nacht darauf von Saugnäpfen an meinen Schuhsohlen, mit denen ich einen Wolkenkratzer erklimme. Es ist das Chrysler Building, an dem ich mich versuche. In der 43. Straße lief ich vor ein paar Tagen daran vorbei, verblüfft, in seinem Parterre, auf dem an die hundert Stockwerke lasten, das Geschäft eines italienischen Schuhmachers zu finden. Als ich aufwache, sind die Saugnapfgeräusche aus meinem Traum noch immer da, und ich gehe zum Fenster: Draußen auf dem Turnhallendach stehen sich zwei Dutzend Studenten wie zwei Phalanxe antiker Heere gegenüber, lange Knüppel vor sich auf dem Boden, bewehrt mit Helmen und Knieschonern, und je eine Hand steckt in einem kolossalen schwarzen Handschuh, in den hinein sie sich quer über das Feld hinweg Bälle zuschleudern mit einer Wucht und Treffsicherheit, die meine Traumkräfte weit übersteigen. Kaum einer fängt den Ball einmal nicht, und immer landet der Baseball in dem Handschuh mit dem schmatzenden, satten Geräusch.

»Babe Ruth!«, hätte ich aus dem Fenster rufen sollen, erstaunt und aufmunternd. Aber ich tat es nicht, es hatte so wenig Zweck wie Klavier zu spielen und zu hoffen, damit etwas ändern zu können am Fortgang der Dinge, an der Ferne oder den Meeren, die zwischen hier und dort liegen.

Manhattan besitzt eine klar strukturierte Geräuschhierarchie. Als würde drei Blocks entfernt das Meer an einen Strand branden, hört man selbst nachts das beständige Rauschen des Verkehrs auf den Straßen und Avenues, im Westen dem Henry Hudson Parkway und im Osten dem FDR, Franklin Delano Roosevelt Drive. Dazu kommen Autohupen, vierzigmal etwa in jeder Minute. Es gibt Bauten, vor denen zu hupen streng verboten ist – so als herrsche dort Steinschlag- oder Lawinengefahr. Noch immer scheint es so zu sein, wie Franz Kafka, der nie hier war – aber was heißt das –, vor neunzig Jahren in seinem Amerika-Roman mutmaßte, als er schrieb, New Yorks Automobile würden wohl in genauer Anzahl immer wieder von der Ferne abgeschickt und in der gleichen Anzahl in der Ferne erwartet.

Asphaltierte Wege für allerlei Gefährte gab es bereits vor fünftausend Jahren im alten Babylon, ja selbst eine Naphtabeleuchtung für die nächtlichen Straßen und

Promenaden am Euphratufer muss man sich, so schwer es fällt, vorstellen. Rufe, Gelächter, Hundegebell drangen damals ebenso durch die Nacht wie zwischen Mott und Mullberry Street an der Grenze zu China Town. Auf mehreren Frequenzen gesellt sich in Manhattan das Rasseln unterschiedlich alter Klimaanlagen in der Nachbarschaft hinzu, der Wind, der durch die Fensterschlitze pfeift, ist fast ebenso laut. Lauter, die nächste Tonstärke, sind Motorräder, es gibt überraschend viele davon in der Stadt, vielleicht aber sind es auch nur wenige oder sogar immer dieselben, die durch die Häuserschluchten brechen mit dem Lärm der mesopotamischen Streitwagen. Geräuschlos wie Marsianerraketen hingegen fliegen Abendmaschinen vorüber zum LaGuardia Airport nach Queens. Ulmen, Platanen und Eschen stehen reglos an Mauern geschmiegt, von denen sie um das Dreifache, Zehnfache überragt werden. Myriaden von Fenstern schweigen darin, die alle zu Apartments oder Büros gehören müssen, denn Vorhänge, Jalousien, Lampen und Regale sieht man in jedem Stockwerk, horizontal oder vertikal, in jeder Zeile aus Glas und aus Stein. Aber nur selten ist an einem Fenster jemand zu sehen, der in Papieren oder einem Buch blättert und damit das Licht der Lampe kurz unterbricht.

Es gibt nicht vieles, was still ist. Die Squirrels sind still. Und die Singvögel: Drosseln, Amseln, eine Nachtigall oder einen Pirol gibt es scheinbar keine. Das Stillste sind die Manhattaner selbst, die meist allein unterwegs sind. In den Parks sitzen sie stumm nebeneinander auf den Bänken, essen oder lesen oder lauschen einem alten Saxophonisten, ohne hinzusehen. Sie scheinen vor allem über das allgegenwärtige »cell phone« miteinander in Kontakt zu stehen, mit angewinkeltem Arm, Handy am Ohr, sieht man sie allenthalben dahinschlendern, herumstehen oder -sitzen und -liegen, auf Bänken, Rasen, jeder steinernen Treppe vor Banken, Museen, jedem größeren Gebäude oder Baum. Dabei sprechen nur die wenigsten in ihr Gerät, brüllen, lachen oder stellen absurde Fragen: »Where are you, god?«, »Oh my god, really?« In einer Zeitung las ich, 95 Prozent der Amerikaner seien gläubig, so viele wie nirgendwo sonst auf der Welt. Lässt man beiseite, dass doch wohl alle Menschen gläubig sind – es fragt sich bloß, woran man glaubt, würde das zu fragen nicht der Anstand verbieten –, so ist erstaunlich, wie oft Gott in New York auch am Handy angerufen wird. »Oh my god!« ist der Ausruf, den man auf den Straßen, in den Läden und der Subway immer wieder von denen hört, die laut und unentwegt telefonieren.

Alle anderen scheinen zuzuhören. Wem? Wer spricht da mit ihnen, wer erzählt ihnen etwas? Sie wirken, als würden sie fernsehen: Zugleich anwesend und abwesend, schauen sie in eine nicht imaginäre, sondern illusionäre Ferne, nur dass sie keinen Bildschirm vorm Gesicht haben, sondern am Ohr bloß diesen kleinen Apparat, der ab und zu piept. In Hamburg sollen die Amseln mittlerweile gelernt haben, Klingeltöne von Mobiltelefonen zu imitieren. Warum, will ich gar nicht wissen.

Lauter als dieses ganze umeinandergestaffelte und durcheinanderwirbelnde Brausen, in dem sich die Stadt akustisch wiederholt und verdoppelt, sind bloß drei Geräusche, die nur anfänglich identisch klingen: Sirenen von Streifenwagen, Ambulanzen und Löschzügen. Die Fords vom NYPD sind noch am zurückhaltendsten. Ihr Warnhorn erklingt nur kurz, schwillt an und verebbt wieder, was daran liegen mag, dass der beifahrende Beamte meist rasch zum Mikrofon greift und durch den Lautsprecher unmissverständlich kundtut, wohin ein Einsatzhemmnis vor seiner Stoßstange zu weichen habe. Mit flirrendem Sirren, auf und ab federnd und einem Riesenschwarm Wellensittichen ähnlich, bahnen sich Krankenwagen eine Schneise, wenn sich die Wagen durch den Feierabendverkehr auf der Houston Street schieben. Man erkennt sie an den langen Klangfurchen, die ihre Martinshörner durch die Stadt ziehen, und wünscht sich, niemals in einem solchen Verletztentransporter eilig davongeschafft werden zu müssen. Ich halte den Atem an, wenn dann eine Feuerwehr erscheint. Wie oft mag es brennen oder sich einer aus dem Fenster stürzen wollen in New York? Allein in Greenwich Village anscheinend alle 20 Minuten. Es gibt kein Tier, das derart heult, doch ganz so muss in der Kreidezeit ein Raptosaurus hier auf einer Lichtung erschienen sein. Auch die Velociraptoren kamen selten allein. Blank poliert, funkelnd rot in ihrem Chrom, drücken sich die Löschzüge über eine Kreuzung, jaulen, verhalten das Jaulen, brüllen dumpf auf und rollen weiter, ist der Weg endlich frei. Andauernd aber und immer wieder, schreibt Anne Duden, die 1994 Stipendiatin in New York war, werde der Totenteppich auf einmal weggerissen, werde das Lautgefüge durchbohrt, zerschlagen, zerfetzt. An große verrostete Rohre in aufgegebenen Fabriken müsse sie beim Janken und Jaulen, Heulen und Kollern der Löschzüge denken, und manchmal klinge es auch wie über weiten, dunklen Wassern ein Nebelhorn. Schutz und Schock, Tyrannei und Rettung – auf den Gesichtern derer, die weder ein Feuer noch Hand an sich gelegt haben, hinterlässt die Feuerwehr widersprüchliche Empfindungen. Ihnen folgt Erleichterung: Noch einmal bin ich davongekommen.

3

Ihr Vater war der legendäre skandinavische Regisseur, dessen Memoiren ich mit Anfang zwanzig las, ihre Mutter ist die immer ein wenig verschreckt wirkende, schweigsame Schauspielerin, die in vielen seiner Filme hemmungslos weint. Sie selbst, Autorin von vier Romanen, wird auf dem Podium zunächst nur als Tochter vorgestellt, worauf ein Raunen durch die Menge geht. Die Leute sitzen auf Klappstühlen in der sengenden Sonne vor der Borough Hall. Das Brooklyn Book Festival gleicht einem Markt und Bücherbasar, der Wochenendverkehr brandet um den Platz, auf dem die Bühne steht mit Mikrofonen für Übersetzer, Moderator, sie und mich.

Sie erntet viel Applaus für eine Episode aus ihrem jüngsten Buch: drei Seiten über ein Gutenachtgedicht, das der Vater seiner kleinen Tochter vorliest. Sie liest vom Vorlesen vor, eine kritische, gewagte Spiegelung der Geltungssucht in ihrem Elternhaus, mit der sie aufwuchs. Dass sie ernst dabei bleibt und nicht, was einfach wäre, die Komik hervorhebt, als das Mädchen den Vater bittet, das Gedicht im Anschluss nicht interpretieren zu müssen, nötigt mir Respekt ab, auch wenn mir die unterdrückte Verbitterung in ihrer Miene, der beleidigt verzogene Mund und die verdrehten Augen nicht entgehen.

Und doch kann ich nicht anders, wenn sie das Wort an mich richtet, als sie anzustaunen wie das Kind eines toten Königs. Ich sehe die Sommersprossen in ihrem Gesicht und denke, sie hat sie von ihm, er hat sie geküsst, als sie auf seinem Schoß saß. Ich sehe dieses Gesicht und denke, es ist das ihrer weinenden Mutter.

»Wir starteten in La Guardia, New York, mit dreistündiger Verspätung infolge Schneestürmen. Unsere Maschine war, wie üblich auf dieser Strecke, eine Super-Constellation.« In doppelter Hinsicht startet so der Erzähler von Max Frischs Roman »Homo faber«, der zu Beginn der fünfziger Jahre spielt und den ich erstmals in der Schule las. Die Vierpropellermaschine im Schneegestöber auf dem New Yorker Flughafen mit dem schönen Namen habe ich immer im Sinn behalten, und noch jetzt erscheint mir der Zusammenprall von Stadt, Technik, Natur und Passagieren, der vierfache Furor, den die zwei Anfängssätze des Romans so lakonisch transportieren, als eine fantastische, eine Super-Konstellation.

Heute wird der LaGuardia-Flughafen im Norden von Queens für Interkontinentalflüge kaum noch genutzt. Walter Faber würde in Richtung Europa heute vom John F. Kennedy Airport im Südosten starten oder aber jenseits des Hudson von Newark. Mit kleineren Maschinen fliegt man nun von LaGuardia nach Kanada, Alaska oder Nebraska. Manchmal spätabends geht langsam ein Werbezeppelin über Queens nieder.

Fiorello LaGuardia war von den Bürgermeistern, an die New York sich erinnert, der beliebteste, und das sicherlich nicht nur, weil er sich als Gefolgsmann Roosevelts – er war Republikaner – schon früh für ein Ende der Alkoholprohibition einsetzte. Zweimal wurde er wiedergewählt, und er hätte wohl noch eine vierte Amtszeit antreten können, wäre 1945 seine Gesundheit nicht bereits ruiniert gewesen. LaGuardia, »Little flower«, wie man seinen Vornamen übersetzte und zu seinem Spitznamen machte, war auf seine Weise ein Antipode Hitlers und Streiter gegen den deutschen Diktator, mit dem ihn nur eines verband, nämlich die Gleichzeitigkeit. Im Jahr, als Nazideutschland Polen überfiel, eröffnete LaGuardia in Flushing Meadows die New Yorker Weltausstellung. Er brachte Gesetze gegen Kinderarbeit und zur Gleichberechtigung der Frau auf den

Weg, er konsolidierte den darniederliegenden Haushalt, und er griff hart durch gegen organisiertes Verbrechen und illegales Glücksspiel. Lucky Luciano wurde nach der Ermordung von Dutch Schultz in LaGuardias Amtszeit wegen Steuerhinterziehung zu dreißig bis fünfzig Jahren Haft verurteilt. 1946 verließ Luciano die Stadt und kehrte erst sechzehn Jahre später im Sarg aus Neapel zurück, um in Queens beerdigt zu werden. Oft traf man LaGuardia auf der Straße, verstrickt in ein hektisches Gespräch, und das nicht nur in Little Italy mit einem Landsmann seines Vaters.

Fremde war für ihn kein abstrakter Begriff. Fiorello Enrico oder, wie er sich später nannte, Henry LaGuardia war auf Ellis Island jahrelang Beamter der Einwanderungsbehörde gewesen, bevor er in die Politik ging und New Yorker Politiker durch und durch wurde, pragmatisch, abgebrüht, unbestechlich. Mit der Familie fuhr er hinaus nach Far Rockaway, um auszuspannen, und ging dort Zigarre rauchend, das Sakko überm Arm, am Strand spazieren, begleitet nur von seiner Sekretärin, die ihn um drei Köpfe überragte. Er war klein, dick, fast rund, dabei schnell und scharfzüngig. Sieht man sich Fotos von ihm an, fühlt man sich an Alfred Hitchcock erinnert, einen Hitchcock, der lacht. Auf dem LaGuardia Place zwischen Houston und Bleecker Street steht eine Bronzefigur des Bürgermeisters: LaGuardia scheint unterwegs zu seinem Buick soeben aufs Trottoir gestürmt zu kommen, im Schlepp ein paar Reporter von »New York Post« und »Daily Telegraph«. Tauben flattern auf. Er läuft im Stechschritt, klatscht dabei in die Hände und ruft etwas über die Schulter. Ein Blick in den Himmel verrät ihm, ob es aufgehört hat zu regnen. Und weit oben das kleine Flugzeug war gestartet oder landete in Kürze auf dem Flughafen, den man später nach ihm benennen sollte. Eine andere Möglichkeit kam nicht in Betracht, denn es gab seinerzeit nur den einen.

Vor rund dreitausendfünfhundert Jahren ließ Thutmosis III., ägyptischer Pharao von 1504 bis 1450 v. Chr., der Urgroßvater Echnatons, zum Ruhme der Götter und seiner selbst in Heliopolis zwei identische Obeliske errichten. Rund 22 Meter hoch, je 193 Tonnen schwer, versehen mit zahlreichen Hieroglyphen aus der Zeit der Regentschaften von Thutmosis und Ramses II. sowie vergoldeten Spitzen, überdauerten die Stelen aus rotem Granit den Niedergang des Nilreiches, bis Augustus sie nach Alexandria schaffen und vor dem Cäsarium aufstellen ließ. Dort standen sie bis 1303, als ein schweres Erdbeben Alexandria erschütterte. Napoleon mag daran gedacht haben, sie nach Paris verbringen zu lassen, als er die Obeliske während seines ägyptischen Feldzugs sah: Einer stand noch, der andere lag unversehrt – verblüffend genug – seit fünfhundert Jahren zwischen Trümmern und Ruinen. Die Goldspitzen, wie sich denken lässt, waren lange verschwunden. Es dauerte weitere siebzig Jahre, bis 1869 der Suezkanal eröffnet wurde und Ismail Pascha, Vizekönig von Ägypten, entschied, die beiden Obeliske aus der achtzehnten Pharaonendynastie den beiden Gönnernationen seines Landes zum Geschenk zu machen. Die liegende Stele wurde nach London gebracht und am Victoria Embankment wiedererrichtet, die stehende ging samt Fundament auf eine noch längere Reise. Henry H. Gorringe, Lieutenant Commander der US Navy, ließ 1879 im Hafen von Alexandria ein Loch in die Steuerbordbugseite des Dampfers SS Dessoug brechen. Durch die Öffnung wurde Thutmosis' Stein wie ein Torpedo an Bord verfrachtet, bevor das Schiff über das Mittelmeer, vorbei an Gibraltar, dann über den Atlantik Kurs auf New York nahm. Der Obelisk und sein 50-Tonnen-Podest erreichten Manhattan am 20. Juli 1880. 16 Zweispänner zogen das Fundament durch die Stadt bis zur Anhöhe des Graywacke Knoll im Central Park, bevor man sich auch an den Transport der Hieroglyphenstele machte. Die Dessoug verbrachte sie zu einem Anleger auf der Upper West Side am heutigen Riverside Drive. Der hölzerne Ponton wurde auf Räder gesetzt, dann über 96. Straße und Broadway gezogen. Rund 30 Meter jeden Tag schafften die Pferde, 112 Tage lang dauerte es, bis der Obelisk den Broadway, dann manhattaneinwärts die schmale 82. Straße passiert hatte. Am 5. Januar 1881 wurde er vor über zehntausend jubelnden New Yorkern zwischen den beiden Seen im Central Park aufgestellt.

Auf einer Ehrentribüne zwischen Libanon-Zedern, Silberfichten, Lärchen, Schierlingstannen, Arolla- und

Monterey-Pinien sowie feingefiederten Sumpfzypressen saß die mondäne und demimondäne Gesellschaft aus Großindustriellen, Großschiebern und Emporkömmlingen, die Damen mit crevettenfarbenen, nilgrünen oder absinthblauen Schleifenhüten, die Herren mit Hut, Zigarre, Stock und Seidenfoulard, die Gesichter deformiert von aufgeblasener Langeweile. Wer nicht Astor hieß oder Frick, wer kein Nachfahre der Vanderbilts war, der Rockefellers oder Carnegies, stand und applaudierte sechs Stunden lang, bis der Stein endlich in den Himmel ragte, so dass die New York Post am folgenden Tag schrieb: »It actually seemed as though people have learnt to sleep on the hoof. Touch them, and they would kneel over like Egyptians in praise of their Pharao.« William Maxwell Evarts, seinerzeit Staatssekretär, fragte anlässlich der feierlichen Errichtung des Obelisken: »Can you think that the soft folds of luxury are to wrap themselves closer and closer around this nation and the pith and vigor of its manhood know no decay? Can it creep over you and yet the nation know no decrepitude?«

Ob weiche Falten des Wohlstands die im Kern so robusten New Yorker vergessen ließen, dass alles dem Verfall anheimgegeben ist und nichts der Hinfälligkeit entgeht – Evarts langte es, die Frage gestellt zu haben. Die Antwort jedenfalls überließ er der Zukunft: »That may be answered in the time of the obelisk but not in ours.«

Ein paar Spaziergänger in meinem Alter kommen mit

ihren Kindern, drei Mädchen, auf die Anhöhe hinter dem Metropolitan Museum und machen Fotos. Die Kinder spielen Verstecken hinter dem Obeliskenfundament und in den Rhododendren, die den halbrunden Platz säumen. Flugzeuge und Hubschrauber passieren im Minutentakt die nackte Spitze der verwitterten Stele. Ockerbraun, an vielen Stellen verwaschen, von Schründen und Luftverschmutzung gezeichnet, überragt sie kaum die Laubbäume zwischen dem großen Rasen, auf dem Studenten liegen, Musik hören oder lesen, und dem Glasanbau des Museums. Bis zur Subwaystation an der 86. Straße ist es etwa ein Kilometer zu Fuß durch den Park. Der Obelisk ist schon hinter der nächsten Wegbiegung nicht mehr zu sehen, verschwunden im Laub eines großen Ahornbaums, unter dem Fahrräder und Kickroller stehen und eine Familie picknickt. Ein kleiner weißer Hund rennt immer im Kreis um den Baum.

Im Jahr, als Fiorello LaGuardia an Krebs starb und auf dem Friedhof von Woodlawn in der Bronx beerdigt wurde, 1947, schoss Rudy Burckhardt ein legendäres Foto am Madison Square Park. Ein paar Mal war ich nun schon dort, doch noch immer ist mir nicht recht begreiflich, was das Schwarzweißbild, von dem ein gerahmtes Poster auch in meinem Stipendiatenapartment hängt, derart eindringlich macht.

Ich gäbe viel dafür, könnte ich in das Bild hineinsteigen – ganz so, wie die Schauspieler in Woody Allens

»The Purple Rose of Cairo« aus der Leinwand hinab in den Kinosaal und dann wieder hinaufklettern, wie sie gerade lustig sind. So stünde ich an diesem Tag vor einundsechzig Jahren auf dem Platz, umbrandet von Getümmel und Verkehr auf Broadway, 5th Avenue und 23rd Street, die sich am Madison Square Park kreuzen, und wüsste nicht, dass ich beobachtet werde: Oben auf einem Dach an der nördlichen Stirnseite des Platzes, hinter sich das Empire State Building, steht der junge Schweizer Emigrant Rudolph Burckhardt und schießt Fotos in der frühen Morgensonne. Am Bürgersteig dem Park gegenüber steht eine Uhr. Es ist kurz nach acht, ein Morgen im Frühling 1947. Die Leute auf der Straße tragen noch Mäntel, die Parkbäume zartes, lichtes Laub.

Aber an den beiden Manhattaner Lebensadern liegt es nicht, und auch nicht an der viel schmaleren Querstraße; genauso wenig macht der darauf festgehaltene Verkehr das Bild zu einem Rätsel, auch wenn er bei weitem nicht so dicht ist wie heute: Überall sieht man die Leute kreuz und quer über Straßen und Platz gehen, gebannt in einen Moment ihres Lebens, nicht ahnend, dass sie abgelichtet werden, so wenig, wie ich ahnen kann, wohin sie unterwegs waren und für alle Zeit unterwegs sind. Der Mittelpunkt des Bildes ist ein anderer, und er gibt dem Poster von Rudy Burckhardts Foto den Namen: »Flatiron Building Shadow« heißt es lapidar, übersetzt beinahe kryptisch »Schatten des Plätteisengebäudes«.

Sollte der unter Denkmalschutz stehende Bau tatsächlich einem Dampfbügelautomaten nachempfunden sein, so wäre dieses Plätteisen zwanzig Stockwerke hoch, 76 Meter, und aus Beton, Stahl und Glas, dazu verziert mit Säulen, Simsen und Friesen, steinernen Rosetten, Sonnen und Köpfen von Herolden. Das Flatiron Building am Madison Square Park ist ein vollkommenes, wenn auch sehr flaches, extrem spitz zulaufendes Polyeder. Gebaut hat es Daniel Burnham 1902. Es gilt als einer der ersten New Yorker Wolkenkratzer.

Auf Burckhardts Foto liegt das blendende Licht einer noch niedrig stehenden Sonne in den Straßen. Fast weiß wirkt der Asphalt, farblos wie Himmel und Horizont, oder als bedecke Schnee den Grund der Häuserschluchten. Durch die zerklüfteten Schatten der Bauten sieht es so aus, als verliefe die prunkvolle Avenue in weißen Wellen südwärts, als trieben Eisberge auf dem Broadway. Wie ein schwarzer Koloss aber thront in der Mitte Burnhams Gebäude als Gebilde und wirft einen noch kolossaleren Schatten: Er verlängert das Hochhaus um zwei Drittel horizontal gespiegelt über den fast leeren weißen Platz, so dass Burckhardt etwas festhalten konnte, das den Ausblick wie ein suprematistischer schwarzer Keil in ein Hüben und Drüben teilt. Links der Broadway, rechts die 5th Avenue streben davon als weißes V.

Vor einem Bild, das sein Geheimnis nicht preisgibt, zum Scheitern verurteilte Erklärungsversuche, kaum weniger kläglich als die Beschreibung des Flatiron Building im neuesten Baedeker, heute wirke das Gebäude wie ein zu hoch geratener Häuserblock. Es ähnelt jedenfalls nicht einem riesigen Bügeleisen! Die 23. Straße, die den Platz an seiner Südseite quert, wird mittlerweile Flatiron Street genannt. Das gesamte Viertel um den Madison Square Park ist inzwischen als Flatiron District bekannt und beliebt für seine von Touristen noch unbehelligten Lokale und Boutiquen. Der 3500 Jahre alte Obelisk, der ein paar Kilometer weiter nördlich im Central Park vor sich hin rottet, wird in New York Kleopatras Nadel genannt, obwohl die letzte Pharaonin weder mit Thutmosis III. noch mit dessen Hieroglyphenstele etwas zu schaffen hatte. Sie lebte rund 1400 Jahre später. Es scheint so zu sein, dass der amerikanisch-bürgerliche Utilitarismus jede Form von poetischem Symbol zwar duldet, jedoch nur, um es sogleich zu entschärfen, zu verharmlosen, zu vereinnahmen und frei zum Gebrauch für jedermann zu erklären. Eben das meint Hart Cranes bitteres Statement vom »vollendeten Geschick« der Brooklyn Bridge, die ihre Symbolkraft eingebüßt habe zugunsten moderner Effizienz. »Deeply moved, as if on the threshold of a new religion or in the presence of a new DIVINITY« fühlte sich noch 1939 der Maler Joseph Stella, ein Zeitgenosse Cranes, der fünfundzwanzig Jahre lang immer wieder die Brooklyn Bridge malte.

An den Apartmentwänden die Manhattaner Buslinien-, Subway- und Fährenfahrpläne, Pläne von New York, dem Staat, und New York, der Stadt. Daneben hängt Burckhardts Bild. Um mir in dem Koordinatensystem aus nummerierten Straßen die Lage des Flatiron Building vor Augen zu führen, studiere ich den Stadtplan, den Verlauf von Broadway und 5th Avenue, das V, zu dem sie am Madison Square Park zusammenstreben, sehe mir dann erneut das Poster an und stelle mir den Bug eines Ozeanriesen vor, dessen dunklen Rumpf die Fassaden der zwei Hauptstraßen bilden. 1902 strömten noch immer Zigtausende Einwanderer nach Amerika, mit ebensolchen Ozeanriesen langten sie an auf Ellis Island. Ein Gedicht von Grace Paley, die 1922 in der Bronx geboren wurde, heißt »An der Battery«:

Ich stehe auf einem Fuß
am Bug des großen Manhattan
beuge mich vor
rage ein wenig in den hellen Hafen

Käme nur ein Topograph im Helikopter
über meinen Schatten geflogen
ich würde verewigt werden
auf den Karten dieser Stadt

»Flatiron Building Shadow« – noch einmal sehe ich mir den riesigen trapezförmigen Schatten an, den Rudy Burckhardt an jenem Frühlingsmorgen fotografierte. Dicht vor dem Poster stehend, fällt mir mit einem Mal genau im Zentrum des Schattens eine Figur auf, die einzige weit und breit in dem ganzen lichten Hin und Her, die für sich ist und zugleich vollkommen regungslos verharrt. In der Mitte des Platzes, eine Reihe wartender Taxis einen Steinwurf entfernt, hinter sich den Park und die Bäume, in der Hand eine Tasche, so steht er da, ein junger Mann, ein Fremder.

In meinem Roman »Wie wir verschwinden« spielt ein amerikanisches Ehepaar eine Nebenrolle. Adriana und Christopher, Aid und Chris, sind Botschaftsangestellte in Paris, die aus Elizabeth, New Jersey, stammen. Mir gefiel der sinnliche, vertraut klingende Name der Stadt, ihre Nähe zu New York. Elizabeth trennt von Staten Island nur der Fluss Arthur Kill, im Süden und Westen wird es rasch ländlich, beliebte Pendlervororte wie Roselle Park, Hillside oder Rahway liegen in der Nähe.

Elizabeth aber, durchflossen vom Elizabeth River, der der Stadt den Namen gab, ist ein beinahe reiner Industriestandort, was ich nicht wusste, ein verschandelter Fleck Erde, anziehend nur mehr für Besucher von Einkaufszentren und Baumärkten. Parkplätze und Truckverladerampen erstrecken sich bis hinunter ans Wasser, das tot ist wie die Landschaft, bloße Wasserstraße. Auf der Bucht von Newark lösen einander im Stundenrhythmus die Frachter und Tanker ab, die im Hafen der Stadt, in Port Elizabeth, gelöscht oder beladen werden. Ein paar Kilometer stadteinwärts rauscht der Verkehr auf dem New Jersey Turnpike, der Interstate Route 95, durch Gewerbemischgebiete und Gebirge aus rot geklinkerten Mietblocks von Mautstation zu Mautstation. In der Luft hängt ein süßer Kerosinduft. Elizabeth ist zudem Einflugschneise. Im Norden liegt der Newark Liberty Airport, ein betoniertes Gelände von fast derselben Ausdehnung wie die ausgeschlachtete und zum Warenumschlagplatz zugerichtete Stadt. Ich bin selbst auf dem Flughafen gelandet. Die Shuttlebusse nach Manhattan fahren aus Schluchten zwischen Parkhäusern und Terminals ab, über die sich zu unergründlichen Zwecken leere Rampen und gläserne Brücken spannen. Die silbernen Maschinen der Continental Airlines starten und landen im Halbminutentakt.

An das Flughafengelände grenzt im Süden ein Areal aus Lagerhäusern. Zwischen einem Busdepot und dem Auslieferungsmagazin der Supermarktkette ShopRite steht hinter Stacheldrahtzäunen eine ehemalige Lagerhalle, die von dem Privatunternehmen Correction Corporation angemietet wurde. Sie beherbergt ein Internierungslager für rund 300 dort inhaftierte illegale Einwanderer und Asylbewerber zumeist aus Lateinamerika, aufgegriffen und hierher deportiert im Auftrag der Immigrations-and-Customs-Enforcement-Behörde, kurz ICE, einer Abteilung des von der Bush-Administration nach den Terroranschlägen vom 11. September 2001 eingerichteten Heimatschutzministeriums. Die Nähe zum Flughafen ist kein Zufall. Das Detention Center Elizabeth ist ein Abschiebehaftlager und geriet wegen dort herrschender rigider Praktiken in die Schlagzeilen, als einer der Insassen nach einer Kopfverletzung tagelang ohne medizinische Versorgung geblieben, ins Koma gefallen und wenige Wochen darauf verstorben war, wie »Die Zeit« in ihrer Ausgabe vom 11. September 2008 unter der Überschrift »Der amerikanische Albtraum« berichtete. Amerikaweit ermittelte die »New York Times« 66 vergleichbare Todesfälle zwischen 2004 und 2007, unter anderem durch Vergiftung, Nierenversagen oder Suizid: Rund 330 000 Menschen säßen in amerikanischen Abschiebegefängnissen, während der Gewinn von Unternehmen wie der börsennotierten Correction Corporation of America sich in den vergangenen drei Jahren beinahe verdreifacht habe, seit die ICE dazu übergegangen sei, illegale Einwanderer massenhaft zu internieren.

An einem so gespenstischen Ort leben zu müssen, wünscht sich wohl niemand. Adriana und Christopher hatten keine Wahl: Ich habe sie für immer an Elizabeth gebunden, und ihr einziges Glück besteht darin, dass sie ja selber bloß Gespenster sind. Vom Leben der Romanfiguren trennen mich Meere, die Interkontinentalflugzeuge weder ihrer noch meiner Welt überwinden können. Aid und Chris wuchsen auf in einem anderen Elizabeth, einem Ort, dessen Name mit seinem Klang und seiner Bedeutung Wirklichkeit stiftet. In der Welt des echten Elizabeth aber ist es bittere Realität, dass das Wünschen nie geholfen hat. Spiegel, Stacheldraht, Ozeane trennen uns, und uns verbinden Betonrampen und gläserne Brücken, nur wissen wir nicht, wozu. Lange küssen wir uns in der steinernen Flughafenschlucht, bevor wieder so ein riesiger silberner Bus, beklebt mit Werbung für ein isotonisches Getränk, Sabine und mich hinüberfährt nach Manhattan. Nach drei Wochen Getrenntsein sind wir gemeinsam in Amerika, preschen über den Turnpike und können es erleben: Raum ist für alles, seine Großzügigkeit setzt Maßstäbe. So tot zwischen Industriebrachen die Seenlandschaft auch scheint, die da überspannt wird von kilometerlangen Stahlviadukten, so lebendig ist sie in Wirklichkeit. Kormorane, Schwäne und Enten flattern auf unterhalb der Brücken, sie fliegen über die Schilfgürtel von New Jersey durch die blendende Mittagssonne.

Mit der Subway fahren wir eine Stunde lang quer durch Brooklyn hinunter nach Süden ans Meer. Staten Island im Westen, die Strände und Wochenendhäuser auf Long Island im Osten, verschwinden Frachter und ein Flugzeugträger am Horizont. Sonntag in Coney Island. New Yorker Familien sind unterwegs auf der hölzernen Promenade zwischen Hot-Dog-Ständen und dem Vergnügungspark, über dem in abblätternden Farben die Cyclone-Achterbahn und das Wonderwheel-Riesenrad aufragen. Mit sechsrädrigen Elektromobilen, die Aufsitzrasenmähern ähneln, patrouillieren Police-Officer. Eine Menschentraube hat sich vor einer Baulücke zwischen zwei saloonartigen Bars gebildet. Dort sitzt im Schatten ein junger Bursche und fordert die Schaulustigen auf, den Spinner zu erschießen. Der Spinner steht neben ihm, er trägt einen Motorradhelm, in der Hand einen hölzernen Schild, und ist über und über mit Farbe bekleckst. »Shoot the freak«, sagt der am Mikrofon, »you're here to have fun, so have fun. Shoot the freak, and he won't even shoot back.« Eine junge Frau bezahlt drei Dollar für sechs Schüsse, und der Behelmte und Bekleckste steigt hinunter in die Baugrube zwischen die Fundamentreste, während sein Kollege das Paintball-Gewehr lädt. Auf sein Kommando hin schießt die junge Frau, sie trifft sechsmal den Schild des auf und ab hüpfenden, mit den Hüften schaukelnden Freaks. Wir gehen hinaus auf die hölzerne Pier. Dreißigstöckige Mietblocks stehen am Strand, ein menschenleerer Parkplatz liegt in der Sonne, darauf Dutzende gelber Schulbusse.

Vor fünfzehn Jahren erschien in meinem Erstlingsband »Langrenus« ein Gedicht über die Pier von Coney Island. Ich hatte seinerzeit Henry Millers Trilogie »Die rosige Kreuzigung« gelesen, seine Romane »Sexus«, »Plexus« und »Nexus«, und in »Plexus« die Beschreibung des winterlich verwaisten Vergnügungsparks gefunden. Warum auch immer, seither dachte ich stets, das Riesenrad, die Schießbuden und die Mondrakete, von denen Miller schreibt, würden nicht an Land, sondern weit draußen, erbaut über der hereinrollenden Brandung, auf der Pier stehen. Mein Gedicht »Plexi« handelt von der »Lächerlichkeit aller Entfernung«, »der salzigen See der Trübsal zwischen den Begriffen«. Fünfzehn Jahre lang war es ein inniger Wunsch, diesen Ort der unvertrauten Nähe einmal wirklich zu sehen.

Kaum Ausflügler verirren sich auf die Pier, die 250

Meter weit über die Dünung hinausführt aufs Meer. Auf den Holzbänken längs der Geländer sitzen Alte mit ihren Hunden und stehen hunderte Angler, zumeist Puertorikaner. Aus Wägelchen mit Schirmdächern wird eisgekühltes Wasser verkauft, und dem Badeverbot zum Trotz springen ab und an ein paar Jungs ins Wasser und kraulen zurück zum Strand. Viele Planken der Pier sind zerbrochen, aber niemand stört sich daran. Miller veröffentlichte »Plexus« 1953, als er schon über sechzig war, doch ist es ein Buch über seine New Yorker Jugend. Vor siebzig Jahren mögen auf der Pier noch ein paar Häuschen gestanden haben, ein Kiosk vielleicht oder ein Billetschalter. Der Vergnügungspark allerdings stand nie über dem Wasser, auch damals schon stand er an der Promenade, rot, blau, gelb und grün im Licht der Atlantikküste von Brooklyn. Im kommenden Jahr soll er für immer geschlossen werden.

Die Subway bringt uns zurück, sie führt durch den Stadtteil der Toten, einen graugrünen Stelenwald, mitten durch den Friedhof von Greenwood, bevor sie sich erneut unter die Erde senkt. Dort haben die Avenues keine Namen, sondern sind nur noch nummeriert. In der Abenddämmerung zu Fuß über die Brooklyn Bridge. Man hört die Greifvögel, die in einem der Steinpfeiler nisten, während sechs Meter unter uns der Sonntagabendverkehr braust. In einem nicht versiegenden Menschenstrom, der hundert Sprachen spricht, sind wir unterwegs über den East River nach Manhattan. Die sich schwärzenden Konturen der Wolkenkratzer im Financial District kommen mir nach drei Wochen in New York so natürlich vor wie Alpengipfel, selbst als nach einem anscheinend exakt festgelegten Schema überall in den Hochhausetagen Lichter angehen. Schwarzrot-golden erstrahlt die Spitze des Empire State Building, noch immer ist der deutsch-amerikanische Monat. Verlassen auf ihrem Inselchen im Sonnenuntergang steht die Freiheitsstatue und reckt das Fackelschwert.

4

Mit dem Fahrstuhl hinauf in den 80. Stock, von dort weitere sechs Etagen zu Fuß durch ein enges Treppenhaus. Gemeinsam mit rund 500 anderen Leuten von überall auf der Welt stehen wir auf der Aussichtsplattform und sehen hinunter auf Manhattan, den Hudson, den East River und die Brücken nach Brooklyn und Queens. Bis nach New Jersey kann man sehen: Der stählerne Viadukt dort wirkt wie aus einem Stück und spannt sich über den Horizont. Ein endloser Strom aus Autos, Trucks, Bussen und gelben Taxis am Grund der Schluchten und in den Engen des Broadway, Würfel, Quader, Türme, Säulen, Stelen, Obeliske und Pyramiden aus Glas, Stahl und Stein, ineinandergeschachtelt und übereinander hinweg aufragend, ohne Sinn und Maß und doch auch Inbild der Vielfalt, im wahren Wortsinn Geschichte.

Das Wunderbare ist wie immer das Leben, das von hier oben gerade so nah und so entfernt erscheint, dass jeder Einzelne auf den Straßen und in den grünen Parks unter Birken und Ahornbäumen erkennbar bleibt und unterscheidbar. 107 Millionen Menschen sind wie wir bereits hinaufgefahren auf das Empire State Building, seit es vor achtzig Jahren gebaut wurde, vier Stockwerke in jeder Woche. In seinem Art-déco-Foyer sitzt umgeben von grauem und schwarzem Marmor der Mann am Empfang hinter einem Pult, im Rücken ein Relief von dem Wolkenkratzer, der sich über uns auftürmt. Eine Menschenmenge aus Schultern, Köpfen und Blitzlichtern bildet einen Halbkreis um den Rezeptionisten, und alle zehn Sekunden tritt einer vor, stellt sich neben das Pult und lässt sich ablichten mit dem teilnahmslos Papiere ordnenden Mann in der rotschwarzen Livree.

Für Camus, der im Frühling 1946 in New York war, roch die Stadt nach Beton, vor allem aber nach Eisen. Vom Empire State Building aus bestaunte er die steinerne Flut. Er habe den Eindruck, in der Falle dieser Stadt gefangen zu sein und dass er sich aus den ihn umschließenden Blöcken befreien und stundenlang laufen könnte, ohne etwas anderes zu finden als neue Betongefängnisse, ohne Hoffnung auf einen Hügel, einen richtigen Baum oder ein verstörtes Gesicht, schrieb er in »Der Regen von New York«.

Während es draußen schüttet, hinke ich durch das unterirdische Labyrinth des Rockefeller Center, das sieben Gebäudekomplexe miteinander verbindet. In schwarzem und grauem Marmor reihen sich an Korridorfluchten Plätze, Treppenhäuser an Rolltreppenkaskaden, an Boutiquenmeilen Restaurantpromenaden. Ein goldener Prometheus im Innenhof, der im Winter zur Schlittschuhbahn wird. In Stein gemeißelt steht ein Vers von Aischylos an der Balustrade, der den Raub des Feuers besingt, und vorm Eingang an der 5th Avenue ragt eine noch größere Figur auf, die Atlas darstellt, den Träger der Welt, unter dem Busse hindurchrollen. Vis-à-vis heirateten 1920 Zelda Sayre und F. Scott Fitzgerald, die St. Patrick's Kathedrale wirkt winzig und stehengeblieben als Relikt einer Zeit, als Gebäude noch Bäumen glichen.

Im Rockefeller Center vereinigen sich amerikanischer Pomp, geschmacklose Monumentalität, das Mondäne und Banale mit Pragmatismus und Nutzdenken, Unterhaltung und Tourismus. Beflaggt und von roter Neonschrift illuminiert, dampft die Radio City Music Hall im Regen. »Top of the Rock« heißt die Plattform im 70. Stock, die damit wirbt, derjenigen des Empire State Building etwas Wesentliches vorauszuhaben, indem nämlich vom Rockefeller Tower aus auch das Empire State Building zu sehen sei. Woher die Bezeichnung Wolkenkratzer stamme, erklärt eine Fremdenführerin anhand der Fresken im Foyer des General Electric Building, die die Geschichte des amerikanischen Fortschritts darstellen, in dem Augenblick, als ich an ihr vorüberhumple: »Skyscraper« habe das höchste Segel am Hauptmast der »Mayflower« geheißen, mit der die Gründerväter über den Atlantik nach Amerika kamen. Alles in diesem Land, in dem es keine Liebe gebe, schreibt Camus in sein Reisejournal, versuche den Beweis anzutreten, dass das Leben nicht tragisch sei.

Nach vier Wochen haltlosen Wanderns durch die Straßen treiben mich unerträgliche Fußschmerzen ins Hospital for Joint Diseases an der 2nd Avenue. Im Nieselregen liegt vor den Fenstern der Stuyvesant Park. Eine hübsche junge Perserin untersucht meinen Fuß und stellt eine Arthrose fest, eine Langzeitschädigung nach einem fünffachen Knochenbruch, den ich mir 1974 zuzog. Ich erzähle ihr die Geschichte, wie ich als kleiner Junge auf dem Sockel eines Denkmals, das einen gen München blickenden Löwen darstellen soll, mit Schulkameraden »Hexe« gespielt hätte, und sie lacht, als ich ihr das Spiel erkläre: Wir Dorfkinder rannten immer im Kreis um den Löwen, spielten Fangen auf dem Steinsockel, versteckten uns hinter den Ecken, und einmal sprang ich, und dann ging das Licht aus. Sie verordnet mir Schonung, gibt mir einen monströsen schwarzen Pantoffel von der Form eines Dromedarfußes mit, den sie nicht in Rechnung stellt, und schreibt ein Rezept aus für Einlagen. Ich solle sie anrufen, falls die Schmerzen nicht aufhören. Sie ist ausnehmend freundlich, und die Geschichte meines Schmerzes erzählen zu können verschafft mir auf wundersame Weise Linderung, leider nur kurzzeitig. 460 Dollar kosten die Einlagen, ich habe acht Formulare auszufüllen, bevor ich das Rezept erhalte. Im Wartezimmer schläft eine dicke schwarze Dame im Rollstuhl, die aufwacht, als man ihren Namen ruft: Mrs. Taylor Maple, Frau Schneider Ahorn. In den Fluren des zehnten Stocks, im Fahrstuhl und im Foyer die Kranken und Bandagierten, Klagenden und Schreienden, Vergipsten und Verpflasterten, Amputierten und Geschockten. Die Klinik für Gelenkerkrankungen macht der Doppelbedeutung ihres Namens Ehre, sie ist wirklich ein Hospital für gemeinsame Gebrechen.

Abends eine Einladung in der Thompson Street in SoHo. Mein amerikanischer Verleger ist Brite, kam aber schon als kleiner Junge nach New York. Nun ist er Ende sechzig, starker Raucher mit Husten und nikotingelber Haut, ein jovialer, warmherziger Mann, der New York liebe, wie er erklärt, auch wenn es auf den Hund gekommen sei. Sein Stadthaus, das er mit seiner zwanzig Jahre jüngeren Freundin bewohnt, ist eine ehemalige Kirche, wie es sie zu Hunderten gegeben habe. Das Wohnzimmer erstreckt sich über zwei Etagen, eine gusseiserne Wendeltreppe führt hinab, wo früher die Kanzel angebracht gewesen sei. Wir werden mit Whiskey begrüßt, bevorzugen aber den Rioja. Anlass der Einladung ist das erste TV-Duell zwischen den Präsidentschaftskandidaten McCain und Obama, im Fernsehen läuft bereits CNN, davor stehen Sessel und Ledersofas und ein Tisch mit Fingerfood, Brot, Wurst, Käse, Feigen und Riesenradieschen aus Pennsylvania. Wir seien nicht zum Smalltalk hier, erklärt lachend die Freundin: »You must watch the debate thrilling the city since weeks.« Der Sohn von Susan Sontag bringt Gänseleberpastete mit und will von uns wissen, ob die deutschen Sozialdemokraten noch einmal zurück an die Macht kommen könnten, ehe auch ihm zu schweigen bedeutet wird. Wenn die SPD rot sei, hebt er noch einmal an, welche Farbe würde man in Deutschland dann der Linken geben, »a deep red«? Redeverbot. Ein weiterer Gast, ein junger französischer Autor mit gelben Zähnen, Jeans und Sweater, offenbar ein Hausfreund, sitzt stumm in einer Couchecke. »Sweetie, come and help me with the dishes«, ruft ihn die Freundin meines Verlegers in die Küche, bevor pünktlich um neun das Duell beginnt, das so langweilig ist wie zukunftsentscheidend, so steril wie emotionsgeladen. Festgelegtes Hauptthema der anderthalbstündigen Debatte ist die Außenpolitik. Obama und McCain sprechen über Wirtschaftsbelange, Bankenkrise, Börsenkrise, Steuerfragen, Geld. Sie sprechen weder miteinander noch zu jemandem. »Talk to him«, ruft die Dame des Hauses aufgebracht Barack Obama zu, »or talk to me, talk to America!« Doch die beiden Präsidentschaftskandidaten sprechen allein mit dem Moderator, der vergeblich versucht, unsichtbar zu werden. Mein amerikanischer Verleger schläft wie ein echter Brite mit Würde ein auf der Couch. Kurz darauf verlässt Susan Sontags Sohn die Runde, und auch Sabine und ich gehen bald. Es nieselt in der Prince Street von SoHo, das mit London nichts zu tun hat, sondern »South of Houston« bedeutet, wobei Houston nichts mit der Stadt in Texas zu tun hat, sondern früher Housetown hieß. Unter dem Schirm gehen wir miteinander in die amerikanische Nacht.

Die Subway fährt unter ganz Brooklyn hindurch und kommt ans Licht, kurz bevor sie ein paar kleinere Inseln in der Jamaica Bay überquert. Im Westen passiert sie den John F. Kennedy Airport, und schließlich erreicht sie die schmale Landzunge im Süden von Long Island, wo der Himmel sich aufwölbt und ein silberner Atlantik hereinbrandet.

Vorbei an verwitternden Mietskasernen, die wie gestrandete Containerriesen unmittelbar am Wasser stehen und auf deren Balkonen niemand zu sehen ist, führt die Trasse auf Betonpfeilern durch die Dünen von Station zu Station, jede verlassen, alles verrottend, Wellblechdächer und Treppenaufgänge dunkel, korrodiert, seit einem halben Jahrhundert von Salzluft zerfressen.

Eine Stunde lang laufen wir beklommen wie bunte Gespenster durch den Ort mit dem wundervollen Namen: Rockaway ist ein einziger Albtraum. Die wenigen Leute auf den Straßen sind ausnahmslos Schwarze und Puertorikaner, meist kleine Gruppen von Jugendlichen, die mit großen Gesten und unter Gejohle die Zeit totschlagen zwischen Zäunen, zerbeulten Pick-ups und Ruinen. Als gäbe es uns nicht, blicken sie durch uns hindurch, und mich beschleicht dasselbe Gefühl wie in den Straßen im Norden der Bronx, wo ich zum Mausoleenfriedhof von Woodlawn unterwegs war: das Gefühl, Teil einer doppelten, weil gegenseitigen Befremdung zu sein, die durch nichts überbrückbar scheint. Auf den kaputten Straßen, die zum Strand hinunterführen, ist das Symbol dieser Unberührbarkeit für mich eine noch lange zwischen den Fassaden leuchtende lila Damenperücke, die sich einer der jungen Schwarzen aus unerfindlichen Gründen aufgesetzt hat.

Kilometerweit führt die Holzpromenade an dem verlassenen Strand entlang durch verdreckte Dünen. Die Brandung ist Ehrfurcht einflößend, mächtig drischt sie ein auf eine Unzahl morscher Buhnen, wo einmal Stege, Anleger, Ruderboote und Buden gewesen sein mögen. An der Atlantikküste von Far Rockaway im äußersten Süden von Queens komme ich mir so ausgesetzt am Ende der Welt vor, wie es mir selbst auf den vergletscherten Stränden von Südgeorgien in der Subantarktis nicht erging. Rockaway ist bereits jenseits des Verfalls angekommen, wie man ihn in Coney Island noch miterleben kann. Hier gibt es keine Schaukästen mit vergilbten Schwarzweißaufnahmen von besseren Tagen, die dich wenigstens einer Geschichte versichern. Nichts weist mehr hin auf eine glanzvollere Seaside-Vergangenheit mit Wochenendbesuchern, Liebespaaren auf Uferbänken und Schießständen mit Fähnchen und Plüschtieren. Die Promenade versinkt in pudrigem Sand und zerfällt, weil zahlreiche Schrauben in ihrem Holz fehlen. Irgendjemand hat sie herausgedreht, um sie anderswo zu verwenden. Die Planken sind voller Löcher, wo Spaziergänger oder Jogger einbrachen, die Löcher notdürftig geflickt mit Sperrholz, das wieder herausgerissen wurde. Unter ihrem Holz verrotten auf Teppichen von Muschelscherben Abfälle und Unrat, Kleidung, Obst, Plastikflaschen, Müllsäcke, Autoreifen, Spielzeug von Kindern, von denen jede Spur fehlt. Eine Schwemme aus Kugelschreiberhülsen und Schraubverschlüssen. Rockaway Beach ist die gigantische Mülldeponie eines verwehenden Gettos am Meer, wo alles verloren ging und wo ich dennoch nichts zu suchen habe.

Eine Versammlung alter Männer am Hudson Pier 86. Der Flugzeugträger »Intrepid« liegt dort seit kurzem wieder festgemacht. Noch im Zweiten Weltkrieg gebaut, fuhr er zur See gegen das feindliche Japan und war mehrfach Ziel von Kamikaze-Einschlägen. Dreimal galt er als versenkt und wurde so zur schwimmenden Legende. Heute ist die »Unerschrockene« ein Museum für Seefahrt, Luftfahrt und Raumfahrt, das neben einem Unterseeboot auch eine Concorde beherbergt.

In blauen Windjacken stehen am Ufer unter dem Furcht einflößenden Bug ein paar Dutzend Veteranen der zweiten Generation, die auf dem Kriegsschiff Dienst taten, während es Flugzeuge gegen Vietnam schickte. Sie plaudern mit Streifenpolizisten, die die Versammlung vom Feierabendverkehr abschirmen, tun sich wichtig auf dem Bürgersteig und den Radwegen und sonnen sich im Schatten ihres großen alten Mutterschiffs.

Auf einer Bank ein anderer Alter. Er sieht abgerissen aus, hat einen Rucksack neben sich mit Proviant und blickt mit Tränen in den Augen unverwandt den Rumpf des Flugzeugträgers entlang, selig in seiner Nostalgie, die ihn zu weit entfernten Atollen in Raum und Zeit zurückzutragen scheint.

Und ein paar Schritte weiter unten am Fluss steht ein alter Schwarzer mit einer roten Baseballkappe am Rand einer Wasserdüseninstallation auf der Promenade. Das Wasser kommt rhythmisch, in Kreisen und Spiralen, unvorhersehbar, wo, aus dem Asphalt gesprudelt, ein lustiger Tanz kleiner Fontänen, den der Alte auswendig kennen muss: Mit Fingern und Armen, Körperdrehungen und Mienenspiel dirigiert er Erscheinen, Verschwinden, Fallen und neues Steigen, die Choreographie des Wassers.

Ein paar Blocks entfernt liegt das Busterminal der Hafenaufsicht an der 42. Straße, ein sechsstöckiger, qualmender Betonklotz. Zwei Untergeschosse für die Subway, darüber drei für Abfertigungshallen, Supermärkte, Rolltreppen, Schalter und Ladenzeilen, kommen im vierten Stock immer gleichzeitig 50 Busse an, für die andere 50 abfahren und über spiralförmige Rampen und Brücken in den Verkehr gespeist werden, der sie den Avenues und Tunneln zuführt. In langen geduldigen Schlangen warten die Fahrgäste hoch droben im Terminal vor Schleusen, werden von übergewichtigen Kartenabreißern hindurchgeschleust und warten schlaftrunken in Glaskästen, die sie vorm Pesthauch der abfahrenden und ankommenden Busse abschirmen, bis sie einsteigen dürfen in ihren eigenen Greyhound- oder Peter-Pan-Coach. Hinter getönten Scheiben, wo sie sogleich in tiefen Schlaf sinken, fahren sie mit halsbrecherischer Geschwindigkeit davon.

Wir fuhren unter dem Fluss hindurch, dann weiter stromaufwärts über den New Jersey Turnpike ins Hudson Valley hinein, wo das Land hügelig wird, weiträumig und die Ortschaften lieblich. Niemand wohnt in Woodbury im Orange County. Das Dorf besteht einzig aus Outlet-Stores für Markenkleidung, und dort stiegen bis auf uns beide, einen älteren Australier und einen greisen Japaner, der schlief, alle Mitreisenden aus. Dann raste der Bus weiter, als würde sein Fahrer, ein alter Schwarzer, der keine Antwort gab, wenn man ihn etwas fragte, sondern nur mit den rot unterlaufenen Augen rollte, von einem bösen Gespenst verfolgt, das über den Highway ausgerechnet ihm nachflog, vorbei an Wildbächen und durch dichte Ahorn- und Kastanienwälder hindurch bis nach Mountainville.

Der Skulpturenpark von Storm King nahe dem verschlafenen Nest in den dicht bewaldeten Hügeln versammelt moderne Plastiken von Moore, Calder, Serra, Lichtenstein und anderen. Die Luft war klar und brannte kalt auf dem Gaumen. Es gab Murmeltiere. Und es gab ein unermessliches Licht. Fünf Stunden wanderten wir durch Felder und Alleen, über Hügel und durch Wald, endlich wieder zu Atem kommend. Ich spürte, wie mein Gehör und mein Blick sich weiteten, und konnte nicht genug davon bekommen, über das Gras zu gehen auf der Suche nach einer weiteren Metallskulptur Alexander Calders. Von seinen in Storm King aufgestellten Gebilden sagte er, er habe versucht, den Himmel als Plafond für sie zu sehen, »the sky as a ceiling«.

Adler und Falken kreisten in diesem Himmel, und wir sahen einen Schwarm Stare, der sich sammelte in einem Spitzahornbaum am Ufer eines kleinen Sees, ein schwirrendes Zwitschern, das anwuchs mit jedem neu eintreffenden Trupp und das abrupt abbrach, als mit einem Mal das ganze Geschwader aufflatterte und davonrauschte in seinem auf und ab, hin und her schwellenden Körper über den Wipfeln, Wiesen und sanften Getümen aus lackiertem oder verrostendem Stahl.

Abendessen in einem vegetarischen Restaurant mit einem jungen New Yorker Pärchen. Er ist halb Afroamerikaner, halb Deutscher, der Sohn der Freundin einer Arbeitskollegin, die mir seine Adresse gab und ihn schilderte als ungestümen, für die Sache der Schwarzen engagierten Amateurfilmer, der in der Bronx lebe. Zuletzt gesehen habe sie ihn, als er dreizehn war.

Heute ist er Mitte zwanzig, groß, gut aussehend, elegant in Anzug und Mantel. Mit seiner Freundin, einer hübschen, zierlichen Chinesin, lebt er in Forest Hills,

Queens, weil, wie er sagt, in der Bronx zu leben unmöglich sei. Er arbeitet in einem Architekturbüro, wo er zuständig ist für 3-D-Animationen. Zwei Stunden lang tauschen wir zu viert amüsiert Klischeevorstellungen aus von deutschem Essen, New Yorker Lärm und Business, bayrischen Trachten und Zahnradbahnen und dem meterhohen Schnee von Wisconsin. Erzählt er von seiner Kindheit in Düsseldorf und Mönchengladbach, kommt eine leichte Wehmut in seine Stimme, anders als bei ihr, die mit zwei Jahren aus Hongkong nach Manhattan kam und das Gewimmel in China Town heute nicht mehr ertragen könne.

Sie sind ein sympathisches, sichtlich sehr verliebtes Paar. Wir erzählen von Far Rockaway und welche Tristesse wir dort empfanden. Sie können es uns nachfühlen. Sein Cousin lebt dort. Das Baden im Meer sei in Rockaway Beach inzwischen ganzjährig verboten, da es eine Quallenpest gebe, gegen die keiner etwas unternehme. Er erklärt uns, weshalb er weder den demokratischen noch den republikanischen Präsidentschaftskandidaten wählen könne, mit der afroamerikanischen Sache hat es nichts zu tun. Ob wir wüssten, dass es neben Obama und McCain noch acht weitere Bewerber um das Amt gebe? Frauen und Männer? Die meisten Amerikaner wüssten es nicht, und wie sollten sie, wenn in den TV-Duellen stets nur die zwei großen Parteien vertreten seien? Allenfalls ein paar wenigen sei Ralph Nader von der Grünen Partei ein Begriff, aber auch den unterstütze er nicht, sondern einen Unabhängigen, einen Mann aus Ohio, der aufrichtig sei, ein Querkopf, kein Lobbyist.

Es ist das einzige Mal, dass ich in sechs Wochen während einer Unterhaltung mit New Yorkern spüre, wie die Schutzschicht, mit der sich ein jeder hier vor allem Möglichen abschirmt, von Minute zu Minute dünner wird. Nur für Momente verschwindet sie ganz: Ich bitte ihn, mir den Namen einer Zutat auf der Speisekarte zu übersetzen, doch er kennt den deutschen Ausdruck nicht mehr, sagt aber mit dem Lächeln des Mönchengladbacher Straßenjungen, es sei das Gewürz, das seine Lieblingstrickfilmfigur von früher immer gegessen habe, Speedy Gonzales.

Von der Theodizee schreibt mir Hendrik Rost, dessen kleine Tochter die erste Nacht durchgeschlafen habe: »Warum muss man Klavierspielen lernen angesichts des Leidens in der Welt? Aus demselben Grund, warum kleine Mädchen nachts schlafen müssen: ER kennt auch dich und hat dich lieb.«

»Seltsam, dass Du vom Klavierlernen angesichts des Bösen in der Welt schreibst«, antwortete ich ihm. Das erste Buch, das ich in New York gelesen hätte, sei Kafkas Amerika-Roman gewesen: »Karl erhoffte in der ersten Zeit viel von seinem Klavierspiel und schämte sich nicht, wenigstens vor dem Einschlafen an die Möglichkeit einer unmittelbaren Beeinflussung der amerikanischen Verhältnisse durch dieses Klavierspiel zu denken (…) – aber sah er dann auf die Straße, so war sie unverändert und nur ein kleines Stück eines großen Kreislaufes, das man nicht an und für sich anhalten konnte, ohne alle Kräfte zu kennen, die in der Runde wirkten.« Und noch erstaunlicher würden die Zufälle. In der Wohnung über mir lebe ein Pianist, der täglich mehrere Stunden lang übe. Als Sabine hier gewesen sei, habe dieser Virtuose, den ich nur aus dem Fahrstuhl kenne, jeden Abend immer wieder dieselbe traurige Melodie gespielt, eine kleine Serie von Tönen, die mir Tränen in die Augen treibe beim Gedanken daran, sie zu hören, wäre ich erst wieder allein. »Du weißt«, schrieb ich zum Schluss, »wie sie sind, die Welt und das Gehör: Seitdem hat er das Lied nicht mehr gespielt.«

Es gibt ein Regal im Apartment mit den Büchern der Autoren, die in den letzten fünfzehn Jahren in der Wohnung lebten. In einer Sammlung von Texten meiner Vorgänger fand ich ein Gedicht von Norbert Hummelt, entstanden am selben Schreibtisch, vor sechs Jahren. »Alchemie« beschreibt eingangs dasselbe traurige Lied, das durch die Decke kommt:

in meiner hand eine glühbirne springt die vierte
innerhalb ganz kurzer zeit drüben im studio hat
es geblitzt u. über uns wird jetzt chopin gespielt

Einmal fuhren wir an einem der ersten kühlen Oktobertage hinauf in die Bronx. An der 180. Straße stiegen wir aus der Subway, die dort schon lange Hochbahn ist, liefen unter den verrosteten Gleisviadukten hindurch vorbei an Autohändlern, Änderungsschneidern und Nagelstudios, überquerten schließlich bei seinen Wasserfällen den Bronx River und gingen in den Zoo.

Ich hatte gehofft, Hyänen dort sehen zu können, für mein Gedicht über den Zerberus, doch es gab keine, und ich wusste nicht, ob mich das enttäuschen sollte. Wir sahen afrikanische Wildhunde, einen Tapir, einen Clan trauriger Gorillas hinter Glas, Riesenmungos und, unter Bäumen wie in einen Park entkommen, wo sie vollendet getarnt durch das hohe Gras schritten, drei Netzgiraffen. Aus einer Seilbahngondel, mit der wir zurück zum Ausgang schwebten, waren sie von weit oben noch einmal zu sehen. Wir waren den halben Tag lang verblüfft und bewegt und wunderten uns vielleicht deshalb kaum, als vor uns derselbe junge Schwarze in Richtung 180. Straße ging, der uns auf dem Hinweg in der Bahn gegenübergesessen hatte, an der Hand ein kleines Mädchen mit Zöpfen, über der Brust den Riemen einer grünen Umhängetasche.

Es war ein früher Abend ein paar Tage darauf, als wir an einer Manhattaner Kreuzung an der Avenue of the Americas standen und uns der junge Mann mit seiner hellgrünen Umhängetasche beim Überqueren der Straße erneut entgegenkam. Wieder hatte er das Mädchen an der Hand, das ihm in der Subway auf dem Schoß herumgeturnt war, und diesmal erkannte auch er uns wieder und schien verblüfft über den Zufall. Wir waren gut 30 Kilometer entfernt von der Bronx, vier Menschen in einer Stadt, in der über zehn Millionen leben, und begegneten uns nun zum dritten Mal. Noch verblüffender war vielleicht nur der Umstand, dass uns keine der Begegnungen entgangen war.

Zwei Wochen nachdem Sabine zurückgeflogen war nach Hamburg, sah ich ihn zum vierten Mal. Diesmal war er allein und fiel mir nur deshalb auf, weil er laut redete, mit keinem Begleiter und auch nicht mit sich selbst, sondern, wie mir schien, mit dem kaputten Herz der Welt. Mich und die übrigen Spaziergänger und Touristen im Central Park forderte er dazu auf, dem Fernsehen keinen Glauben zu schenken. Erbost hielt er flammende Monologe gegen die Lüge, so stand er da auf einer Verkehrsinsel. Ein Strom Taxis rauschte zwischen uns hindurch, ich sah seine grüne Tasche und versuchte in seinem Gesicht zu lesen, ob er mich wiedererkannte.

5

Die erste Besprechung des neuen Gedichtbandes ist erschienen, und wie mein Buch hebt sie mit einem Benn-Zitat an: »In meinem Elternhaus hingen keine Gainsboroughs.« Ob das stimmt, konnte der freundliche Rezensent freilich nur ahnen, doch er hat recht: In meinem Elternhaus hingen Kupferstiche von Burgen im Erzgebirge neben Gassenansichten aus Mittenwald, über den Balkon wachte ein ausgestopfter Mäusebussard, und das Wohnzimmer zierte die dazu passende Fototapete, ein herbstlicher Laubwald, Kastanien, Eichen, rot und gelb die Allee, die ich seither, bloß im Freien, immer suche.

Nein, wir besaßen keine Gainsboroughs, aber das heißt nicht, dass ich Thomas Gainsboroughs Bilder nicht mag. Ich mochte sie immer sehr, und das von dem Moment an, als ich meinen ersten echten Gainsborough sah. Ich war zwanzig und mit dem Englisch-Leistungskurs des Gymnasiums unterwegs durch Suffolk, ich hatte die langen Haare zum Zopf gebunden, ich trug Westen mit Seidenfutter vom Flohmarkt und Seidentücher um den Hals, ich war ein romantischer Punk, als wir mit den Fahrrädern auch in Sudbury Halt machten und dort das Gainsborough-Haus besuchten, in dem der Maler wohl im Jahr 1727 geboren wurde.

Gainsboroughs Porträts von zumeist jungen Damen und Herren des niederen englischen Adels haben beinahe alle gemeinsam, dass sie diese zwar in der ganzen Pracht ihrer Kleider und Monturen zeigen, dass die Blässe, oft sogar Fahlheit ihrer Gesichter und ihre kurz vorm Ausbrechen und Davonlaufen ins Bild gebannte Haltung aber so gar nicht zu einer vermeintlichen Genredarstellung passen wollen. Umbrausen lassen hat Gainsborough diese noblen Gespenster mit schwindsüchtigem Lächeln von einem Sturm, der durch die Landschaft und damit die Gemüter fegt und dem die hochwohlgeborenen Herrschaften sich wohl nie freiwillig ausgesetzt hätten. Wilde Wolken, und die Frisuren der Damen wirken stets etwas zerfleddert. Immer scheint es Abend, schon wieder Abend zu sein. Etwas Muffiges, ein Pelz aus Staub und der Geruch nach Kampfer scheint den Uniformen und Gehröcken anzuhaften, und man fragt sich, weshalb die stolze schöne Mrs. Peter William Baker so ironisch wirkt, so pikiert und verloren, als empfände sie ihr Auftreten, vor allem aber ihre Müdigkeit auch selber als shocking. Allenthalben verstörte, rätselnde, flüchten, abtauchen, verschwinden wollende Blicke und Mienen, gleich ob in den Gesichtern von Frauen, Männern oder Kindern. Sie wirkt wie eine Wiedergängerin Aphrodites, eine Vampirin, die nicht sterben kann, so blässlich braungrau und so oft toupiert ist das Haar nach den 3000 Jahren der Frances Duncombe, die da noch immer bezaubernd schön, doch wozu, wohin, einherschreitet auf einem einsamen Pfad durch einen einsamen Wald, der starrt von Ruinen.

Kein Wunder also, dass in meinem Elternhaus keine Gainsboroughs hingen. Hätte meine Mutter, die Verkäuferin war, das Geld für einen Gainsborough gehabt, sie hätte nie einen in unsere Essecke gehängt, denn selbst von dort aus hätte ihr das Bild den Schlaf geraubt. Vor dreiundzwanzig Jahren in Sudbury, Suffolk, sprachen mich die in den stickigen Zimmerchen ausgestellten Gemälde an, weil ich mich selber so geisterhaft fühlte. »All the people I like are those that are dead«, heißt ein Song der britischen Band »Felt« aus dem Jahr darauf, der für eine Weile meine Hymne wurde. Ich fand es erstrebenswert, eine phantomgleiche Erscheinung zu sein, ein bleicher Schatten meiner Zeit, die lärmend verstrich und keine Notiz von mir nahm, und ich stellte mir vor, Thomas Gainsborough hätte auch mich gemalt, blutleer lächelnd, mit einer lausigen, notdürftig hingerückten, irgendwie aber verrückten Perücke, die Augen weit aufgerissen und doch geschlossen, in die Ferne starrend und dabei doch nur sich selbst beäugend, von Liebe entbrannt, Liebe zu was, zu wem, wenn alles und jeder, auch ich, so fern war?

Im New Yorker Stadtpalais des einstigen Pittsburgher Koks- und Stahlmagnaten Henry Clay Frick sah ich mir einige Gainsboroughs an, darunter eines der selteneren Gruppenbilder des Malers. In Steinwurfnähe zum Central Park lustwandelnd durch einen gläsern überdachten Innenhof mit Bassin, Springbrunnen und Säulengang, betritt man das Speisezimmer des heutigen Museums, dort hängt »Die Mall im St. James's Park«. Im selben Raum ein Hogarth und Stuarts Porträt des vergrippt wirkenden Washington, umgeben von chinesischen Vasen auf den Kommoden der Marie Antoinette. Gleich nebenan liegt das Fragonard-Zimmer, im Flur hängen Vermeers. Goya, Tizian, Velázquez, Monet, Veronese, Rembrandt und Piero della Francesca grüßen durch offene Türen aus den Nebenzimmern. Kaviar, Schildkröten, Kalbsbries sautiert mit Pilzen, geröstetes Rebhuhn, Orchideensalat und Erdbeertörtchen wurden etwa gereicht, wenn die Fricks von Mai bis Oktober zweimal in der Woche in der Regel 26

Gäste zu Tisch baten – die gesamte mondäne und Großindustriellenwelt der Ostküste in den Jahren vor dem Großen Krieg mit einer Ausnahme.

1892 war es im Stahlwerk von Homestead zu Streiks gekommen, nachdem Frick trotz immensen Profits die Löhne der Arbeiter hatte senken wollen. Entgegen Absprachen mit seinem Geschäftspartner Carnegie ließ Frick an die 300 Streikbrecher zu, die unter dem Schutz von bewaffneten Einheiten der Pinkerton-Agentur anrückten, und sorgte so nicht nur für die Niederschlagung des Aufruhrs, sondern nahm in Kauf, dass an einem einzigen Tag zehn Stahlarbeiter erschossen und 60 weitere verletzt wurden. Carnegie, unter dessen Namen der Konzern firmierte, übernahm die Verantwortung für das Blutbad von Homestead und trennte sich von Frick, der nichts bestritt, sondern alles verteidigte. Die beiden Männer überwarfen sich, wurden zu Rivalen und schließlich sogar Todfeinden, die sich schworen, einander erst in der Hölle wiederzubegegnen. Als Henry Clay Frick das Palais an der 5th Avenue bauen ließ, sollte es um jeden Preis prunkvoller sein als Andrew Carnegies Haus, dem seinerzeit nach Rockefeller und den Vanderbilt-Nachkommen drittreichsten Mann in den Vereinigten Staaten. Es sollte ein Domizil sein, vor dem das grüne Herz der größten Stadt der Welt lag und von dem Fricks Kinder würden sagen können, dass in ihrem Elternhaus Gainsboroughs hingen.

»Die Mall im St. James's Park« von Thomas Gainsborough zeigt mehrere Grüppchen junger Herrschaften, zumeist Damen, die an einem Londoner Sommertag Mitte des 18. Jahrhunderts unter alten Bäumen dahinspazieren. Die Wipfel sind bewegt, in Wellen streicht der Wind durch die Kronen und öffnet sie über den Köpfen der jungen Frauen zu einem Fächer, der hellgrün bis dunkelgrün mehr als die obere Hälfte des Bildes einnimmt. Zwei Hündchen, ein weißes und ein schwarzes, offenbar Spitze, die damals in Mode waren, kläffen einander aus gebührender Entfernung an und trauen sich nicht recht in den Zweikampf. Sie ziehen es vor, zu bellen und umherzuspringen. Und neben dem unvorhersehbaren Wind und dem ungestümen Gebaren der Schoßhunde fällt auf, dass beinahe alle die jungen Damen gleich oder doch zumindest sehr ähnlich aussehen mit ihren blässlichen Gesichtern und Händchen, den zurechtgezupften Frisuren und Sommerhauben, Sonnenschirmen, Sommerschuhen, vor allem aber ihren Kleidern und Röcken, die zumeist weiß oder cremefarben sind und die glockenförmig alles an Gesäß, Hüfte, Scham, Bein, Schenkel, Knöchel, Fuß und Zehen verhüllen, verbergen und vergessen machen wollen. Wiederum sind sie so eng geschnürt und mit Wespentaille versehen, als ließen sich die Leiber, die darin stecken, völlig widerstandslos formen, zusammenpressen und auf ein Minimum verkleinern. So dass der Eindruck entsteht, nicht die nackten Frauen bedecken ihren Körper mit Kleidern, sondern im Gegenteil, das Kleid war zuerst da, die Frau aus Haut und Knochen gibt es nur, damit der schöne Stoff in dem Wind und in dem Licht der Sonne nicht zu Boden sinken kann als gestaltlose bloße Hülle.

Diesen Anschein von Unberührbarkeit macht Gainsborough zunichte, indem er im St. James's Park etwas Unerhörtes festhält. Die windbewegten Wipfel und die Aufregung der Hunde sind nur seine Vorboten. Das hellste Licht fällt auf eine junge Frau im linken Bildvordergrund. Der Betrachter kennt nur ihr Halbprofil. In Begleitung einer Freundin oder Schwester, trägt sie ein weißes Kleid und einen weißen Hut wie die meisten anderen Damen in der Allee. Und doch ist sie ganz anders: schmal, schmucklos, bescheiden. Sie ist viel weniger, darin besteht der Affront, der ihr nicht einmal zur Last gelegt werden kann, und genau davon, diesem Moment des Aufeinandertreffens mit etwas Anderem, das unerklärlicherweise berührt und bewegt und von Mode so weit entfernt ist wie der Mond, erzählt Thomas Gainsboroughs Bild. Es erlaubt einen Blick in den endlosen Tunnel des zwischenmenschlichen Dramas, das unabhängig ist von Zeit, Ort oder gesellschaftlicher Zugehörigkeit. Ich kann es täglich zwischen den 6000 Hausnummern der Boutiquen und Geschäfte auf dem Broadway miterleben, wo nur die Kostüme andere sind: Die Damen, die in ihrer Sommertagstoilette auf die junge Frau zuschreiten, sind wie ihre stummen Ellbogenhalter und Hündchenträger erschüttert. Verstört bleiben andere in dunklerem Putz unter einem abgestorbenen Ast stehen. Im schattigen Hintergrund unter dem Laub recken wieder andere den Hals, um zu erhaschen, was da vorn wohl vor sich gehen mag. Es verschlägt ihnen allen die Sprache, und so wenig wie sie weiß der Betrachter, weshalb sie ihren Augen nicht trauen.

»Go shopping!«, lautete der tröstliche Rat George W. Bushs nach den Anschlägen vom 11. September, und es könnte den Anschein haben, die Amerikaner hätten der Aufforderung ihres Präsidenten Folge geleistet, wäre die Vorstellung nicht so zynisch. Auch ist das Erschütternde an New York nicht der Kaufzwang, der die Stadt umklammert hält. Man kann darin sogar eine gewisse Größe sehen, eine Bienenfleißigkeit, die größer ist als anderswo, so, wie halt alles in Amerika größer ist und auch größer zu sein hat – eine Frage der allgemeinen Proportionen, wie Camus sagt. Geschäft neben Geschäft, Laden über Laden, Straßenhändler nach Straßenhändler gibt es am Malcolm X Boulevard in Harlem wie an der Richmond Avenue auf Staten Island, sie stehen in Far Rockaway, Queens, wie in Woodlawn in der Bronx, am Times Square und in China Town wie in Kings, Brooklyn. Wirklich erschütternd sind die Leere in den Gesichtern und die Oberflächlichkeit der Gespräche, die schon nach Sekunden zur Unterhaltung verflachen, bevor sie versanden in seichten Witzen zu flatternden Gesten. Deprimierend sind die Unfähigkeit zu jeder näheren Kontaktaufnahme, die Flachheit des Stolzes auf absurdeste Dinge, nur nie auf sich. Eine Verlassenheit, groß wie ein Flugzeugträger, spricht aus den Blicken, gleichgültig, in wessen Augen man sieht. Unabhängig von Herkunft, Hautfarbe, Glaube, Ansicht oder Kaufkraft funkelt allenthalben eine seltsame Einsamkeit, seltsam, weil sie als stärkend und schützend empfunden zu werden scheint. Kaum ein Blick, der auf meinen traf und nicht sogleich wegknickte, abtauchte, floh in ein In-die-Ferne-Sehen, das ein Gegenüber unsichtbar werden lässt. »Was ist feiner als das, was mich bindet an die Frau oder den Mann, die mir ins Gesicht blicken?«, schrieb Walt Whitman vor hundertfünfzig Jahren. »Was schmilzt mich jetzt in dich und gießt in dich meine Bedeutung?«

Bei allem Respekt, den man als Gast in New York wieder lernen kann, ist die hiesige Höflichkeit alarmierend. Sie ist kein Trost, nicht einmal Umgang, sondern bloßes Umgehen. Kein Füreinander oder Miteinander, höchstens ein Neben- oder Nacheinander klingt aus der Entschuldigung eines Gangsta-Rappers, der auf der Madison Avenue einen fremden Sakkoärmel gestreift hat. Hält ein Fahrstuhl an und gleiten die Türen auf, bittet eine Frau, die darin steht, um Verzeihung dafür, dass sie nicht aussteigt, sondern auf so schändliche Weise den Lift okkupiert. »How you're doing today, Sir?«, fragt der Sicherheitsposten an der Tür eines Geschäfts, sobald man es betritt, »Take care!«, sagt er, wenn man es verlässt. Kehrt man zwei Minuten später zurück, fragt er erneut, wie es heute gehe, wünscht erneut einen guten Tag, und macht man die Probe aufs Exempel, so tut er es auch beim dritten Besuch weitere zwei Minuten später. Das allgegenwärtige »Excuse me«

ist nicht nur wörtlich zu nehmen: Jeder entschuldigt sich fortwährend dafür, anwesend zu sein. Es bildet vielmehr ein Raunen, das wie ein Tinnitus selbst dann im Ohr bleibt, wenn gerade mal keiner sein »So sorry« haucht. Man entwickelt eine Sehnsucht danach, sich entschuldigen zu dürfen. Und verliert den Sinn für die Hilfslosigkeit, die sich in die Vereinzelung flüchtet, weil man sich wenigstens dort sicher wähnt.

Die Katastrophe, der Schock und das Trauma des 11. September können mir das nicht erklären. Das Intangible, das so viele New Yorker an sich haben und von dem Coolness und Langeweile, Körperkult und Shoppingrausch nur Spielarten sind, scheint mir viel tiefer und weiter zu reichen und umso desaströsere Mängel zu offenbaren. Hier ist die Welt, das Herz der Welt, bereits zurückgestürzt ins späte Mittelalter. Sooft sie beschworen wird, eine Renaissance kündigt sich nirgends an, nicht einmal in den Künsten. Denn man müsste sie kaufen können, diese Zukunft und neue Perspektive, diesen Sinn, der die Sinnleere hinwegfegt, die Seele müsste käuflich sein, schnell zu haben und zu verbrauchen.

Doch das ist sie nicht. Haltlos kappt und rodet die Unberührbarkeit jeden Bezug, in jeder Beziehung, und diese Verheerung greift schneller und unbarmherziger um sich als je eine Mode. Da hilft keine »recreation«, was nicht »Wiedererschaffung« heißt, sondern »Hobby«. Allein sitzt man am Tisch in seinem Diner, trägt Turnschuhe, die sich in Streifen und Farbe unterscheiden, trinkt Diät-Cola und isst ein Slice Pizza oder einen Burger. Zu viele, als dass sie dadurch noch aufzufallen meinen könnten, haben auch im Dunkeln eine Sonnenbrille auf, wenn nicht vor Augen, so auf der Stirn, bereit, das Visier, die Tarnkappe des Stars, herunterzuklappen. Am Ohr klebt das Handy oder im Ohr die Stöpsel für den aus dem Internet heruntergeladenen Soundtrack zum Leben, Musik derer, die es geschafft haben. Unter der Decke hängt der Fernseher, über den Bildschirm flimmern Übertragungen vom Football, Baseball, Basketball. »Ich singe den elektrischen Körper« heißt ein Gedicht von Walt Whitman:

Ich habe erkannt, dass mit denen zu sein, die ich mag,
genug ist,
Abends sich in Gesellschaft der übrigen aufzuhalten,
genug ist,
Umgeben zu sein von schönem, neugierigem,
atmendem, lachendem Fleisch, genug ist,
Sich unter sie zu mischen oder irgendeinen zu
berühren, oder wenn auch noch so leicht meinen
Arm für einen Moment um seinen oder ihren
Nacken zu legen, was also heißt das?
Ich verlange keine weitere Lust, ich schwimme darin
wie in einem Meer.

Natürlich sind dies Verallgemeinerungen, und es gibt Ausnahmen, sehr viele. Die immensen Anstrengungen quer durch alle Bevölkerungsschichten, die sich im

Wahlkampf für Barack Obama und einen demokratischen Wandel einsetzten, sprechen ebenso dafür wie in den Grünanlagen die vielen Senioren, die man nur selten allein sieht. Kinder und deren Mütter oder Tagesmütter begleiten die Alten, so wie in Harlem Halbstarke und Muskelpakete sich um die zerknitterten, weise lächelnden Greise scharen, die auf Faltstühlen vor den Geschäften sitzen und das Beste tun, was man tun kann: nichts. »Vote Tom Kent for President 2032« lautet ein Zettel am Schwarzen Brett in meinem Wohnturm, mit dem sich ein kleiner Skateboarder als künftiges Staatsoberhaupt empfiehlt. Wer wäre keine Ausnahmeerscheinung.

Und doch beginne selbst ich, zu Besuch in Amerika, jedes Wort abzuwägen, bevor ich mich an jemanden wende. Ich beginne zu schweigen. »Become your dream« lautet ein allgegenwärtiger Werbeslogan, und genau das passiert mit mir: Ich werde mein Traum. Ich rücke in den Konjunktiv. »Like« ist das Wort, das in einer Unterhaltung beinahe jedem Satz vorangestellt wird. Grammatikalisch ergibt es keinen Sinn, »like the tree is green« zu sagen, wenn man vor dem Baum steht und jemandem die Farbe seines Laubwerks schildert. Und doch wird es so gesagt: »wie der Baum ist grün« oder, so könnte man es günstigstenfalls übersetzen, »der Baum ist grün, sag ich mal.« Eine Aussage, eine Erzählung oder Ansicht wird, Zweifel vorwegnehmend, sicherheitshalber in Selbstzweifel gezogen und so in eine Schwebe gebracht, die keine Angriffsfläche bietet.

Sprechen, von einem Ich sprechen, hört man da nur noch selten jemanden. Man sagt »like I«, oder auch »like I like«, um das Herz noch besser zu tarnen.

Täglich ziehen sie mich stärker an und klettere ich tiefer hinein in die unterkellerten Boutiquen von SoHo, nur um dort ratlos vor den Regalen zu stehen und zu warten auf die Dämmerung, mit der die Bürgersteige anfangen zu glitzern. Auch ich steige nach neun Wochen in Manhattan über die Obdachlosen, die sich spätabends über den von warmer Abluft gefluteten Subwaygittern zusammenfinden. Sie liegen dort in den ShopRite-Kartons für Thunfisch und Joghurt, oft zu zweit oder dritt, wenn sie Glück haben, und eng aneinander geschmiegt. Noch kann ich sie sehen.

Für ein paar Nachtstunden kommt die Stadt zu sich. Seit Tagen haben es die langen Schlangen vor den Kostümverleihen angekündigt. Zu Halloween mobilisiert New York die Fantasie, die ihm noch bleibt. Und so unterdrückt sie ist, so eruptiv und erotisch aufgeladen kommt sie hervor und zielt wie jeder Karneval in festen Schranken auf die Durchdringung und Transzendierung vernünftelnder Spießbürgerlichkeit. Geschichte, Sex, Angst, Politik, Kunst, Geld, jede Form der Macht und deshalb allem voran der Tod – alles wird mit vollendeter Selbstironie mit- und umeinander ausgelassen dargestellt, begleitet und beschützt von Hundertschaften freundlicher, mit feiernder, mit tanzender Cops. Selbst Richard Nixon hatte eine Seele: Er tanzt mit Mao

Tse-tung. Barack Obama wird umarmt vom Sensenmann. Ein Mönch trägt seine leprakranke Tochter auf den Schultern, und über den Union Square trabt eine Giraffe. Abraham Lincoln verteilt Visitenkarten. Zwei halbnackte Barmädchen lassen sich mit ihm ablichten, die eine schwarz, die andere weiß. Eine ältere Dame scheint eine Geranie im Blumentopf darzustellen. Indianer kreuzen ihren Weg, Roboter und Cowboys, Edgar Allan Poe und Miles Davis. An jeder Ecke steht entweder Tod oder Teufel. In der Comicstrip-Mythologie fließen Vorstellungen von Faust und Mephisto zusammen in der Gestalt des »Dr. Doom«, und auch ihn sehe ich keuchend, mit schwarzem Umhang und Turnschuhen über den Washington Square schreiten.

Tags darauf lag Manhattan im Halloween-Kater, selbst der Broadway schlief und dampfte in der Vormittagssonne. Für die Straßenkehrer Gelegenheit, die Boutiquenschlucht von Wall Street bis Harlem zu säubern für den nächsten Ansturm auf die Kostüme der Müdigkeit. Mit einem der großen orangeroten Fährschiffe, die kostenlos von der Südspitze abgehen, fuhr ich hinüber nach Staten Island. Ein paar Stunden lang lief ich durch die Siedlungen vorbei an Vorgärten, Veranden und davor geparkten Pick-ups, deren verchromte Hirschfängerschnauzen Lücken im Zaun schließen. Immer wieder enden die Bürgersteige, und die Kronen der prachtvollen Bäume mit Blicken liebkosend, war ich gezwungen, am Straßenrand zu gehen, bestaunt von Vorüberfahrenden, von Kindern mit Supermannmaske und ihren Müttern im Jogginganzug, die Tüten über Tüten voller schweigender Dinge in ihre piependen Kombis verfrachteten. Der Parkplatz vor der Shoppingmall von Richmondtown ist so groß, dass mein Raumschiff, mit dem ich vom Mars kam, bequem darauf hätte landen können. Einmal verlief ich mich unterwegs zu einer historischen Siedlung aus Whitmans Zeiten, als auch Garibaldi auf der Insel lebte und hier Asyl fand. An einer Kreuzung fragte ich einen schlaksigen Teenager nach dem Weg, und er zeigte ihn mir, indem er kilometerweit mit mir kam, mich fragte, woher ich stamme und was ich vorhätte ausgerechnet in Richmondtown! Er hieß Yuri und erzählte mir, soeben habe er die Highschool abgeschlossen und sein Homecoming gefeiert. Auch wenn ich das Ritual nicht kenne, fand ich es einleuchtend, als er mir erklärte, er sei zum König gekrönt worden.

Im gläsernen Fährterminal von St. George wurde ich zwei Stunden darauf Zeuge des einzigen Gewaltausbruchs, den ich in neun Wochen New York miterlebt habe. Zwei junge Afroamerikanerinnen hatten einen lautstarken Disput um Loyalität zwischen Freundinnen, ein an- und abschwellendes Wortgefecht in der Abfertigungshalle, wo Hunderte Passagiere warteten, die nicht umhin konnten, zuzuhören. In helle Aufregung geriet die teilnahmslos wartende Menge erst, als eine der jungen Frauen mit lautem Knall gegen eine Plexiglastür flog und dort zu Boden sank. Sicherheitspersonal in dunkelblauer Uniform eilte herbei, die Frauen kreischten, als sie sich, aufeinander einschlagend, gemeinsam über den Linoleumboden wälzten, junge Männer versuchten den Streit zu schlichten, aber beschwichtigen lassen wollten sich die beiden um keinen Preis. Sie waren allein, ganz bei sich und hineingefahren in die jeweils andere. Mund und Augen standen ihnen weit offen vor Zorn und Entsetzen. Ihre Cowboystiefel flogen davon, und sie rissen einander lange schwarze geflochtene Haarsträhnen vom Kopf, bis man sie endlich trennen konnte. Es waren zwei kaum ältere Wachmänner, denen es gelang, und jeder der beiden hatte dann noch eine Weile zu rangeln mit der jungen Frau, die er umfangen hielt, beinahe zärtlich, wie ein Bruder, dachte ich, während sie auf seine Brust eintrommelte, bis Peinlichkeit und Erschöpfung sich einstellten und sie aufgab.

Den Abend der Präsidentschaftswahl verbringe ich vorm Fernseher. Bis 23 Uhr schalte ich hin und her zwischen ABC, CBS, CNN, Fox und My9, dann schließen die Wahllokale in Kalifornien und übersteigt die Wahlmänneranzahl der Demokraten die zur Mehrheit notwendige Summe von 270. Der Nachrichtensprecher braucht einige Sekunden, um sich zu sammeln, bevor er mit dem Ernst des Zeremonienmeisters den Namen des künftigen Präsidenten verkündet.

In ganz Manhattan wird er verkündet. Die Leute stehen an den offenen Fenstern und rufen seinen Namen den Leuten zu, die auf den Straßen dasselbe tun. Mit leuchtenden Werbetafeln auf dem Dach rollen hupend die Taxen durch die Nacht und schieben sich über Kreuzungen, auf denen die New Yorker tanzen, singen und »No more Bush, no more Bush« skandieren. Das Handy hoch über ihre Köpfe gereckt, um den Freudengesang durch das ganze Land zu senden, stehen junge Frauen im Kreis um Trauben tanzender Männer, die kaum älter waren als mein zwölfjähriger Sohn, als Bush, Cheney, Rumsfeld und Rice die Regierung übernahmen. Ich erinnere mich an den Moment, als mir dämmerte, welche Moral von nun an herrschen würde. Nach seiner Wahl zum Präsidenten hatte George W. Bush in Manhattan gesprochen. Ohne zu wissen, dass sein Mikrofon bereits eingeschaltet war, raunte er kurz vor Redebeginn einem Nebenmann zu: »Schau an, in der ersten Reihe, das Arschloch von der ›New York Times‹.« Acht Jahre an verächtlicher Überheblichkeit, Unwahrheiten, Gebetzwang, Angsteinflößungen, hemmungsloser Gewinngier, dumpfem Fundamentalismus und schließlich sogar Inkaufnahme von Folter scheinen vorbei und davongejagt. Abseits stehend im Dunkel an einer Kreuzung mag ich es nicht glauben. Hoffen will ich es weiter, so wie vor zweihundert Jahren Shelley hoffte, das Restaurationsdiktat einer adligen Clique unter dem wahnsinnigen George III. möge enden und

ein strahlendes Phantom aus Gräbern steigen,
die sturmgeplagten Tage zu erhellen.

Ein solches »glorious Phantom« vermag man sich kaum noch vorzustellen. So wie von dieser Regierung müsste man sich abwenden von Prinzipien, aufgrund deren sie gewählt und bestätigt wurde – Aberglaube, Krämerei, Eitelkeit und Reklamesucht, Frivolität und Prüderie, Oberflächlichkeit und Geistesleere. Was aber sollte so einen Umschwung auch nur in Gang setzen. Roosevelts 1941 proklamierte »Vier Freiheiten«, wie sie in die Geschichte der Menschenrechtserklärungen eingingen, die Freiheit der Rede, der Religion, die Freiheit von Not und von Furcht, wurden von der Bush-Cheney-Administration binnen acht Jahren systematisch ausgehöhlt, zu Chimären erklärt und den Leuten ausgetrieben. In ihr Gegenteil verkehrt, wurden daraus die vier Unfreiheiten der Überwachung, der Frömmelei, des Schichtendenkens und der Obrigkeitstreue. William Hazlitt fragt im März 1818 in der politischen Wochenzeitschrift »The Yellow Dwarf«: »Was sind die Interessen der Bevölkerung? Nicht die Interessen derer, die sie verraten. Wer vermag diese Interessen zu beurteilen? Nicht jene, die Andere bestechen würden, um sie zu verraten.« Für Hazlitt, einen der führenden Köpfe des so genannten »Heroic Age of Popular Radicalism« in der Zeit der britischen Restauration von 1815–20, stehen Rechte und Privilegien in unmittelbarem Widerspruch zueinander: »Die Interessen der einen sind gemeinsame und gleiche Rechte; die der anderen exklusive und ungerechte Privilegien. Ihrem Wesen nach sollen erstere zu gleichen Teilen allen zu Gute kommen und der Gemeinschaft im

Verhältnis zu ihrer Anzahl nützen; letztere sollen ihrem Wesen nach durch Kommunikation zerstören und bestehen einzig – zum Schaden der Leute.«

Hundertneunzig Jahre sind vergangen, seit Hazlitt, Shelley und wenige andere den Versuch unternahmen, mit literarischen Mitteln die zerstörerische Verquickung von despotischer Politik und Kommunikation offenzulegen. Nach Hazlitt lässt sie Menschen zurück, die sich auch selbst nur mehr als träge Masse begreifen, »without the power, scarcely with the will, to make its wants or wishes known« – während jene, die an der Spitze des Staates stehen, sich in den Mittelpunkt ihrer eigenen Interessen stellen.

»Es wird Rückschläge und Fehlstarts geben. Es wird viele geben, die nicht mit jeder Entscheidung oder jedem Kurs meiner Präsidentschaft einverstanden sein werden, und wir wissen, dass Regierungen nicht jedes Problem lösen können. Aber ich werde stets ehrlich zu Ihnen sein hinsichtlich der Herausforderungen, vor denen wir stehen. Ich werde Ihnen zuhören, besonders dann, wenn wir unterschiedlicher Meinung sind«, sagt Barack Obama in der Nacht des 4. November in Chicago, Töne, die wie von einem fremden Stern klingen und denen glauben zu können man sich kaum noch traut.

Auf der 125. Straße, dem Martin Luther King Boulevard, schiebt ein Alter sein Fahrrad hin und her über die Gehwege. Auf den Gepäckträger hat er einen Gettoblaster geschnallt, aus dessen Lautsprechern Barack

Obamas Chicagoer Rede schnarrt. Das Apollo-Theater beglückwünscht auf seiner größten Neontafel den »President-Elect«, und vor einer Mauer, auf die Obamas Konterfrei gesprüht ist, lassen sich Passanten mit ihren Knirpsen ablichten.

Über den Malcolm X Boulevard wehte das gelbe und rote Laub der Ahornbäume und Ebereschen, vor den Geschäften saßen alte Männer und diskutierten ebenso wie die Frauen, die sich an den Kreuzungen treffen und für ein paar Minuten stehen bleiben. Auch ich blieb ab und an stehen, sah ihnen zu und ging dann weiter. Niemand nahm mich wahr in den Straßen, dabei spürte ich, denn das können Unsichtbare, das können Gespenster, die Freude in Harlem.

Wo die Madison Avenue bei Hausnummer 2066 endet, schlängelt sich ein schmaler Teerpfad an einem gusseisernen Zaun entlang durch den Marcus Garvey Park hinauf zu einem Felsenplateau. Die eigentlichen Wahrzeichen Manhattans, Ginkgobäume, deren dunkelgrünes Leuchten mich Anfang September in Staunen versetzte, bilden gemeinsam mit Platanen dort oben auf dem Plateau ein Rondell aus Bäumen, durch deren schüttere Kronen der Wind fuhr. Ganz in der Nähe steht ein verrostetes Gerüst für eine Glocke, die eine bestimmte Bedeutung haben muss, mir aber unerklärlich blieb, so stumm, wie sie da schwebte unter dem verhangenen Himmel. Ebenso stumm waren drei oder vier Gestalten, die, jeder für sich, unter den Bäumen an einem Mauervorsprung lehnten.

In der Ferne schimmerte der Harlem River. Ich sah die hellblaue Stahlkonstruktion der alten Hebebrücke, die hinüberführt in die Bronx. Amerika war kein unwirkliches Reich mehr für mich. Unerreichbar aber waren sie geblieben, die Vereinigten Staaten der Unberührbarkeit, sie waren es mehr denn je.

Ein unmöglicher Brief

A kingdom for a kiss
Jeff Buckley

Eine Reihe mehr oder minder lunarer Zufälle bringt mich dazu, dir zu schreiben, lieber Jeff Buckley.

Seit längerem schon höre ich »Grace«. Da es dein einziges Studioalbum geblieben ist, habe ich mich kürzlich nach noch greifbaren Liveaufnahmen umgesehen und fand zu meiner Verblüffung den Mitschnitt deines Konzerts vom 22. Februar 1995 im Hamburger »Logo«. In der Tasche hatte ich selbst eine Eintrittskarte fürs »Logo«, und so stand ich ein paar Tage darauf unter den Zuhörern eines ausverkauften Konzerts der Band »Nada Surf«. Der niedrige, von Eisenträgern gestützte schwarze Raum mit dem schmalen Podium, auf dem auch du gesungen hast, ist eine Räucherhöhle, in der es durch die Schwaden hindurch von der Decke tropft. Das »Logo« ist wohl der einzige Musikclub, der bei Konzerten selbst zu schwitzen beginnt.

Während »Nada Surf« spielten, trieben mich meine Gedanken davon. Ich fragte mich, wo ich an diesem Februarabend vor elf Jahren wohl gewesen bin. Es war das Jahr nach der Trennung von meiner Jugendliebe; im Jahr darauf wurde ich erstmals Vater.

In jenem Winter war mein erster Gedichtband erschienen. Du wirst keine Zeile daraus kennen. Den Verlag, der ihn in einer Auflage von 250 Exemplaren herausbrachte, gibt es nicht mehr, auch ist das Büchlein kaum überregional wahrgenommen, geschweige denn übersetzt worden, daran änderte nicht einmal der in den Umschlag gestanzte Mondkraterumriss etwas.

18 Gedichte versammelt der Band, Zeichnungen eines Weggefährten korrespondieren mit ihnen, und so steht er in den Regalen von Freunden, ein schmales graues Kuriosum. Ansonsten ist er wie vom Erdboden verschwunden.

»Langrenus« heißt dieser Erstlingsgedichtband, der im selben Jahr wie dein Debüt »Grace« herauskam; aber nicht bloß, weil du und ich heute fast gleich alt wären, sondern vor allem, weil du tot bist, ich jedoch deine Musik höre, und weil diese Musik so sanft wie durchdringend ist und ihre Einflüsse von Mittelalter bis Punk nicht verbirgt, und weil jeder ihrer Melodien bei aller Lust zum Lärm die Liebe zur Stille innewohnt, deshalb halte ich meine Gedichte, schon diese frühen so verspielten und so nackten, für verwandt mit deinen Songs.

Und deshalb würde ich dir von »Langrenus« gern erzählen. Nur ist das leider völlig unmöglich. Dieser Brief ist eine einzige Unmöglichkeit. Leider wirst du nie wieder singen, und leider werde ich dir mein Gedicht »Ramsch« nie vorlesen können, in dem es heißt: »Du hast die Taschen gefüllt / mit Worten, die man dir zurief.« Zwei Jahre nach dem Konzert in Hamburg, in einer Nacht im Mai 1997, hast du, betrunken, wie es heißt, versucht, durch den Wolf River zu schwimmen. »Grace«, der Titelsong deines Albums, endet mit Zeilen, die mir deinen Tod vorwegzunehmen scheinen:

I feel them drown my name
so easy to know and forget with this kiss
I'm not afraid to go but it goes so slow.

Ich hoffe, es ging schnell, hoffe sehr, dass du deinen Tod nicht bereust, denn viel zu viele Lieder hast du nicht geschrieben und wirst du nie singen.

»Grace« hebt an mit einem Bild vom Mond: »There's the moon asking to stay«. Am Nachthimmel der Ort, der kommt und geht und wiederkommt, der nicht bleiben kann und daher nie derselbe bleibt, der zugleich nahe und unerreichbare Mond gibt auch meinem Gedichtband den Namen: »Langrenus« heißt ein Einschlagkrater auf der südöstlichen Hemisphäre des sichtbaren Teils des Mondes, er wurde nach dem 1598 geborenen belgischen Kosmographen van Langren benannt. Michael van Langren bezeichnete die dunklen Mondflecken erstmals als Meere, als lunare Ozeane, von denen er annahm, noch immer würde, voller Leben, voller Mondlebewesen, Wasser darin strömen. Das Plenilunium, das er schuf, die erste gedruckte Mondkarte, ist der Wegweiser zu einer zweiten Welt.

Eine Ortsbestimmung ist das Ziel auch meiner 18 Gedichte. Jedes widmet sich einem bestimmten Ort, Orten, an denen ich war, an denen ich gern gewesen wäre, Orten, an denen sich mein Großvater oder ein literarisches Vorbild aufhielt. Auf der Oberfläche formieren sich die Gedichte in loser Folge und quer durch die Zeiten zu einer Landkarte aus Worten und Orten. Ein Glossar – ein Gedicht aus Informationen – entlarvt die Texte als »Erörterungen am verkehrten Ort«: So wie deine Songs auf »Grace« bei allen ihnen eingeschriebenen Themen sämtlich Liebeslieder sind, ist der eigentliche Gegenstand von »Langrenus« die Liebe, die versucht, eine Sprache zu finden, um bleiben zu können:

Alle Briefe sind erfunden!

Unsere Worte waren zu lang
auf Reisen.
Es wird wieder Zeit für Besuche.

»Lover, you should've come over« heißt es bei dir und, in deiner Leonard-Cohen-Adaption:

Love is not a victory march
it's a cold and it's a broken hallelujah

Dieser kalte und gebrochene Lobgesang, der über die Lippen dessen kommt, der ein Königreich für einen Kuss gäbe, ist kein geringer Trost – er ist sogar ein großer, wenn ich deine Countertenor-Interpretation von Brittens »Corpus Christi Carol« und darin überall leises Vogelgezwitscher höre, obwohl doch nur du singst. Mit »Langrenus« wollte ich überprüfen, ob es noch immer Schönheit und Anmut – »Grace« – in einem glücklichen Leben bedarf. Falls dem so ist, fragte ich mich, wie hoch ist der Preis? Was sind Anmut und Schönheit verglichen mit einem Gespräch oder gar Kuss, einem Kuss, wohlgemerkt, »out of desire and not consolation«?

»Langrenus« ist insofern ein Kompendium der Trennungen. So wie die einzelnen Orte und Gedichte nebeneinander stehen, so stellen sie die Grenzen der Mitteilbarkeit gerade in der Sprache der Liebe dar:

Ramsch, den wir
zur falschen Zeit sagten,
Versprecher und Versprechen,
zerfragten, und Erörterungen
am verkehrten Ort

Von Luna, der Mondin, in die sich der träumende Schäfer Endymion verliebt, ist in meinen Gedichten nur mehr ein Krater geblieben, allerdings einer mit Namen, Ort und Geschichte, und damit ein archimedischer Punkt im Sinne des uralten Spiels zweier voneinander Getrennter: Schau – ich tu es auch! – um Mitternacht hinauf zum Mond.

Ein schwacher Trost, doch ein stets neuer: Drei Jahre nach »Langrenus« begann ich mit der Arbeit an meinem ersten Roman, der auf seine Weise versucht, Grenzen zu überwinden und Trennungen aufzuheben. Du dagegen hast im selben Jahr, in einer Mondnacht am Wolf River bei Memphis, wie es deine Art war, alle

Trennung für null und nichtig erklärt, bist durch den Styx von Tennessee geschwommen und hast den Preis dafür bezahlt. Träume! Schlafend im Sand träume, derweil das Meer hinbrandet über dich: »Dream, brother, dream.«

Ausflug mit dem Zerberus

Sterben wir wirklich
nur einmal
W. G. Sebald

I

Seit ich denken kann, hängt über dem Schreibtisch meines Großonkels eine alte Zeichnung von einem großen schwarzen Hund. Mit gefletschten Zähnen, die Lefzen wie die Augen weit aufgerissen, zeigt ihn das Bild mitten im Sprung auf etwas zu, das jenseits des Rahmens ganz in der Fantasie des Betrachters liegt. Wer immer dort ist: ein Fliehender oder einer, dem noch eine Waffe zu ziehen gelang, nie hatte ich Zweifel daran, dass er im nächsten Moment unter den Bissen jenes Grauen erregenden Hundes sein Leben ausgehaucht haben würde.

Es ist Arthur Conan Doyles »Hund der Baskervilles«, den die Zeichnung zeigt, und anders als jeder, der sie in den hundert Jahren seit Sherlock Holmes' vielleicht berühmtestem Fall betrachtete, fühlte sich mein Großonkel immer auf mir unverständliche Weise beschützt von dem Bild. Sein Schreibzimmer, sagt er noch heute, werde durch das schwarze Ungetüm in ein imaginäres Dartmoor verwandelt, und die einzigen zwei Menschen, denen er gestatte, diesen wehrhaften Bezirk zu betreten, das seien er selber und ich, sein wissbegieriger Großneffe.

So habe ich mich jahrelang dem Arbeitsbereich meines Großonkels nur mit äußerster Vorsicht genähert. Erst als ich selbst begann, Doyles Erzählungen von Sherlock Holmes und seinem Assistenten Dr. Watson zu lesen, ist mein Respekt, der mich bis in die Träume hinein verfolgte, allmählich einer Faszination gewichen, die mir erlaubte, in einer Darstellung von einem blutrünstigen Hund schließlich nicht mehr allein das Ungeheuer zu sehen, sondern zunächst einmal ein ungeheures Bild.

Ob es 1975 oder 1976, ob ich also zehn oder elf war, als ich erstmals »Der Hund der Baskervilles« las, kann ich nicht mehr sagen. Ich weiß nur noch bestimmt, dass der Schreibtisch meines Großonkels zur selben Zeit unter einer Unzahl anderer, nicht minder ungeheurer Bilder verschwand. Es waren zumeist Zeitungsausrisse und Fotos aus Büchern, Aufnahmen, die, soweit ich mich erinnere, alle das Immergleiche zeigten: einen verheerenden Autounfall auf einer von großen alten Platanen gesäumten, ansonsten aber verlassenen und tristen Chaussee. An einem Ackerrain war ein Wagen gegen einen Baum gerast, ein Fabrikat, das ich nie zuvor gesehen hatte. Ich nahm an, dass es ziemlich alt sein musste, wenn auch nicht so alt, dass ich das in zwei Hälften zerrissene Gefährt, das auf den Bildern von allen Seiten und in allen Einzelheiten zu sehen war, als Oldtimer bezeichnet hätte. Der Junge, der ich damals war, hatte bestimmt noch keine Vorstellung von Nachkriegszeit, den fünfziger oder sechziger Jahren. Die Fotografien, die mein Großonkel sammelte, ohne dass ich hätte sagen können, zu welchem Zweck, zeigten für mich das zerfetzte, in seine Einzelteile zurückgesprengte Wrack eines bloß alten Autos.

Aber ich weiß noch, dass stets, wenn mich die Langeweile an einem verregneten Nachmittag in das Arbeitszimmer trieb, dasselbe »ungute Gefühl« in mir aufstieg, von dem meine Mutter oft sprach, überzeugt, ihre hektische Nervosität sei Ausdruck einer telepathischen Fähigkeit. Bewacht von dem hyänengroßen Hund an der Wand, ordnete mein Großonkel Papiere, und ich presste so lange die Stirn gegen den kalten Türrahmen, bis er meine Verholzung bemerkte und mich zu sich rief. Stundenlang sortierten wir dann gemeinsam Bilder und Artikel, die ich aus alten, zumeist französischen Zeitungen ausschnitt und die er beschriftete mit einer Quellenangabe, einem Datum und den immer gleichen zwei Namen »Camus, Villeblevin«, die mir nichts sagten, sich mir aber einprägten, als wären sie eintätowiert worden in den Teller meiner noch schmalen Hand mit den roten Druckringen von der unermüdlich auf und ab durch das Papier gleitenden Schere.

2

Im Spätfrühling 1975 jedenfalls muss es gewesen sein, als meine Mutter mich mitnahm auf eine Reise nach Warngau, wo sie eine frühere Kollegin mit dem schönen Namen Hermine besuchte und wo ich dem schwarzen Hund aus meinen Albträumen erstmals leibhaftig gegenüberstand. Wiesen voller Butterblumen und Lupinen wellten sich dem Tegernsee und jenseits seines Türkis den Bergen entgegen. Mit Schauen beschäftigt, überwölbte mich ein ruhiger Himmel von der Farbe meiner Augen, der mit einem Mal zerriss. Ein Furcht erregender Knall gefolgt von einem langen schauderhaften Kreischen kam am Mittag, als ich auf Hermines Terrasse spielte, aus einem Waldstück in der Nähe, und der unsichtbare Schrecken, der sich von da an in der warmen Luft hielt, schien sich mir nicht nur auf den Garten, sein grünes Blinken und die ihn umgebenden Bäume zu legen, anzuhaften schien er genauso den Vögeln, Fliegen und Hummeln, denen ich dabei zusah, wie sie durch den Tag schwirrten, als sei nichts geschehen. Sirenen von Streifenwagen, Krankenwagen und Löschzügen heulten unablässig durch das Dorf, und auf dem Nachbargrundstück jaulte dazu ein Hund so markerschütternd, dass ich mich schließlich an den Zaun schlich und dann unter Bäumen stehend drüben das schreiende Tier sah, das in einem Zwinger auf und ab lief und mir so vertraut schien. Als Hermine uns erzählte, dass nahe des Dorfes zwei Züge zusammengestoßen und bei dem Unglück mehr als 40 Menschen getötet und viele weitere verletzt worden seien, setzten meine Mutter und ich uns am folgenden Morgen in aller Frühe in unseren Käfer und flohen vor allem vor dem noch immer jaulenden Hund. Wie Dutzende andere Schaulustige, die über die Wiesen strömten und zwischen den Kühen umherstolperten, fuhren wir, ohne dass uns jemand daran gehindert hätte, mit dem Volkswagen bis zum Waldrand und liefen dann zu Fuß weiter zu den Gleisen.

Die zwei baugleichen roten Lokomotiven, die ineinander gerast waren und nun stumm zwischen den Bäumen standen, wirkten wie ein einziges riesenhaftes Ungetüm auf mich, so wie die eine aus der anderen herausragte, steckengeblieben bei dem Versuch, durch einander hindurchzufahren. Als noch viel schlimmer aber empfand ich den Anblick der Waggons, die durch die Wucht des Aufpralls in die Höhe getrieben, krumm gebogen oder in der Mitte auseinander gebrochen worden waren. Denn anders als die beiden Loks, die mir vorkamen wie zusammengeschmolzen zu einer fantastisch-monströsen Zwillingsmaschine, bereit, auf der Stelle mit doppelter Kraft davonzujagen, waren die Waggons nur mehr Schrott, zerfetzte, zerplatzte Wracks, aus deren Innern der Schrecken hervorquoll. Man sah keine Krankenwagen mehr, und es war keine Suchmannschaft mehr vor Ort. Die Verletzten waren versorgt, die Toten geborgen worden, während ich auf der Terrasse verzweifelt gespielt hatte, ich weiß nicht mehr, womit, um das Jaulen des Hundes zu vergessen. Als ich an der Hand meiner Mutter durch das Gerümpel stieg, das über Hunderte von Metern den Bahndamm säumte, Koffer, Sitze, Flaschen, alles, was aus den zwei Zügen geschleudert und von den Rettungstrupps ins Freie geworfen worden war, hatte ich das Gefühl, zwischen dem ganzen Müll aus noch am vorigen Morgen eingepackten intakten Dingen wenigstens eines entdecken zu müssen, das mir verriete, wem es gehört hatte und was mit seinem Besitzer geschehen war. Es war dumpf und unaufrichtig, dieses Gefühl. Zwischen den Habseligkeiten der Verunglückten suchte ich in Wirklichkeit mit gierigen Blicken nach einem handfesten, blutigen Beweis dafür, dass Andere ausgelöscht worden waren, während ich weiterlebte.

Weder in dem Waldstück bei Warngau noch auf den Unfallbildern meines Großonkels war ein solcher Beweis zu finden. Wald, Moor und Äcker, eine Schneise voller liegen gelassener Habseligkeiten, und mitten darin die Verheerung, das Böse, der brüllende schwarze Hund. So wenige Spuren von einem der zu Schaden gekommenen Menschen es gab in dem nach außen gestülpten, vollkommen entseelten Innenleben der beiden zerstörten Züge, so wenig wussten die Fotos von dem Autounfall über diejenigen zu berichten, die da mit ihrem Wagen irgendwann einmal gegen einen Baum gerast und gestorben waren. Nirgends ein Mensch, ein Opfer oder einer, der sich wehrte, so wenig wie auf der Zeichnung von dem gespenstischen Hund. Meine Mutter kann sich nicht daran erinnern, und dennoch bilde ich mir ein, sie an dem Tag vor fünfunddreißig Jahren in Warngau gefragt zu haben, wo alle die Leute seien, denen alle die Sachen gehört hätten, womit ich nur zum Ausdruck brachte, dass mir etwas Wichtiges fehlte, ein Hinweis, der deutlich gemacht hätte, was in dem Waldstück wirklich geschehen war.

Es gab ihn nicht, nicht für einen Zehnjährigen: Von den Überbleibseln einer so umfassenden Zertrümmerung auf das Unglück selbst zu schließen, gelang mir nicht. Und wie in dem Wald, durch den die erste Sommersonne fiel und wo die Vögel sangen zum Raunen derer, die mit uns umherstöberten im Müll der Toten und Davongekommenen, so vermisste ich auch auf den Bildern von dem Autounfall die Leute, die ihn miterlebt hatten. Wäre da nur einer gewesen, der geschrien oder geweint hätte. Wäre unter den Fotos nur eines mit auf dem Schreibtisch ausgelegt gewesen, das ein Opfer zeigte, im Hintergrund einen Mann, eine Frau, ein Kind mit einer Wunde. Ich glaube, ich hätte noch immer kaum begriffen, warum hier wer verunglückt war, wenigstens aber hätte ich eine Vorstellung davon gehabt, weshalb mein Großonkel alle die Bilder sammelte: Das Tragische gehöre verworfen, nachdem man ihm ins Gesicht geblickt habe, nicht vorher, schreibt Albert Camus, der in diesem Auto starb, als es in dem kleinen Ort Villeblevin gegen einen Baum raste.

3

Eine »Nahtoderfahrung« – den Ausdruck habe ich nie begreifen wollen. »Unser Leben ist der Mord durch Arbeit; wir hängen sechzig Jahre lang am Strick und zappeln«, sagt Georg Büchner zu Recht, hat man auch mittlerweile achtzig Jahre an »durchschnittlicher Lebenserwartung«, was ein ebenso absurder Begriff ist, und wurde Büchner selbst auch nur dreiundzwanzig. Ich erinnere mich an den Tag, als genau elf Monate vor dem Warngauer Zugunglück mein Großvater starb: ein Jubelfest im ganzen Land. In der Nacht auf den 8. Juli 1974, als die Fußballnationalelf durch Tore von Paul Breitner und Gerd Müller Weltmeister geworden war, schlief mein Großvater selig vor Glück und Stolz ein und wachte nie mehr wieder auf. Die Freude über den Sieg gegen die Niederlande, hieß es, sei zu viel für ihn gewesen, eine Ansicht, die ich nicht teile, denn er, der 1918, als der Kaiser abdankte, neun war, so alt wie ich, als er starb, und der im Hitlerkrieg Funker und nach dem Krieg Eisverkäufer wurde, ging zum Lachen nicht in den Keller. Und nie getraut habe ich der ärztlichen Hypothese, nach der ein amerikanischer Granatsplitter, der meinen Großvater 1943 in Ligurien getroffen haben soll, einunddreißig Jahre lang durch seine Blutbahnen gewandert sei, um in jener Nacht auf einer Woge der Freude in sein Herz gespült zu werden. Ebenso überzeugend finde ich die Vorstellung, mein Großvater könnte wie Georg Trakl 1914 in Galizien im Einsatz gewesen sein, wobei unerheblich ist, dass er dort nie war, geschweige denn als Siebenjähriger. In jedem dichterischen Gemüt liegen die Zeiten synchron nebeneinander, die Logik der Chronologie jedenfalls ist dort nicht bedeutsamer als jede andere denkbare Möglichkeit. So schreibt Zbigniew Herbert für mich ganz natürlich über seinen im Zweiten, nicht Ersten, Weltkrieg gefallenen Bruder:

ein granatsplitter
traf ihn bei Verdun
vielleicht bei Tannenberg
(die einzelheiten hatte er vergessen)

Zu jeder Zeit und noch im größten Glück steht neben dir der Tod und lehnt die Stirn an deine Schulter. Wer schliefe wirklich allein. Jede Nacht liegt neben mir in meinem Bett ein großer schwarzer Hund und zuckt im Traum. Dort bin ich ihm und ist er mir so nah, wie ich mir selbst es nie sein werde. An jedem Morgen neu wache ich auf nach so einer Nahtoderfahrung, und jeder Tag ist erneut ein Wunder nicht zuletzt darum, weil neben mir der Schatten geht.

Wie ein Schatten stets bei mir ist auch meine tote Großmutter. Unvermutet wie aus dem Nichts materialisiert steht sie neben mir und streckt die Hand nach meinem Arm aus. Als ich im November 2007 von Ushuaia auf Feuerland abfuhr und das Schiff Kurs nahm auf die Antarktis, las ich das Versepos »La Araucana« des spanischen Spätrenaissance-Dichters Alonso de Ercilla, der in Chile als Nationalheld verehrt wird. Ercilla beschreibt die Indios vom Stamm der Araukaner auf eine Weise, dass ich, ohne es zu wollen, meine Großmutter vor mir sah und sie daraufhin leibhaftig mitnahm zum vergletscherten Ende der Welt:

Robust und bartlos, sanft
Die Gestalt und muskulös,
Glieder hart, Nerven stählern,
Wendig und ehern, fröhlich,
Beseelt, wagemutig und tapfer,
Abgehärtet von Arbeit, geduldig
Bei tödlicher Kälte, Hunger, Hitze.

So lang wie Georg Büchner lebte, dreiundzwanzig Jahre lang, lebte sie nach dem Tod meines Großvaters weiter. Klein und kleiner wurde sie, nervös und etwas fahrig, und zehrte von der Idee, ihre »Babiere« in Ordnung zu bringen, Steuerunterlagen, Versicherungspolicen, Schuldentilgungstabellen sowie einen Stammbaum, der in einem roten, mit einem zwölfarmigen goldenen Leuchter verzierten Büchlein zurückreicht bis zu meinem Ururgroßvater, von dem sie behauptete, er sei verwandt gewesen mit Karl May. Sie starb im Januar 1998 unerwartet nach einer erfolgreichen Blinddarmentfernung an einer Lungenembolie, der von ärztlicher Seite nicht vorgebeugt worden war. Am Neujahrsabend hatte ich sie zuletzt gesehen: Kaum größer als ein Kühlschrank, aus geröteten Augen lächelnd, stand die Araukanerin, die Erzgebirge und Hohe Tatra liebte, mit dem ewigen Geschirrtuch in der Hand in der Haustür und rief mir etwas nach in ihrem Sächsisch, das so spitz und schnell sein konnte, dass die beiden Namen ihrer Heimatstadt, wenn sie sie aussprach, ununterscheidbar klangen und auf diese Weise wieder eins wurden. So habe ich nie einen Zweifel daran gehabt, dass Chemnitz und Karl-Marx-Stadt immer eins gewesen sind. Sie winkte, und tags darauf flog ich, um ein Stipendium anzutreten, nach Südfrankreich.

4

In Marseille beendete ich meinen ersten Roman »Der junge Fordt«, der meinen Großeltern gewidmet ist – ein stürmisches Buch, getragen von einem Witz und einer Verve, die mir zehn Jahre später oft peinlich sind und noch öfter auf die Nerven gehen. Ohne Ziel, nur auf Körperkontakt aus, wie Drängler in der Menge, so kommt diese hart gefügte und doch lavaweiche Eruption daher, die Erlebnisse in meiner Kindheit und Jugend durcheinanderwirbelt, umordnet und fortwälzt. En passant verarbeitet »Der junge Fordt« Doderer, Kafka, Kleist, Schiller, Trakl und andere Lektüren auf dem Weg zu einer neuen, epochalen Erzähllogik des Zweifels. Dafür steht mein Alter ego mit seinem Namen ein, den er zum Gedenken an seinen an Krebs gestorbenen Dobermann vorübergehend abändert in »Hundt«. Beredte Ratlosigkeit, ein funkelnder Scherbenhaufen ist der Lohn des Lesers nach 277 Seiten, die mich drei Jahre meines Lebens kosteten. Als Trojanisches Pferd konzipiert, ging das Buch als bleierne Ente unter. Dennoch bin ich den Gründen für die doppelte Zerrüttung der Ehe meiner Eltern, die einander zweimal heirateten und sich zweimal voneinander scheiden ließen, nie dichter auf den Fersen gewesen, mithin den Wurzeln meiner eigenen, nicht minder katastrophalen Liebesbiographie. Und ich fügte in jenem Winter in Marseille unter dem Eindruck des plötzlichen Todes meiner Großmutter dem »jungen Fordt« ein paar Seiten hinzu, mit denen ich drei der vier Überfälle, die der Tod auf mich selber verübte, so darstellen konnte, wie ich sie erlebt hatte, gepackt zwar von nacktem Entsetzen, aber nie und nimmer gewillt, mich zu ergeben:

»Ich habe dem Tod des öfteren ins Auge geblickt – das sagte sich so leicht. Paradox: den Tod ein lebendiges Gegenüber zu nennen, das Macht nur über den hat, der, unfähig, sich zu beherrschen, in sein Medusengesicht starrt. Als hätte man im Angesicht des Todes die Wahl. Allerdings musste man zwischen vielen verschiedenen Arten von möglichem Tod unterscheiden – zumal jeder dem Tod auf seine Weise begegnete. Überhaupt: Wer erschien sterblich, wenn nicht der, der vom Tod sprach? – Der junge Fordt hatte zwei Spielarten des Todes kennen gelernt, die eine gleich zweimal: Als er mit acht Jahren auf dem Busbahnhof stand, stieß ihn ein rasch durch die Menge drängender Mann auf die Fahrbahn; im selben Moment kam der Bus; als er fiel, dachte er nichts; erst als er hart gegen die Seitenwand prallte, auf den Bürgersteig zurückgeschleudert wurde und dort unversehrt aufstand, wusste er, dass er nicht mehr leben würde, wenn der Bus ein klein wenig später gekommen wäre. Kurz nachdem er den Führerschein gemacht hatte, unternahmen sein Vater und er eine Spritztour aufs Land. Vom Beifahrersitz aus bestimmte Fordt die Geschwindigkeit: auf geraden Strecken Gas geben, in Kurven Tempo drosseln. Es wurde Abend, nur wenige Wagen kamen ihnen entgegen. Auf einer langen Gerade zwischen zwei Waldinseln überholte sie ein Motorrad. Fast im selben Moment erkannte er an zwei dicht nebeneinander liegenden Scheinwerfern einen Traktor, der, aus dem zweiten Wäldchen kommend, in die Straße einscherte. Die drei mit Strohballen beladenen Anhänger waren unbeleuchtet, der Motorradfahrer sah sie zu spät, und auch der junge Fordt hätte sie zu spät gesehen, wäre mit seinem Vater neben sich in die Hänger gerast und gestorben wie der Junge auf seiner Suzuki, bei dem er sich bedanken konnte, dass er noch lebte, und – paradox – doch nie, solange er lebte, sich würde bedanken können.

Als er eine zweite Spielart des möglichen Todes erlebte, war er noch weit davon entfernt, selbst einen Wagen zu lenken. Sein Vater fuhr noch zur See. Seine Mutter war Fußpflegerin und er ihr Schlüsselkind mit den immer wieder sonntags pedikürten Füßen. Der Bus brachte ihn nicht um, sondern heim, er zog den Ranzen hinter sich her bis zur Durchfahrt mit dem Gerümpel der Nachbarn, in der Küche stand ein Gericht in Zellophan eingeschlagen, darauf klebte ein Zettel mit der Mikrowellenherd-Minutenzahl. Er durchstöberte die ›Bild‹ nach dem feinkörnigsten Nacktfoto und verschloss, auch wenn er noch Stunden allein war, die Toilettentür zweifach. Er bastelte ein ›Faller‹-Haus zusammen oder sprengte eines in die Luft, wenn von Silvester noch Böller da waren – auf dem Komposthaufen im Hof verrottete in rauen Mengen sein Plastik.

Wäre er als dieser Dreizehnjährige abergläubisch gewesen: er hätte gewarnt sein müssen, als er vor allen anderen im Schulbus den erhöhten Sitz überm Radkasten hatte ergattern können. Dass er sich geborgen fühlte in dieser vibrierenden Sänfte, von Stahlmantelreifen durch sattgrüne Felder getragen, hätte ihn nachdenklich stimmen müssen – und erst, dass ausgerechnet das hübscheste Mädchen aus der Parallelklasse, das blonde und schmale, das so seifig roch, sich neben ihn setzte und gar nicht unfreundlich, nur sehr erstaunt zu ihm sagte, als er ihren Pferdeschwanz anfasste: ›Du träumst wohl?‹ Zumindest musste er nach dem Sportunterricht in Gedanken gewesen sein, als er die Schnur mit dem Schlüssel im Umkleideraum hängen ließ. Er träumte nicht. Er stand im Regen, hungrig, nass und, schlimmer, nach den ersten mit Sonja gewechselten

Worten mit überschäumendem Verlangen vor verschlossener Tür.

Er ließ den Ranzen liegen, ging ums Haus und fand die Hoftür genauso verschlossen. Sie führte in die Küche. Gesicht an der Scheibe, sah er sein Essen auf der Anrichte, Wurfsendungen und Zeitung im Flur auf der Fußmatte unterm Postschlitz. Auf der Treppe zu Mamas Schlafzimmer, dem Pediküre-Raum für Privatkunden und seinem Zimmer standen Flaschen: Pfandglas, das er einmal die Woche wegbrachte, um sein Taschengeld aufzubessern. Bevor sie zur Arbeit gefahren war, hatte seine Mutter die Flaschen aus dem Heizungsraum genommen und sie ihm hingestellt, als Denkstütze. Die Feuerschutztür zu diesem dunklen Raum, der an die Küche grenzte und gerade mal dem Öltank und einem Schuhregal Platz bot, stand einen Spaltbreit offen.

Aus der Garage, die nur abgeschlossen wurde, wenn ihr Wagen darin stand, holte er die ausrangierte Küchenleiter und lehnte sie neben der Hoftür an die Hauswand. Etwa zwei Meter überm Boden, unvergittert und ohne Fensterkreuz, diente dort eine Luke als Entlüftungsschacht. Sie war quadratisch und hatte ein horizontal angebrachtes Drehfenster: Wollte man die Luke als Ein- oder Ausstieg benutzen, hieß es entweder über oder unter dem Drehflügel hindurchkriechen. Er stieg hinauf, kippte das Fenster in die Waagrechte, schob den Kopf in die Bollerluft und tastete die Innenwand nach etwas ab, woran er sich festhalten und hineinziehen könnte. Soweit sein Arm reichte, spürte er Putz. Er griff in Spinngewebe, und die Spinne kroch ihm über die Hand. Er schlug mit der Hand gegen die Wand und mit dem Kopf gegen das Glas. Und während er noch zappelte, um nun so schnell wie möglich entweder hinein- oder hinauszugelangen, weg von dem Viech; während ihm nicht etwa klar wurde, dass nach den Jahren, die sein Vater ihn nicht mehr zum Knochenfuchs, der hier lebte und sich von Fußknöcheln ernährte, in den Heizungsraum eingesperrt hatte, er offenbar zu groß geworden war, um durch die Luke ins Freie zu kriechen und damit auch umgekehrt: aus dem trostlosen Freien in ein wenigstens warmes Gefängnis; während alles, was ihm durch seine missliche Lage hätte klar werden können, in diffuser doch spürbarer Panik verflog und er spürte, ich sitze fest … fiel unter seinen Füßen die Leiter.

Kopf und linker Arm im Heizungsraum, den Rest des Körpers baumelnd, zappelnd draußen, hing er in der Wand. Was ihn festhielt, spürte er im Nacken: Der Drehflügel schnitt in den Hals ein, presste ihm die Kehle auf den Rahmen, so dass er, wenn er nicht ersticken wollte, den Kopf drehen und dadurch die Stelle im Nacken noch stärkerem Druck aussetzen musste. Erlöse mich von dem Übel!, mach, dass es gelingt, die Turnschuhe abzustreifen, mit den Sohlen finde ich an der glitschigen Wand keinen Halt! – sie waren zu fest geschnürt, kein Wunder: Wie immer, wenn ihm das achtlose Schnürsenkelbinden einmal bewusst wurde, dachte er vielleicht schlaglichtartig an den Menschen, der es ihm beigebracht hatte: ein Stammgast im Lokal seiner Großeltern namens ›der Spagl Sepp‹, ein hagerer, rotwangiger Alter mit cremefarbenem Goggomobil, der im Sägewerk arbeitete ... und wahrscheinlich half ihm das, die rotierende schwarze Windmühle im Kopf abzubremsen zu einem langsam kreisenden, wiederkehrenden Dunkel. Denn bevor er das Bewusstsein verlor, deckte sich – ja, wie das nennen: die Topographie seiner Gedanken exakt mit dem, was er sah (die Finsternis im Heizungsraum), und dem, was er hörte (das gleichmäßige Surren der Ölpumpe); Außen und Innen drehten sich ineinander, sein Kopf wurde ein Raum, und die Beine, wie sie draußen gegen die Wand schlugen, dachten ... er selbst wurde schwarz, ein langsam kreisender Rotor, drehte er sich um eine Achse, die durch den Schmerzmittelpunkt in seinem Nacken verlief. Erst, als er das Gefühl hatte, aufgespießt worden zu sein und herumgewirbelt zu werden auf diesem Spieß, ließ der Schmerz nach, hörte er sich nicht länger weinen. Als er die Augen schloss, tat er es im festen Glauben, zu sterben.

Auf dem Busbahnhof wäre er zufällig gestorben. Auf der nächtlichen Landstraße starb zufällig ein Anderer. Beide Male hatte er die Empfindung von plötzlichem Zugriff: vom überfallartigen Piranha-Verhalten des Todes. In der Luke dagegen herrschte die Langsamkeit. Was war der Zufall? Zwei aufeinanderfolgende oder benachbarte Punkte im Raum-Zeit-Gefüge überlagerten sich schlagartig: rapide Verschiebung der Lebenstektonik. Der junge Fordt in der Luke, ein Hund in der Schlinge: lange Zeit in Todesangst – das hatte folglich mit Zufall wenig zu tun. Oder? In der zweiten Spielart verlangte der Tod einen Gegner, der aushielt oder erschlaffte: Agonie. Aber hielt man das Python-Verhalten des Todes denn aus? Mit dem Tod nur zu ringen, hieß doch schon sterben; es sei denn, dich rettete …: der Schlüsselnotdienst; ein Arzt. Schwer zu entscheiden, ob seine Mutter an diesem Tag zufällig früher nach Haus kam. Sie habe so ein ungutes Gefühl gehabt, sagte sie.«

Heute gibt es den Busbahnhof nicht mehr, wo vor dreißig Jahren in Gestalt eines durch die Menge eilenden Mannes der Tod darauf wartete, mich auf die Fahrbahn zu stoßen. Der Kiosk und der Imbiss, das Wartehäuschen, die Bussteige und die Fußgängerbrücke aus Regenfleckenbeton, die das trist graue Areal mit dem Einkaufszentrum verband, sind abgerissen und eingeebnet worden, um einer Shoppingmall und einem Elektroniksupermarkt Platz zu machen. Das Haus, das mich zu erdrosseln versuchte, existiert zwar noch, doch leben dort inzwischen Leute, die es umgebaut und die Luke, in der ich mich erhängen sollte, zugemauert haben. Und auch die Landstraße, auf der ich, wider Erwarten volljährig geworden, dem Motorradfahrer folgte, bis er an meiner Statt wie mitten in den Tod hineinfuhr, ja den Tod quasi über den Haufen fuhr, kann niemanden mehr umbringen, seit zu beiden Seiten der heute verkehrsberuhigten Straße Einfamilienhäuser gebaut wurden. Für das kleine Holzkreuz, das noch ein paar Jahre lang an den toten Suzukifahrer erinnerte, fand sich in einem der neuangelegten Vorgärten keine Verwendung mehr. So will es mir immer wieder scheinen, dass ich durch mein Leben haste wie durch einen Tunnel, der hinter mir einstürzt und alle Zeichen verschüttet.

Mit aller Kraft treibt es mich zurück an die Orte dieses fortwährenden Schocks. Nichts zieht mich zu glücklichen Flecken, solange das Glück nicht ruiniert ist. Erst dann will ich den See wiedersehen mit den Bäumen, die so nah am Ufer standen, dass von ihnen ins Wasser zu springen leicht war, und will den Schauder spüren beim Anblick der längst gefällten oder verrotteten Buchen, vor denen ich stehe, zu schwer, zu feige, um noch durch ihr Geäst bis über das grüne Wasser zu klettern. Nie habe ich mich verbunden gefühlt mit dem Ort, in dem ich zur Welt kam, doch seit ich vor ein paar Jahren bei einem Besuch am Tegernsee zufällig sah, wie das städtische Krankenhaus, in dem ich geboren wurde, verlassen, mit blinden Fenstern, im Nieselregen stand und verfiel, bin ich immer wieder an den See gefahren, bin am Ufer entlang und an der alten Klosterbrauerei vorbei hinaufgestiegen bis zu dem Bretterzaun, hinter dem heute bloß eine Baugrube voller Schlamm, Ziegelbrocken und schöner Silberdisteln liegt. Bewacht wird sie von einem großen schwarzen Hund. Müde trottet er auf und ab zwischen dem Zaun und einer Hütte, auf der nicht sein Name steht, sondern der Satz

»Hier wache ich«. Ich aber kenne ihn, denn er ist kein anderer als der Hund auf der Zeichnung im Schreibzimmer meines Großonkels.

5

»Der junge Fordt« erschien im Herbst 1999. Kurz zuvor verübte der Tod sein viertes Attentat auf mich, und diesmal hatte er zumindest teilweise Erfolg. Ich fühlte mich, als sei ich gestorben, und trudelte betäubt durch endloses Dämmern. Das Verlöschen ist ein Zauber, und so war es eines der schönsten Erlebnisse meines Lebens auch deshalb, weil ich weder wusste, wie mir geschah, noch was mir fehlte. Ich aß nichts. Lieber trank ich Unmengen an Wasser aus Hähnen und Flaschen. Ich trank mich aus der Welt, vergaß trinkend, wer ich war, und schlief, unterhalten von süßesten Träumen, ununterbrochen drei Tage lang. Dass noch siebenundsiebzig Jahre zuvor nichts mehr mich gerettet hätte, wusste ich nicht, doch ich fühlte scharf und träumte deutlich, dass der Tod nun nicht mehr neben mir lag, sondern dass er in mich hineingekrochen war und ich ihn in mir hatte.

Das Bett, in dem ich träumend mit dem Tod rang, stand im früheren Mädchenzimmer meiner damaligen Frau. Vor den Fenstern ihres Elternhauses lag das Bergische Land, und der Sommerwind, der durch die Jalousien strich, sorgte im Garten, an dem Hang, an dessen

Fuß die Stadt lag, für leises Rauschen in Apfel- und Quittenbäumen. In dem verdunkelten Zimmer mit der Gitarre auf dem Schrank, mit den Kindheitsfotos der zwei Töchter und den Drucken von Miró-Gemälden an den Wänden sann ich Tagen nach, die soeben verstrichen sein mussten, Bildern von Lissabon, Belém, Sintra und Sesimbra, und in einer Art versilberten Verzweiflung lag ich da und stand doch wieder am Ufer des Tejo, blickte auf das Wasser und verspürte nichts als den Wunsch, den Fluss leerzutrinken bis auf den Grund.

Nie hatte ich einen breiteren Strom gesehen als den Rio Tejo bei Lissabon. Am Fenster einer Pension im Schatten der eingerüsteten Kathedrale stehend, sah ich, wie weit draußen, präsentiert auf einem funkelnden Silbertablett, ein Lastschiff entladen wurde. Ein Schwarm Barkassen näherte sich langsam, schwärmte aus, und aus dem Stern kleiner, bauchiger Boote schnellte immer nur eines dem großen Pott entgegen, machte an seinem Rumpf fest und wurde dann beladen mit dem Kies oder schwarzen Sand, den der Frachter stromaufwärts befördert hatte.

Mit Blicken suchte ich den herrlichen Fluss ab. Die rote Hängebrücke führte südwärts in den Alentejo, das portugiesische »Jenseits des Tejo«, ein turmhoher Jesus breitete die steinernen Arme über den Fluss und die Kurs offenes Meer nehmenden Schiffe.

Wir mieteten uns einen Wagen und fuhren am Tejo entlang, bis der Fluss so breit wurde, dass er im Meer aufging. Ich fühlte mich kräftig, frei und gesund, als ich mich an dem felsigen Strand unter dem Schloss von Sintra in die Brecher stellte, die über den Atlantik hereinrollten. Eine Welle, doppelt so mächtig wie die anderen, spülte bis zu unseren Sachen herauf, Handtasche, Taschenbuch, Schuhe schwappten davon und trieben dann in der Brandung unterhalb des Cabo da Roca.

Ach, Tejo – die heißen Nachmittage in Belém und Estoril, und der warme Abend im schwarzen Sand, im Schatten der Fischerboote von Cascais. Ich hätte, vielleicht, nicht über den Fluss fahren sollen. Dort, am anderen Ufer, holte er mich ein. Das Glück, es war zunächst doch immer nur ein glückliches Gefühl; kräftig, frei und gesund zu sein; im Silber des Atlantiks zu baden; abends in einer Spelunke, wo präparierte Katzenhaie im Fenster hingen, Schnaps aus wilden Erdbeeren zu trinken.

Bitter, und doch war es das Wasser, das mir den honigsüßen Tod brachte – eine vielleicht in achtzig, in hundert Jahren nie erneuerte, nie beherzt gereinigte Leitung in einer kleinen Pension in dem kleinen Ort Sesimbra. Da saß das Tejo-Bakterium und wurde, als ich es trank, binnen Sekunden von meiner Körperpolizei als feindlich erkannt und ausgelöscht. Bloß etwas übereifrig gingen meine weißen Blutkörperchen dabei vor, denn sie, die Leukozyten, zerstörten verwirrt marodierend die Langerhansschen Inseln meiner Bauchspeicheldrüse gleich mit. Und so wäre ich gestorben in Sesimbra. Und ich sang meinen Fado:

Schwarz, ach so schwarz,
schwarz war der Sommer,
ach schwarzer, schwarzer
sommerdunkler Sommer.

Dass ich am Leben blieb, verdanke ich zwölf Hunden: in Lissabon keinem, dafür einem in Bukarest, zehn in Toronto und einem in meiner Heimatstadt Hamburg. Dem rumänischen Physiologen Nicolae Paulescu gelang 1916 im Tierversuch an einem Hund herauszufinden, was sechs Jahre später der kanadische Arzt Frederick Banting und sein Assistent, der Medizinstudent Charles Best, mit Hilfe von Experimenten an zehn qualvoll verendenden Hunden wiederholten, nämlich dass die Langerhansschen Inseln, winzige Zellorgane in der Bauchspeicheldrüse, für die Registrierung des Blutzuckerspiegels und die Herstellung eines lebenswichtigen Hormons verantwortlich sind. Unabhängig voneinander gelang den drei Forschern die Isolierung des Hormons und damit die Verfertigung und Nutzbarmachung eines Schlüssels, der die Tür zur Behandlung des Diabetes mellitus öffnete. Paulescu, der sich später in Verruf brachte mit pseudowissenschaftlichen Artikeln unter anderem zur Verbindung von Judentum und Alkoholismus, nannte den von ihm entdeckten Botenstoff Pankrein, Banting und Best dagegen tauften ihn Isletin. Durchgesetzt als Bezeichnung für das Hormon hat sich Insulin, und erstmals erfolgreich injiziert wurde es einem Hund, dem man zuvor die Bauchspeicheldrüse entfernt hatte, im Sommer 1922. Mit dem Extrakt aus Bauchspeicheldrüsen von fünf seiner bereits toten Artgenossen überlebte dieser gleichfalls namenlose Hund fünf Tage lang.

Siebenundsiebzig Jahre später hatte ich nach fünf Tagen zwei und nach vierzehn Tagen zehn Kilo meines Körpergewichts verloren. Zurücktransportiert aus Sesimbra an den Tejo, dann weiter an die Elbe, fehlte mir noch immer jede Vorstellung, worunter ich litt. Meinem Hausarzt ebenso. Er verordnete Ruhe, Zwieback, Hühnerbrühe, und als meine Haut grau wurde und die Augen zurücktraten in ihre Höhlen, mahnte er Bewegung an, Sonne, kräftigendes Essen. Unterdessen fielen mir die Haare aus, meine Haut wurde schuppig, die Nägel rissig. Tags zerfraß mich innere Unruhe, und über Nacht ließ meine Sehschärfe nach und verschwamm die Welt in einem frühmorgendlichen Zwielicht, das sich aufzuhellen nicht länger bereit war. Es war mir gleichgültig, solange ich trank. Ich träumte, ich schwimme in einem See aus Mineralwasser, und ich durchforstete die Zeitung nach Annoncen von Wasserlieferdiensten, auch wenn ich die Rufnummern nicht mehr entziffern konnte.

Abgemagert, schlotternd, halb blind und so weit entkräftet, dass mehr als zwei Flaschen zu tragen mir nicht mehr gelang, taumelte ich mehrmals täglich zu einem nahe gelegenen Kiosk und kaufte Wasser. Dabei begegnete mir immer wieder ein Alter, der mit seinem Hund unterwegs war im Viertel, um sich für die Nacht einen

Schlafplatz in einem Hauseingang zu suchen. Ich traf ihn morgens, wenn er noch in den Schlafsack eingemummelt lag, neben sich den Hund, von dem unter einer Decke nur die Schnauze hervorsah. Und ich traf ihn abends, wenn er schon daranging, sich einzurichten, indem er auf seinen Habseligkeiten hockend sich die Nägel schnitt oder an das Tier eine Knackwurst verfütterte. Soweit ich sah, war der Hund ein junger Neufundländer. Er bewachte den alten Mann auf Schritt und Tritt und schien geduldig zu warten auf den Beginn des Tages, den Beginn der Nacht.

»Rocker« nannte ihn der Alte, und ich glaube mich zu erinnern, dass mir Tränen in die Augen stiegen, als ich ihn zum ersten Mal den Namen rufen hörte. Für mich klang darin der Ort mit, von dem ich kam, jenes Cabo da Roca, das Felsenkap, wo ich glücklich gewesen war, so kräftig und frei, dass es mir vorkam, als sei es in einem anderen Leben gewesen. Dieser zufällige Gleichklang war der Grund, weshalb ich eines Abends meinen Mut zusammennahm und den Alten fragte, ob ich seinem Hund etwas zu fressen kaufen könne. Bei einem Schlachter besorgte ich einen Rinderknochen und ging damit zurück zu den beiden, und während der Hund dann den Knochen abnagte, kam ich mit dem alten Mann ins Gespräch. Er erzählte mir von seinen Wanderungen, Schlafplätzen und seinen Kollegen, wie er die anderen Obdachlosen im Viertel nannte. Seit er krank sei, sagte er, sei das Leben doppelt schwer für ihn. Wie zum Beweis holte er aus seiner Jackentasche dasjenige, was ich für eine Nagelschere gehalten hatte, und stach sich damit in eine Fingerkuppe. Den hervorquellenden Blutstropfen träufelte er in ein kleines Gerät, das er in der Faust hielt und das ihm, wie er erklärte, den Blutzuckerspiegel messe, seit er vor einigen Jahren nach einem unerklärlichen Gewichtsverlust, einer ungeheuren Sucht nach jeder Form von Wasser und einer praktisch über Nacht aufgetretenen rapiden Verschlechterung seiner Augen, seiner Haut und einem Haarausfall, der ihn zum Fürchten habe aussehen lassen, erkrankt sei an der Zuckerkrankheit.

Wenig später, als es mir dank erster Insulininjektionen besserging, verlor ich den alten Mann, mit dem ich noch des öfteren gesprochen und Erfahrungen ausgetauscht habe, aus den Augen, denn beide waren wir wohl, wenn auch auf unterschiedliche Weise, Nomaden und bei aller Zerworfenheit darauf aus, unterwegs zu bleiben. Meine Scheidung trieb mich bald fort aus dem Viertel, und so habe ich ihn nie wiedergesehen.

»Rocker« aber, sein Hund, begegnet mir regelmäßig und nicht nur dann, wenn ich meinen Großonkel besuche und über seinem Schreibtisch die Zeichnung von dem werwolfgleichen Köter betrachte. So las ich kürzlich ein Buch Pierre Bayards, in dem er Doyles »Hund der Baskervilles« vom Vorwurf des Mordes freispricht. Fragen müsse man sich, so Bayard, »ob dieser so ungeschickt vorgehende offizielle Mörder, der von Anfang an als der Schuldige gehandelt wird, nicht ein Verbrechen aufgebürdet bekommen hat, das ein paar Schuhnummern zu groß für ihn ist«. Ohne sein Wissen decke er vielleicht einen der teuflischsten Mörder.

Wer aber kann dieser Mörder anderes sein als der Tod selbst. In ihrem »Gedicht vom Tod« schreibt Inger Christensen vom Dunkel, der Ahnung und der Angst, aber auch von einem Traum und lebendigen Begleiter:

Heut nacht hab ich geträumt
ich sei tot und käme mit meinem
Hund zusammen ins
Totenreich gelaufen

Die lebenswarme Hand

Die Poesie auf Erden ist nie tot
John Keats

Kaum eine Zeit ist mir als so unwirklich im Gedächtnis geblieben wie die Monate nach dem Fall der Berliner Mauer. Im Winter 1989 hatte ich, im Krankenhaus in G., meinen anderthalbjährigen Zivildienst hinter mich gebracht. Erinnerungen an die Qualen, an das Dahinsiechen und oft bloß Wochen dauernde Krepieren der Krebspatienten, deren Wundränder ich säuberte und deren Zimmer ich entstaubte, ließen mich nachts aus dem Schlaf hochfahren. Mit den aufgeklappten Lidern des Vampirs lag ich im Dunkeln und spürte im Nacken den Schmerz, den das Heben und Stemmen von Körpern, die längst nicht mehr lebten, in meinem Muskelapparat abgespeichert hatten. Ich erinnere mich an das diese Wachzustände aushöhlende Verlangen, zweierlei in Gedichte zu zwingen: Ich wollte über das Glück schreiben, als das mir die Öffnung der deutsch-deutschen Grenze erschien, und ich suchte nach einer Möglichkeit, die Pein, die ich in den Krankenzimmern miterlebt hatte, in Versform zu gestalten, festzuhalten, festhalten zu können diesen doppelten Schauder, der nicht nachließ, der einen weiter und weiter überlief: Tags schienen Fernsehen, Zeitung und Telefon das Glück zu verbreiten, und des Nachts rasierte ich einem Wimmernden wieder und wieder das Bein, das ihm am Morgen darauf abgenommen werden sollte. Wahrscheinlich weil ein Poster davon im Raucherzimmer der Station hing, dachte ich bei dem Mann stets an jenen hingerichteten Aris Kindt, dessen Leichnam auf Rembrandts Gemälde »Die Anatomiestunde des Dr. Nicolaes Tulp« obduziert wird.

I

Ich war so alt, wie Rembrandt war, als er das Bild malte, fünfundzwanzig. Meine Gedichte ein krudes Getrakl und Gehuchel, das, wie ich immerhin einsah, zu nichts Wirklichem führte. So bewarb ich mich mit dem Fachwunsch Ägyptologie an der Hamburger Uni und hoffte auf die Lücke im Numerus clausus. Und als sie sich nicht auftat, nahm ich eine Vierteltagsstelle als mobiler Altenpflegehelfer an und fuhr abends zwischen dem kargen Elbtal und der bewaldeten Gletschermoräne, die Hamburgs äußerstem Osten den hügeligen Charakter geben, auf und ab zu einer Reihe alter Leute, die, vom Krebs verschont, oft einsam, doch umso glücklicher, wenn einer wie ich bei ihnen hineinschneite, in ihren meist seit Jahrzehnten unveränderten Wohnungen lebten. »Nothing ever becomes real till it is experienced«, schreibt John Keats an seinen Bruder George und seine Schwägerin Georgiana im März 1819. Weit mehr als ein seltener Glücksfall, ein mein Denken und Fühlen von Grund auf veränderndes Erlebnis, für mich mindestens so bedeutsam wie das Verschwinden der Mauer, war es, seinerzeit auf die Dichtungen und Briefe von John Keats zu stoßen. Die Kraft der Poesie ist keine magische. Als sprachliche Musik des Alltags ist sie lebendiges, wandelbares Bindegewebe, und in diesem Winter begriff ich erstmals, dass mir allein Offenheit und Mut fehlten, wenn ich den poetischen Blick nicht auch als den meinen erkannte. Eine der Damen, die ich fortan besuchte, um ihnen Herztropfen abzuzählen, das Abendbrot zuzubereiten oder sie im Bett zu wenden, die weit über neunzig Jahre alte Frau I., die Straßenbahnschaffnerin gewesen war und mir nie glaubte, dass es Straßenbahnen in Hamburg nicht mehr gibt, fragte mich einmal, so, als sei es das Vernünftigste, das Natürlichste auf der Welt: »Liegen Sie auch viel?« Soeben hatte ich entdeckt, dass Keats nicht nur bereits in meinem damaligen Alter an der, wie es zu seiner Zeit hilflos hieß, Schwindsucht, einer Lungen- und Kehlkopftuberkulose gestorben war, sondern dass er fast die Hälfte der Zeit, in der er die Gedichte schrieb, deren Bedeutung in der englischsprachigen Welt nur noch von der Shakespeares übertroffen wird, im Bett zubrachte. Keats ist berühmt für die am Atem erprobte Wandlung der Sonettformen zur frei schwingenden Strophe für größere Reimgefüge, berühmt für die Oden, die er daraus entwickelte und allesamt 1819 schrieb, sowie für seine unerbittlich die Liebe erklärenden Briefe an Fanny Brawne: »I wish you seriously to look over my letters kind and unkind and consider whether the

Person who wrote them can be able to endure much longer the agonies and uncertainties which you are so peculiarly made to create.« Keats, der große Liebende, war ganz wie jene Frau I. in dem Haus, in dem die Mäuse über den Dachboden trippelten, ein großer Liegender, und weil mir so das Liegen plötzlich als etwas durchaus Würdevolles erschien, als Akt des Dennoch, wenn man so will, antwortete ich: »Ja, ich liege auch viel.«

Über das »living year« des John Keats schrieb dessen erklärter Antipode und zugleich glühendster Verehrer Percy Bysshe Shelley ein flammendes Sonett, das als einer der Grundsteine für eine Literatur gelten darf, die seither als engagiert bezeichnet wird, eine Dichtung, die ihre Artikulationsmittel in den Dienst einer Sache stellt. In der erneuten Starre der post-napoleonischen Restauration Übel nicht nur beim Namen zu nennen, sondern sie zudem in bezwingende Lyrik zu bannen, hätte England im Jahre 1819, wie das Sonett auch betitelt ist, wohl einen Sturm der Empörung auf der einen und eine Welle der Begeisterung auf der anderen Seite beschert – und seinem Verfasser zumindest die Haft im Tower. Shelley war klug genug, das Gedicht über den Wahnsinn Georges III., die Einschränkung der Presse- und Versammlungsfreiheit sowie das Massaker von Peterloo nach Protesten gegen Getreidegesetze und starre Parlamentsstrukturen nicht zu veröffentlichen. Doch besäße Shelleys politische Poesie kaum den Rang, der ihr zukommt, würde das Sonett seine Wucht und hoffnungsvolle Volte am Schluss nicht bis in unsere heutige Zeit zu transportieren vermögen, würde nicht die Empathie seiner zeitlosen Stimme immer neu dazu auffordern, es als Schablone auf jede Epoche zu legen. Selbst nach hundertneunzig Jahren zeigt Shelley, was auch ein heutiges Leben wenig lebenswert erscheinen lassen kann, und wo die »Gräber« sind, aus denen

a glorious Phantom may
Burst, to illumine our tempestuous day.

Ohne vor Scham darüber in den Boden zu sinken, konnte Shelley noch unumwunden bekennen, dass sein Bestreben der Erschaffung einer neuen, besseren Welt galt. Und er meinte, ein einleuchtendes Rezept dafür zu besitzen: »familiarizing the highly refined imaginations of the more select classes of poetical readers with beautiful idealisms of moral excellence.« Keats vermochte dem hymnischen Sozialutopismus von der intellektuellen Schönheit einer poetisch-moralischen Elite nicht viel abzugewinnen. Er unterstellte Shelley »archimedische Anstrengungen, den Erdball mit den eigenen Händen zu bewegen«, Allmachtsgelüste. Oft als Prototyp der L'art pour l'art-Literatur verkannt, will sich dagegen der Keats'sche Dichtungsentwurf vom Zweckdenken befreien: Sein offener, weniger am Kunst- denn am Lebensdetail orientierter Charakter ist Ausdruck fortwährender Überprüfung eines Credos, wonach es dem Autor weniger um ein zielgerichtetes Festgelegtsein zu tun sein müsse als vielmehr um eine »negative capability«, »d.h. wenn jemand fähig ist, das Ungewisse, die Mysterien, die Zweifel zu ertragen, ohne alles aufgeregte Greifen nach Fakten und Verstandesgründen«. Für Emerson war jede Mauer eine Tür, die Werke Melvilles oder Rimbauds, um nur zwei zu nennen, sind ohne »negative Befähigung« nicht denkbar, und Camus' rätselhafte Feststellung vom Ende jeder Kritik und Polemik entfaltet aus diesem Blickwinkel betrachtet ihre volle Tragweite: »In Zukunft einzig und beharrlich die Bejahung. Verstehe sie alle.«

Als sein Schaffen Ende 1819 zum Erliegen kam und Keats ans Bett gefesselt Blut zu spucken begann, riet ihm Shelley, den Londoner Winter zu fliehen und zu ihm nach Pisa zu kommen. Keats lehnte ab. Wie oft ich den Brief an Shelley auch seither las, die klirrende Gleichmut, mit der Keats seiner durchlässigen Unbeugsamkeit Ausdruck verleiht, verliert sich nicht: »Ein modernes Werk, sagt man, müsse einen Zweck haben, der sein Gott sein kann – ein *Künstler* muss dem Mammon dienen – er muss ›auf sich konzentriert‹ sein, vielleicht sogar selbstsüchtig. Sie werden mir gewiss verzeihen, wenn ich offen sage, Sie sollten Ihrer Großherzigkeit Zügel anlegen, mehr Künstler sein und ›jede Fuge‹ Ihres Stoffs mit Gold ausfüllen. Der Gedanke an solche Beschränkung muss wie kalte Ketten auf Sie fallen, der Sie womöglich noch nie ein halbes Jahr lang mit gefalteten Schwingen dasaßen.« Die letzte Reise, ein Zimmer in Rom, ein Freund, der ihn fütterte und noch auf dem

Sterbebett malte, ein halbes Jahr später war John Keats tot. Zum Schluss wog er vierzig Kilo. Und noch sein Epitaph, der letzte Vers aus seiner Hand, erzählt von seinem Liegen: »Here lies one whose name was writ in water.«

Es war eine der ersten Droschken Europas, die Aris Kindt damals vom Galgen direkt ins Amsterdamer Anatomietheater beförderte, wo Dr. Tulp den Leichnam im Beisein auch von René Descartes zergliederte. In London wurde die zweirädrige Pferdedroschke 1625 eingeführt. John Keats' Vater lebte von diesem neuen Transportmittel, er war bis zu einem tödlichen Reitunfall Pächter des Mietdroschkenbetriebs »Swan & Hoop«. 1829, wenige Jahre nach Keats' und Shelleys Tod, verkehrte in der britischen Metropole dann erstmals der Pferdeomnibus »Shillibeers«. Und zehn Jahre später führte die erste Rossstraßenbahnlinie in Hamburg von Altona zum Schweinemarkt, sie besaß vier gebrauchte Wagen aus Großbritannien. Das Mäusedorf, das wir hörten, wenn ich Frau I. in ihrem eingeschneiten Haus besuchte, bekam irgendwann seinerseits Besuch, und zwar von einem Marder auf der Suche nach fester Bleibe. Binnen Wochen verwandelte er den Dachstuhl in einen Mäusefriedhof, und der Gestank seiner Latrine drang durch sämtliche Ritzen in das einzige Zimmer und machte ein Menschenleben darin unmöglich. Frau I. beschloss darauf, in ein Seniorenheim überzusiedeln, und am letzten Abend in ihrem Haus schenkte ich ihr zum Abschied das Buch »Auf zur Reise durch Hamburgs Geschichte!«

Dass von 1879 bis 1897 eine Dampfstraßenbahn auf Stahlschienen verkehrte, die man Plätteisen nannte, konnte man darin lesen, »doch die Rauchentwicklung für die Bevölkerung war zu groß, oft scheuten die Pferde, und die Zahl der Unfälle stieg und stieg«. Im selben Jahr geboren, in dem in Hamburg die Elektrische den Betrieb aufnahm, 1894, wurde Frau I. noch unter dem Kaiser Schaffnerin und blieb es vierzig Jahre lang, bis sie 1957 in Rente ging. Sie wisse zwar, im Jahr darauf habe man angefangen, die Straßenbahnbriefkästen abzumontieren, sagte sie und klappte das Buch zu, aber dass nun schon seit zwölf Jahren gar keine Linie mehr fahre, nein, das glaube sie nicht. Und ich wollte nicht auf meinem besseren Wissen beharren, ja, für ein paar Minuten, bevor wir uns schließlich trennten, glaubte auch ich, mich nur an die Straße stellen und auf das Gebimmel der Linie Endstation Ohlsdorfer Friedhof warten zu müssen. Bald darauf wurde Frau I.s Haus abgerissen, nehme ich an, denn mit der Wende entstand wohl die Notwendigkeit, den Osten Hamburgs ans Autobahnnetz anzuschließen, und die Trasse, über die ich seither bestimmt hunderte Male gefahren bin, führt, wenn ich mich nicht täusche, auch über den früheren Keller des nun für immer tief verschneiten Hauses im Schatten der Moräne.

2

Mein Glücksgefühl angesichts der Wiedervereinigung verflog rasch. Der Eindruck vollkommener Vereinnahmung deprimierte mich, einer Vereinnahmung nicht eines bankrotten Staates, sondern von Idealen, Vorstellungen und Zukunftsplänen einer Minderheit, die auf Selbstbestimmung beharrte. Die Niederwalzung und Verschrottung jedweden DDR-Erbes ging ganz unverhohlen vonstatten und erschien mir zu keiner Zeit aufhaltbar, und gerade deshalb erschütterte mich seinerzeit nichts so sehr wie der Versuch Stefan Heyms und anderer ostdeutscher Autoren, der Literatur noch einmal politische Stimme zu geben, sie einzusetzen als Sprache einer Macht, wenngleich einer Antimacht. Es war die bislang letzte Anstrengung deutschsprachiger Literatur, unmittelbare Wirksamkeit unter Beweis zu stellen und politisch Einfluss zu nehmen, und so unerhört und bewegend der Versuch war, so lähmend war die Ohnmacht, die er zutage förderte. »Wozu liege ich hier, wenn sie einen allein lassen gerade in einem solchen Moment«, fragt gleich zu Beginn Stefan Heyms 1979 nur in der Bundesrepublik erschienener Roman »Collin«, in dem sich ein Staatsautor und der ehemalige Chef der Staatssicherheit ein Rennen ums Überleben nach dem Infarkt liefern.

Bitter die Einsicht, dass sich Macht nicht von Ungerechtigkeit trennen lässt, wie Albert Camus schon vor sechzig Jahren wusste, dass selbst die gute Macht bloß gesunde und umsichtige Verwaltung der Ungerechtigkeit ist. Und doch eröffnet gerade diese Einsicht nicht der Literatur, aber dem Schreiben eine Besinnung auf einen tatsächlichen und, immer neu verblüffend, von keiner abstrakten Macht einschränkbaren Wirkungsbereich.

Keats schrieb einmal, das Wichtigste auf der Welt sei ja schönes Wetter, und das ist keine Platitüde. Nach Keats wird kein Gedicht, und sei es Shakespeares 18. Sonett »May I Compare Thee to a Summer's Day?«, je die Welt verbessern, solange es Krankheiten und Katastrophen gibt. Die Künste spricht dies von keiner Verantwortung frei, im Gegenteil. In seiner Rede »Der Künstler und seine Zeit«, die sich mit der Frage beschäftigt, wie die seltsame Freiheit der Schöpfung und ihr künstlerisches Erleben in einer Händlergesellschaft zu erhalten seien, wo leibliche Wahrheit des Menschen getäuscht und Künste belangloser Zeitvertreib werden, sieht Camus die Rolle des Schreibenden darin, »von dem zu sprechen, was alle kennen, und von der Wirklichkeit, die uns gemeinsam ist. Meer, Regen, Bedürfnis, Kampf gegen den Tod, das sind die Dinge, die uns alle verbinden«.

Verwirrenderweise verbinde ich mit Albert Camus auch meine Patientin von vor vierzehn Jahren, die alte Frau I. Woran das liegen mag, habe ich mich oft gefragt, ich bin jedoch erst vor kurzem, als ich noch einmal »Die Pest« las, diesem Link auf die Schliche gekommen. In seinem Roman über die vom Schwarzen Tod eingeschlossenen und sich selbst überlassenen Bürger der Stadt Oran, über die es eingangs heißt, man lerne sie kennen, indem man sich ansehe, »comment on y travaille, comment on y aime et comment on y meurt«, schreibt Camus auf eine Weise von einer Straßenbahn, die ich anscheinend nie habe vergessen können. Als nämlich die Zahl der von der Seuche Dahingerafften die Kapazität der Friedhöfe übersteigt, sieht sich die Präfektur gezwungen, die Körper der Pesttoten zu einer alten Müllverbrennungsanlage vor den Toren der Stadt zu transportieren, und entscheidet, zu diesem Zweck die Straßenbahnen zu benutzen, die früher entlang der Steilküste pendelten. Aus den Waggons werden die Sitze entfernt, und man leitet die Gleise um zu dem Verbrennungsofen, der somit Endstation wird: »Die Einwohner hatten schließlich erfahren, was es damit auf sich hatte. Und trotz der Patrouillen, die den Zugang zur Küstenstraße verwehrten, gelang es Gruppen ziemlich oft, sich in den Felsen über den Wellen zu schleichen und beim Vorbeifahren der Straßenbahnen Blumen in die Anhängewagen zu werfen. Dann hörte man die Fahrzeuge noch mit ihrer Ladung Blumen und Toter durch die Sommernacht rumpeln.« Zwei Tage vorm zwanzigsten Geburtstag meiner Großmutter startete am 20. Mai 1940 der erste Deportationszug mit neunhundertzehn Sinti und Roma aus Hamburg. Sein Ziel war das Konzentrationslager Bełżec nahe Lublin in Südostpolen. In siebzehn Transporten wurden ab dem 25. Oktober 1941 Juden aus Hamburg und seiner Umgebung von der Kleinen Moorweide vis-à-vis dem Dammtorbahnhof zum seinerzeit im Osthafen gelegenen Hannoverschen Bahnhof verbracht, der auch da schon seit langem nur mehr der Güterumschlagung diente. Noch am 14. Februar 1945, zwei Wochen nach der Befreiung des Vernichtungslagers Auschwitz, fuhr der zwanzigste und letzte Deportationszug Richtung Osten von diesem ehemaligen Pariser Bahnhof aus und verfrachtete Juden, deren Hab und Gut währenddessen in ihren früheren Wohnungen an die meistbietenden Hamburger versteigert wurde, nach Theresienstadt. Frau I. und ich, wir haben nie geredet über die Linien, die sie befuhr bis zum so genannten Feuersturm im Hochsommer 1943, als im Zuge der amerikanisch-britischen »Operation Gomorrha« auch sie ausgebombt wurde. Aber ich bin mir ziemlich sicher, Camus' Straßenbahn hätte auch Frau I. bewegt und an so manches erinnert. Und wer weiß schon, was Albert Camus dachte, als er 1957 mit dem Zug über den Strom kam und erstmals die wiedererrichtete Elbestadt sah. Im Jahr, als Frau I. den Schaffnerdienst quittierte, fuhr er, der ungern flog, von Paris über Hamburg nach Stockholm, wo ihm der schwedische König Gustav IV. den Nobelpreis überreichte und wo er seine Rede vom Künstler und seiner Zeit hielt.

Dem der modernen Literatur angedichteten Dilemma, wie es bei Shelley und Keats seinen Anfang nimmt, einer Literatur, der im Grunde bis heute lediglich zwei Positionen zuerkannt werden, nämlich dass sie entweder Vorschriften zu machen oder aber wohl nichts zu sagen und deshalb wenigstens unterhaltsam zu sein habe, hält Camus eine Kunst entgegen, die weder Ablehnung noch Zustimmung sei. Sie ist beides gleichzeitig, ein stets neues Hin- und Hergerissenwerden. Der Lohn für das Aushalten der Spannung zwischen Schönheit und Schmerz, Liebe und Wahn, Einsamkeit und Menge ist die Versicherung der Lebendigkeit, die die Realität und die Ablehnung, die jeder ihr bisweilen entgegensetzt, ins Gleichgewicht bringt. Camus spricht von einem »unablässigen Sprühen des fröhlichen und des zerrissenen Lebens«, einer Auftrieb gebenden Akzeptanz noch so unterschiedlicher Pole meiner Lebenswelt. Diese Lust am Denken zu wecken, die Lust an einem Handeln, das meines ans Leben anderer koppelt, kann ich kaum von Literaturen eines Literatainments erwarten, dessen kalten Zugriff nicht verwundern darf, wenn er beinah nur mehr kaltlässt. Und dennoch, solange nur das Buch in Händen dieses orphische Surplus besitzt, einen so uralten wie zukünftigen Cache, wäre nicht eine weitere, weiter und tiefer reichende radikale neue Literatur hilfreich, sondern wieder, noch einmal, immer noch die Schnittstelle Schreiben: Weniger auf Absatz und Anerkennung bedacht, dafür mehr auf Austausch und Überlieferung, und es schriebe die lebenswarme Hand, »this warm scribe my hand«, von der Keats spricht und von der ich zu meiner Verblüffung vor einiger Zeit eine genaue Beschreibung entdeckte.

In »Die Ringe des Saturn«, erschienen 1992, widmet

sich W. G. Sebald nämlich auch dem Rembrandtgemälde aus dem Raucherzimmer des Krankenhauses in G., jener »Anatomiestunde des Dr. Nicolaes Tulp«. Sebald legt das Hauptaugenmerk auf das in dem Bild einzige bereits sezierte Körperteil des nackt da liegenden Aris Kindt, seine linke Hand, und führt aus, dass sie die Rechte des Malers sei: »Nicht nur ist sie, verglichen mit der dem Beschauer näheren, geradezu grotesk disproportioniert, sie ist auch anatomisch gänzlich verkehrt. Die offengelegten Sehnen, die, nach der Stellung des Daumens, die der Handfläche der Linken sein sollten, sind die des Rückens der Rechten.« Sebald, der, von »lähmendem Grauen« ans Bett gefesselt, lange Strecken des Buches im Liegen schrieb, kommt zum Schluss: »Daß Rembrandt sich hier irgendwie vertan hat, ist wohl kaum möglich. Vorsätzlich erscheint mir vielmehr die Durchbrechung der Komposition. Die unförmige Hand ist das Zeichen der über Aris Kindt hinweggegangenen Gewalt. Mit ihm, dem Opfer, und nicht mit der Gilde, die ihm den Auftrag gab, setzt der Maler sich gleich.«

Die nie provisorische Barbarei räumt zuallererst mit Schutzorten auf. Nach Camus ist es nur natürlich, wenn sie von der Kunst auf die Sitten übergreift und wenn sich am Unglück eine Literatur delektiert, die in Verächtlichkeit nach Trends und Standards sucht: »Wie sollte man sich darüber wundern? Das Leid der Menschen ist ein so gewaltiges Thema, dass es scheint, niemand vermöchte daran zu rühren, es sei denn man wäre so empfindsam wie Keats, der, so wird gesagt, mit Händen selbst den Schmerz hätte anfassen können.« Auf welche Quelle Albert Camus sich hier beruft, habe ich nicht herausfinden können. Doch was gemeint ist, nämlich bei aller Chancenlosigkeit festzuhalten am zwischenmenschlichen Sinnstiften des Schreibens, an einer Liebe zum Leben, das drückt auch ein Gedicht aus, das John Keats als Fragment hinterließ:

Die Hand hier, lebenswarm und fähig jetzt
Fest zuzugreifen, würd dich, wär sie kalt
Und in der Eisesstille ihres Grabs,
So plagen tags und schaudern nachts im Traum,
Dass blutleer wünschtest du dein eignes Herz,
Damit in mir neu rotes Leben ström
Und dein Gewissen ruhig sei – hier, sieh her:
Ich halte sie dir hin.

Quellenhinweise

Die Helianloggia erschien in einer früheren Fassung in der »Frankfurter Allgemeinen Zeitung« vom 2. Oktober 2002.

Amsterdamer Epiphanie entstand im Sommer 2006 im Zuge der Arbeit an meinem Roman »Wie wir verschwinden« (2009); die verwendete Passage aus Albert Camus' »La chute« übersetzte Andreas Münzner.

Das Reisen und die Angst ist eine Neufassung des Erstabdrucks in der »FAZ« vom 14. November 2002; die Camus-Zitate aus Tagebüchern und dem Aufsatzband »L'envers et l'endroit« übertrug Guido G. Meister.

Antarktika, Antarktika schrieb ich während einer Antarktiskreuzfahrt im November und Dezember 2007; die Gedichte »Buenos Aires« und »Port Lockroy«, die Teile des Reisejournals sind, erschienen in meinem Gedichtband »Die Republik der Silberfische« (2008); die Zitate aus Ray Bradburys »The Martian Chronicles« übersetzte Thomas Schlück.

Herbst in New York dokumentiert einen Aufenthalt in Manhattan von September bis November 2008; die zitierte Strophe aus Hart Cranes »The Bridge« stammt aus Ute Eisingers Übersetzung »Die Brücke« (2004); die Zitate aus Camus' New Yorker Reisetagebuch übertrug Guido G. Meister.

Ein unmöglicher Brief wurde zuerst 2007 in der Anthologie »Das erste Buch. Schriftsteller über ihr literarisches Debüt« veröffentlicht.

Ausflug mit dem Zerberus entstand eigens für diesen Band, verwendet jedoch einen Auszug aus meinem Roman »Der junge Fordt« (1999); die zitierte Strophe aus Inger Christensens Gedicht entnahm ich der von Hanns Grössel übertragenen Sammlung »Der Geheimniszustand und das ›Gedicht vom Tod‹« (1999); die Verse von Zbigniew Herbert sowie das Herbert-Motto zu Beginn des Bandes übersetzte Karl Dedecius.

Die lebenswarme Hand erschien erstmals in »Edit«, 34 / 2004; den darin enthaltenen Ausschnitt eines Briefs von Keats an Shelley übersetzte Christa Schuenke, die Camus-Zitate Uli Aumüller und Guido G. Meister.

Alle anderen Zitate von Ercilla, Hazlitt, Keats, Llull, Shelley und Whitman habe ich wie Grace Paleys Gedicht »At the Battery« selbst übertragen. Für 2012 ist im Verlag Schöffling & Co. ein Band mit ausgewählten Gedichten der amerikanischen Lyrikerin in Vorbereitung. M.B.

Mirko Bonné
Wie wir verschwinden
Roman
344 Seiten. Gebunden.
ISBN 978-3-89561-403-3

Nominiert für den Deutschen Buchpreis 2009

»Mirko Bonnés Gedichte und Romane sind schon viel gelobt worden, aber er wird immer noch nicht gebührend geschätzt. In *Wie wir verschwinden* erzählt er so ruhig und gelassen von der Kunst des Lebens und Sterbens, vom Umgang mit Trauer und Schuld, dass das ernste Thema alles tragische Pathos verliert. Sein Roman ist voll von französischer Leichtigkeit und Esprit.«
Martin Halter, Frankfurter Allgemeine Zeitung

»Während die jugendlichen Romanhelden gerade mit ihrer ›Maschine des großen Verschwindens‹, einer seit Monaten heimlich restaurierten Draisine, in die Welt aufbrechen wollen, rasen der Literaturnobelpreisträger und Gallimard in den Tod. Bonné schafft hier eine Kollisionsstelle zwischen (literatur-) historischer Realität und literarischer Fiktion, die zu den eindruckvollsten Szenen zählt, die die deutsche Literatur der letzten Jahre hervorgebracht hat.«
Ulrich Baron, Süddeutsche Zeitung

Schöffling & Co.

Mirko Bonné
Wie wir verschwinden
Roman
344 Seiten. Gebunden.
ISBN 978-3-89561-403-3

Nominiert für den Deutschen Buchpreis 2009

»Mirko Bonnés Gedichte und Romane sind schon viel gelobt worden, aber er wird immer noch nicht gebührend geschätzt. In *Wie wir verschwinden* erzählt er so ruhig und gelassen von der Kunst des Lebens und Sterbens, vom Umgang mit Trauer und Schuld, dass das ernste Thema alles tragische Pathos verliert. Sein Roman ist voll von französischer Leichtigkeit und Esprit.«
Martin Halter, Frankfurter Allgemeine Zeitung

»Während die jugendlichen Romanhelden gerade mit ihrer ›Maschine des großen Verschwindens‹, einer seit Monaten heimlich restaurierten Draisine, in die Welt aufbrechen wollen, rasen der Literaturnobelpreisträger und Gallimard in den Tod. Bonné schafft hier eine Kollisionsstelle zwischen (literatur-) historischer Realität und literarischer Fiktion, die zu den eindruckvollsten Szenen zählt, die die deutsche Literatur der letzten Jahre hervorgebracht hat.«
Ulrich Baron, Süddeutsche Zeitung

Schöffling & Co.

»Mirko Bonné hat einen lebensklugen, reifen, menschenfreundlichen Roman geschrieben, dessen ruhiger und anrührender Erzählton ausgezeichnet zur Delikatesse in der Anlage der Figuren passt.«
Tilman Krause, Die Welt

»*Wie wir verschwinden* nimmt uns in Form einer Rückschau mit auf eine Lebensreise, in der die Frage, wie wir wurden, wer wir sind, im eigentlichen Zentrum steht. Licht und Schatten, die Natur überhaupt, stehen in diesem wunderbar unzeitgemäßen Roman denn auch sinnbildhaft für das Vermögen, in der Gegenwart zu sein. Überhaupt besticht Bonnés Sprache durch Dringlichkeit und Innerlichkeit zugleich. Was geschieht, wird weniger ›erzählt‹, denn durch den Nachvollzug der psychischen Verstrickungen erlebbar gemacht.«
Claudia Kramatschek, Deutschlandradio Kultur

»Von welcher Perspektive aus man Bonnés Buch auch liest – es ist so spannend wie weise.«
Thomas Neubacher-Riens, Frankfurter Neue Presse

»Von beglückender sprachlicher Klarheit und Schlichtheit.«
taz

Schöffling & Co.